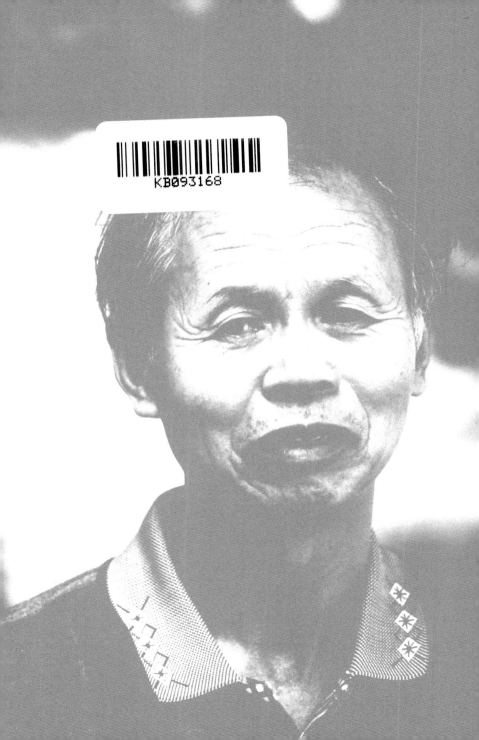

권 정 생

正生, 어그러진 삶의 산물

홍인표

正生, 어그러진 삶의 산물

지은이	홍인표
초판발행	2024년 9월 2일
초판2쇄	2024년 11월 4일

펴낸이	배용하
책임편집	배용하
교열 교정	박민서, 윤찬란, 최지우
등록	제364-2008-000013호
펴낸곳	도서출판 대장간
	www.daejanggan.org
등록한곳	충청남도 논산시 가야곡면 매죽헌로1176번길 8-54
대표전화	(041) 742-1424 전송 (0303) 0959-1424
분류	기독교문학	신앙	인물
ISBN	978-89-7071-701-2 03800

이 책의 저작권은 저자와 독점계약한 대장간에 있습니다.
기록된 형태의 허락 없이는 무단 전재와 복제를 금합니다.

 값 18,000원

正生,
어그러진 삶의 산물

홍인표

목 차

권정생의 생애에 대한 깨달음

최수웅 교수

단국대학교 문예창작과

깨달음을 주는 말씀들이 대체로 그러하듯, 권정생의 작품은 다양한 의미망을 가진다. 이것이 그의 작품에 대한 독서와 연구가 오랜 시간 이루어지는 이유다.

그동안 적지 않은 해석이 있었지만, 이 책은 또 다른 관점을 제시한다. 무엇보다 주목되는 부분은 작가의 생애와 작품을 꼼꼼하게 읽어냈다는 점. 작은 단서들을 놓치지 않고 그 의미를 차근차근 검토했고, 성급하게 단정하지 않았으며, 호들갑을 떨면서 과대 포장하지도 않았다.

이러한 태도야말로 권정생의 글쓰기와 닮았다. 그의 문장이 존경을 받는 이유는 탁월한 예술적 성취를 거두었거나, 널리 알려진 인기작을 발표했기 때문은 아니다. 삶의 굴곡을 온전히 자신의 것으로 받아들이고, 고난에 절망하지 않으며, 그 속에서도 놓을 수 없는 희망을 찾아내 표현했기 때문이다.

그런 점에서 권정생은 그 어떤 작가보다 삶과 글이 밀착된 작가다. 성실히 삶을 유지하며 글을 썼고, 글을 통해 삶을 유지하는 힘을 얻었다. 그러므로 권정생의 문학세계를 이해하기 위해서는 생애를 함께 살펴야 한다. 이는 기존 연구들이 흔히 간과했던 부분인데, 이 책은 그런 한계에서 벗어나 삶과 글을 조화롭게 살폈다. 바로 이것이 권정생을 다시 읽는 토대가 되리라고 믿는다.

작은 예수와 닮은 삶…

박성진 목사

미국 미드웨스턴 침례신학교 아시아부 학장/구약학 교수

홍인표 작가의 전작인 『강아지 똥으로 그린 하나님 나라』라는 작품을 대하기까지 나는 부끄럽게도 한국 아동문학을 대표하는 권정생이라는 작가에 대해 전혀 아는 바가 없었다. 전작도 그러했지만, 본서인 『正生, 어그러진 삶의 산물』을 읽는 데도 그리 오랜 시간이 걸리지 않았다. 앉은 자리에서 다 읽어버릴 정도로 글은 흡입력이 있었고, 권정생 선생의 깊은 사상 세계를 짧게나마 거치고 나온 후의 여운은 꽤나 강렬했다.

본서는 권정생 선생의 작품세계에 대한 평전이라 할 수 있다. 권정생 선생은 한국 현대사의 아픔을 그대로 몸으로 받아낸 분이다. 일제시대에 도쿄의 빈민가에서 태어나 차별과 가난에 허덕이다 경북 청송으로 이주하였으나 한국 전쟁의 시기를 거치며 중노동에 심한 결핵으로 방광과 콩팥을 들어내는 수술을 받았다. 의사에게 시한부 판정을 받은 후, 그가 할 수 있는 일이란 책을 읽고 쓰는 일밖에는 없었다고 고백할 정도였다. 삶의 질곡을 거치면서 탄생한 백 여편이 훨씬 넘는 문학 작품들은 자신의 고백뿐만 아니라 시대의 아픔과 상처, 그리고 시대가 남긴 과제를 여과 없이 솔

13

직하고 담대하게 드러냈다. 그 중심에는 그가 깊이 경험한 예수의 복음과 그분의 나라에 대한 간절한 소망이 배어있다. 배타성을 넘어 자연과 동물과 함께 살아감, 분단을 넘어 평화적 통일에 대한 애끊는 간절함, 폐병으로 얼굴이 검고 방광이 없어 소변주머니를 차고 다니는 자신을 보며, 강아지 똥과 같은 존재이지만 자신을 희생함으로 민들레 꽃을 활짝 피우는 삶이고자 하는 소망을 절절히 그리고 있다. 권정생 선생의 삶은 자신을 내어줌으로 세상의 구원을 가져온 예수의 삶과 다를 바 없는, 그야말로 작은 예수의 삶이었다.

본서를 읽은 후, 나도 권정생 선생의 작품을 하나씩 읽어가고 싶다는 마음이 간절해졌다. 특히 「새들은 날 수 있었습니다」의 일부를 읽으며 그 전개에 전율을 느꼈다. 본서를 읽는 독자들도 내가 경험한 충격을 느끼기를 소망하며 권정생 선생의 작품 세계에 푹 빠져보기를 권면하는 마음으로 본서를 추천한다.

'보잘것없는' 존재의 경이로운 깨우침

고명철 교수

문학평론가, 광운대

과거의 시간 어느 구석에 오롯이 편린으로 자리하고 있는 한 장면에 붙들린다. 뭐라고 얘기해야 할까. 고백하건대, 첫 애의 똘망똘망한 눈과 말랑말랑한 입술이 한데 어우러져 그림책 동화 세계에 푹 빠져 있는 모습이 선명하다. 나는 권정생의 『강아지 똥』을 그렇게 첫 대면하였다. 그때 문학비평가의 시선에 『강아지 똥』은 생태학적 담론을 동화의 글쓰기로 절묘히 소화하고 있는 빼어난 작품으로 다가왔다.

그런데 권정생의 문학세계를 관통하듯, 『강아지 똥』을 포함한 그의 작품들은 문학비평으로서 어떤 특정 담론으로 비평하는 그 한계를 자유자재로 넘나든다. 이것은 홍인표의 권정생에 대한 전작 도서를 숙독하는 도정에서 절로 깨닫는다. 최근 홍인표를 공부 자리에서 만나 그의 학문적 관심사가 동화작가 권정생에 있다는 사실을 접한바, 그의 이번 권정생 전작 도서를 통해 권정생 문학세계의 안팎을 톺아보면서 문학이 본원적으로 탐구해야 할 것은 무엇인지, 그리고 문학 장르로 결코 환원될 수 없는 문학을 생성시키는 어떤 영성의 세계와 그것의 구체적 실천과 수행에 대한 공부를 성찰해본다.

홍인표의 권정생 탐구에서, 우리는 소중한 문제의식을 공유할 수 있다. 권정생의 문학적 삶은 그리스도의 본질적 가르침과 실천을 바탕으로 하여, '자발적 가난'과 '구원과 헌신'이 우리의 삶과 현실 속에서 뿌리내려야 함을 '보잘것없는' 존재들에 대한 무궁한 사랑의 내용형식으로 나타난다. 권정생의 이러한 문학적 삶을 홍인표는 천착하는데, 무엇보다 한국 기독교의 세속적 권력화에 대한 매서운 비판 속에서 분단이데올로기를 구조화하는 데 대한 권정생의 창조적 저항을 주목하고 있는 것은 그리스도의 참다운 가르침과 그 수행을 우리 모두 성찰해야 한다는 것을 보여준다. 그리하여 권정생의 문학은 동화의 글쓰기를 통해 그것에 구속되는 것이 아니라 권정생이 평생 벼려왔던 그리스도의 참다운 가르침과 실천을 함께 체현體現해온 것이다.

날이 갈수록 삶과 현실이 부박해지고 있다. 첨단의 과학기술이 일상을 지배하면서 인간은 여전히 기술의 발명과 진보의 힘으로 행복을 추구하고자 한다. 생산력의 비약적 증대와 그에 따른 성장 신화는 멈출 기세를 보이지 않는다. 무한경쟁의 악무한의 사회는 글로벌 시대의 정치사회적 풍토와 이에 적극 적응해야만 하는 윤리적 환경을 양산하고 있다. 그렇다. 홍인표의 권정생에 대한 글쓰기는 권정생의 문학적 삶의 바탕을 이루고 있는 그리스도의 본질적 가르침과 참다운 실천에 대한 웅숭깊은 발견을 통해 지금—여기의 부박한 삶을 누리고 있는 모든 존재에 대한 반성적 성찰을 독려하고 있다.

홍인표의 이 책의 마지막 장을 덮은 후 문득 '성자聖者'라는 단어에 감전되었다. 종교 성직자와 다른 차원의 삶을 살면서, 글쓰기와 행동으로, 그것도 '강아지 똥'이 함의하듯 '보잘것없는' 존재가 타자의 존재로 자연스레 스며들어 새 생명으로 거듭나는 관계의 본질에 대한 경이로움을 깨우쳐주고 그것의 수행을 몸소 실천한 권정생은 '성자'이며, 우리는 그의 작품과 함께 숨쉬고 있다.

김유준 박사

숭실대학교 글로벌선교센터장

　홍인표 박사님의 저서 『권정생, 어그러진 삶의 산물』은 아동문학가 권정생 선생님의 생애와 사상을 심도 있게 탐구하며, 그의 문학이 지닌 의미와 평화통일에 대한 염원을 섬세하게 그려냅니다. 권정생 선생님의 삶을 추적하면서, 그의 문학 속에 담긴 기독교 사상을 성서적 근거와 함께 예리한 신학적 통찰로 서술하였습니다. 이 책은 가난과 고뇌로 가득한 권정생 선생님의 고달픈 인생 이야기를 생생하게 전달할 뿐만 아니라, 진흙 속에서 진주와 같은 보석을 발견한 주변 문학가들의 담담한 이야기를 곁들여 소개하여, 권정생 선생님의 생애와 문학사상을 입체적으로 다가오게 합니다. 또한, 이 저서는 한국전쟁과 분단의 아픔을 온몸으로 느끼며 살아간 권정생 선생님 속에 피어난 희망의 씨앗을 문학적 고백으로 담아내고 있습니다. 그는 어려운 역경 속에서도 어린이들에게 사랑과 평화의 가치를 심어주기 위해 헌신하였으며, 그의 글과 삶을 통해 세상에 대한 따뜻한 시선을 제시하였습니다.

　홍인표 박사님의 『권정생, 어그러진 삶의 산물』은 마치 캄캄한 밤하늘에 홀로 빛나는 별처럼 우리의 마음을 밝혀줍니다. 권정생 선생의 삶은 단순한 개인의 이야기가 아닙니다. 이는 분단의 아픔을 깊이 새긴 채, 평화를 향한 끊임없는 발걸음을 내디뎠던 한 시대의 증언이자, 우리가 품어야 할 인류애의 서사입니다.

홍인표 박사님의 저서는 권정생 선생님의 문학이 어린이의 순수한 시선으로 세상의 아픔을 어떻게 바라보았는지를 보여줍니다. 「깜둥바가지 아줌마」, 「초가집이 있던 마을」, 「강아지 똥」, 「몽실 언니」 등은 단순한 동화가 아닌, 분단의 상처를 지닌 민족의 아픔을 고스란히 담고 있음을 드러냅니다. 이 책 속의 주인공들은 어려운 환경 속에서도 서로를 아끼고 사랑하며, 통일의 꿈을 꿉니다. 홍인표 박사님은 이러한 권정생 선생님의 문학 여정을 통해, 우리가 분단의 현실 속에서 어떻게 연대하고 서로를 이해해야 하는지를 일깨워 줍니다. 권정생 선생님의 삶은 개인의 고난과 민족의 슬픔이 얽혀 있는 여정이었습니다. 그는 항상 우리가 함께해야 할 미래, 즉 평화롭고 통일된 한반도를 염원하며 글을 썼습니다. 홍인표 박사님은 "하나님 다스리시는 나라"를 통해 공존의 성스러움과 영원한 평화가 깃든 나라를 갈망했던 권정생 선생님의 염원을 담백하게 서술하였습니다. 이 책을 읽는 것은 권정생 선생님이 품었던 평화의 비전을 공유하고, 그가 꿈꿨던 평화통일의 비전을 더욱 간절히 염원하게 만드는 강력한 울림으로 메아리칠 것입니다.

저자의 글

권정생 선생님은 자신의 처절한 삶에 관한 실존적인 답을 얻기 위해 글을 쓰기 시작했지만, 그의 시각은 점차 이웃과 전 세계로 확장되었습니다. "과연 무엇이 사람들에게 처절한 삶에서 벗어나지 못하도록 하는가?" 저는 평생에 걸친 권정생의 문학 활동이 이에 관한 답을 얻기 위한 기나긴 여행이었다고 봅니다. 기나긴 여행을 통해 권정생 선생님이 발견한 해답은 무엇일까요? 사람들이 처절한 삶에서 벗어나게 하려면 평화가 회복되어야 한다는 것이었다고 생각합니다.

권정생 선생님은 유명 작가가 되고나서도 한참 시간이 지난 후 비로소 경제적인 처절함을 벗어날 수 있었습니다. 물론 자발적인 가난을 선택하고 대부분의 수입을 다른 사람들을 위해 사용하였지만 말입니다. 자신은 경제적인 처절함을 벗어날 수 있었지만, 마음의 처절함에서는 평생 벗어날 수 없었습니다. 우리 역사가 자유와 먹을 것의 결핍으로 인해 처절한 삶을 살아온 이들의 역사일 뿐만 아니라, 지금도 우리나라는 물론 전 세계에서 자유의 결핍, 먹을 것의 결핍으로 인한 처절한 삶을 사는 이들의 눈물의 역사가 계속되고 있기 때문입니다.

저는 권정생 선생님이 이를 해결하기 위해 자신의 모든 삶을 불태운 사람이라고 해도 과언이 아니라고 생각합니다. 그가 두 가지 측면에서 실천하는 삶을 살았기 때문입니다.

첫째, 유명 작가가 된 후 경제적으로 얼마든지 풍족함을 누릴 수 있었지만, 자신을 위해서는 최소한의 생활비만 쓰고 수입 중 대부분을 어려운 사람들을 위해 썼습니다. 심지어 자신이 죽은 후 약 10억에 달하는 예금과 앞으로 들어올 인세를 전액 국내외북한 포함 전 세계 어린이들을 위해 사용해 달라는 유언을 남겼습니다.

둘째, 글을 통해 사람들을 처절한 삶에서 벗어나지 못하도록 하는 무언가의 실체를 드러내는 일에 일생을 바쳤습니다. 권정생 선생님을 일컬어 "탐욕과 죽음의 공포로 가득한 이 세상의 전복을 꿈꾸었던 전사"*라고 한 이대근의 표현은 그런 측면에서 이해됩니다. "욕망의 체계인 자본주의의 한 가운데"**서 그는 그것을 거부하며 "하나님께서 창조하신 아름다운 존재"로서 회복된 삶을 살기 위해 몸부림친 것입니다. 그의 문학은 그러한 몸부림의 산물입니다.

전작인 『강아지 똥으로 그린 하나님 나라』에서 저는 아동문학

---

* 이대근, 「권정생, 그의 반역은 끝났는가」, 원종찬 엮, 『권정생의 삶과 문학』
  (서울: 창비, 2013), 359.
** 이대근, 「권정생, 그의 반역은 끝났는가」, 359.

가이며 기독교 사상가혹은 영성가인 권정생 선생님의 문학 속에 담긴 하나님의 말씀, 즉 복음의 말씀을 찾아보고 싶었습니다. 그리고 권정생 선생님이 오늘을 살아가는 사람들에게 주는 실존적인 위로와 그리스도인들을 향한 애정 어린 책망 또한 찾아보고 싶었습니다. 이번 책에서 저는 권정생 선생님의 삶을 다시 한번 살펴보고 그분의 삶과 문학이 말해주는 교훈을 조금 더 찾아보고 싶었습니다.

다시금 권정생 선생님의 삶과 문학 작품들을 천착하는 가운데 차츰 권정생 선생님이 자신의 문학에서 말하고 싶었던 가장 큰 주제가 있다는 생각이 들었습니다. 이를 통해 제가 발견하게 된 것은 회복입니다. 그리고 그것은 "평화 염원" 즉 "평화 사상"으로 귀결된다는 결론을 내리게 되었습니다. 그로 인해 이 책의 주된 내용이 "본질 회복"과 "평화 사상"으로 구성될 수 있었습니다.

권정생 선생님이 자신의 문학작품에서 우리에게 들려주려고 한 이야기는 참으로 많습니다. 권정생 선생님을 통해 우리에게 들려주시는 하나님의 말씀을 찾는 작업, 권정생 선생님이 현대인에게 들려주는 실존적인 위로와 그리스도인들에게 들려주는 애정 어린 질책을 발견하는 일은 저를 포함해서 권정생 선생님을 사랑하고 그분의 문학작품을 좋아하는 독자들이 계속해야 할 일입니다. 전작 『강아지 똥으로 그린 하나님 나라』를 포함하여 지금까지 제가 쓴 권정생 선생님의 삶과 문학에 관한 글들은 그러한 몸부림의 산물입니다.

이 책을 출간하며 감사드릴 분들이 정말 많습니다. 부족한 남편을 언제나 감싸주고 기도해 주는 아내 방유나에게 감사와 사랑의 말을 전합니다. 아내의 격려로 이 책을 포함하여 지금까지 네 권이 출간되었습니다.

이 책의 출간을 결심해 주신 도서출판 대장간 배용하 대표님께 깊은 감사를 드립니다. 지난 10여 년 동안 저를 지켜봐 주시면서 제가 낙망하지 않도록 늘 손을 내밀어 주셨습니다. "제가 대장간에서 일할 수 있도록 열심히 근육을 늘려 놓도록 하겠습니다."라고 대표님께 농담처럼 말씀드리곤 했는데, 여러 차례 시행착오를 겪는 가운데 풀무불에 단련시킨 것 같은 이 글을 대장간에서 출간하게 되었습니다.

단국대학교 문예창작과 교수님이시고 탁월한 문예창작학자이신 최수웅 교수님께 감사 드립니다. 부족한 저를 논문지도 제자로 받아주시고 따뜻한 격려와 세심한 지도로 이끌어 주셔서 감사드립니다. 교수님의 세심한 지도를 받으며 저는 권정생 선생님의 문학사상에 관한 새로운 눈을 떠가며 아동문학 연구자로 성장하고 있습니다.

미국 캔사스시티의 미드웨스턴 침례신학대학원 박성진 학장님께 감사드립니다. 태평양 건너에 계시기에 자주 뵙지 못하지만, 학구적인 구약학자요 경건한 목사의 삶을 보여주시는 학장님께 배우는 바가 너무 많습니다. 앞으로도 학장님께 구약에 나타나는 하나님 나라와 평화에 대한 많은 도움 말씀을 부탁드리고 싶습니다.

광운대학교 국어국문학과 교수이신 문학평론가 고명철 교수님께 감사드립니다. 2011년 봄 학기, 세미나에서 뵙고 10여 년 인연을 이어오는 가운데 우리 현대 문학과 역사를 연구하며 고민하는 교수님의 모습은 저에게 늘 큰 울림이 되고 있습니다. 트리콘 학술 모임에서 교수님과 나누는 대화를 통해 우리 현대사 속에서 문학을 읽는 방법을 많이 배우고 있습니다.

지난 7년 동안 한결같이 학우의 길을 함께 해주시는 김유준 박사님께 감사드립니다. 목회자와 신학자로서의 이상적인 삶을 저는 김유준 박사님에게서 발견합니다. 주님께서 부르시는 그날까지 김유준 박사님과 학우로서 함께 걸어갈 수 있기를 소망합니다. 지금은 문학 연구자와 역사신학자로 다른 분야를 연구하지만, 앞으로도 함께 공유할 부분이 많으리라 기대합니다.

네 분 교수님 외에도 감사드릴 분들이 많습니다. 삭막하게 느껴질 때가 많은 세상이 그래도 살만한 곳임을 알게 해주는 분들입니다. 언제나 옆집 형님처럼 다정하신 분당 예손치과 이상호 원장님, 시카고에 계시면서도 기도해 주시고 격려해 주시는 송진호 집사님, 늘 형님처럼 감싸주시는 안상돈 목사님, 푸릇푸릇했던 고등학교 시절부터 우정을 지켜 주는 소중한 친구 진종근 집사님께 감사 드립니다. 대학 시절 같은 기독교 동아리에서 음악 전공자와 역사학 전공자인 친구로 만나서 지금까지 우정을 간직하고 있는 소중한 친구인 소설가 김영준 집사님에게도 감사드립니다. 권정생 선생님을 사랑하시고 늘 저를 격려해 주시는 인천 아벨서점 곽현숙 사장님, 김경숙 선생님께 깊이 감사드립니다. 권정생 선생님을 기리며 기금으로 후원해 주신 이향, 이인숙 선생님께 깊은 감사의 말씀을 드립니다. 저의 문학 연구의 주제이며 삶과 신앙의 멘토이신 권정생 선생님께 언제나 감사드립니다. 이 글이 권정생 선생님의 삶과 문학 사상을 조금이라도 가리지 않기를 바라는 마음 간절합니다.

2024년 여름 저녁 인천 배다리 헌책방 거리를 거닐며
홍인표

그리스도인에게는 온유함이 미덕이
다. 그렇지만 온유함이 연약함을 의
미하지는 않는다. 일상에서는 다소
손해 보는 듯한 삶을 삶으로써 평화
를 만드는 사람이지만, 불의에 대하
여는 분노하는 것이 성경에서 말씀하
는 온유이기 때문이다.

〈본문 중에서〉

어그러진 삶, 그러나…

나의 동화는 슬프다. 그러나 절대 절망적인 것은 없다.[1]

　요즘 아동문학 작품을 쓰려는 사람이 늘고 있다. 어떤 사람은 아이들에게 자신이 쓴 예쁜 동화책이나 동시집을 선물해 주기를 원하고 어떤 사람은 세상의 따뜻한 이야기를 동심의 언어로 풀어내고 싶어한다. 그뿐만 아니라 어린 시절 경험했던 아름다운 추억이나, 일상에서 경험하는 소소한 이야기들을 따뜻하게 엮어 동화나 동시로 풀어내는 사람도 있다.

　만약, 힘겨운 삶을 살아온 누군가가 "자신의 이야기를 동화나 동시로 풀어낸다"라고 하면 많은 사람이 의아하게 생각할지도 모른다.

　수필집 『무서록』으로 유명한, 현대 최고 문장가 가운데 하나인 상허 이태준은 어린 시절 부모님을 잃고 고생했던 슬픈 경험을 동화로 풀어냈다. 오늘날 최고 아동문학가로 존경받는 권정생 또한 많은 작품에 자신의 슬픈 이야기를 동화와 동시로 풀어낸 흔적이 보인다.

나는 왜 동화를 쓰게 되었는지 나 자신도 모른다. 언제 무엇이 계기가 되었는지 그런 걸 생각해 보지도 않았다. 누구나 가슴에 맺힌 이야기가 있으면 누구에겐가 들려주고 싶듯이 그렇게 동화를 썼는 지도 모른다.… 내가 쓰는 동화는 차라리 그냥 "이야기"라 했으면 싶다. 서러운 사람에겐 남이 들려주는 서러운 이야기를 들려주는 서러운 이야기를 들으면 한결 위안이 된다. 그것은 조그만 희망으로까지 이끌어 주기 때문이다.… 나의 동화는 슬프다. 그러나 절대 절망적인 것은 없다.[2]

권정생이 오늘날 최고의 아동문학가로 존경받게 된 것은 자신의 계획에 따른 결과가 아니었다. 사실 권정생은 우수한 두뇌를 타고난 수재였다. 1937년 8월 18일, 일본의 도쿄 근교 빈민가에서 태어난 권정생이 그의 나이 6,7세 때 거리의 청소부였던 그의 아버지가 고물 장수에게 팔기 위해 뒷마당에 쌓아 놓은 찢어지거나 불에 그을린 동화책과 그림책을 읽으며 스스로 일본어를 터득했다는 것에서 그런 사실을 알 수 있다.[3]

하지만 어린 권정생에게는 이렇듯 소소한 즐거움조차 계속되지 않았다. 2차 대전이 한창이던 1944년 12월, 미군의 도쿄 폭격으로 권정생이 살던 빈민가의 구석까지도 잿더미가 되었다.[4] 당시 권정생은 일본 도쿄 변두리 초등학교 1학년에 재학 중이었는데, 거의 매일 미군 폭격기의 공습에 시달려야만 했다.[5] 결국 권정생은 토교 폭격으로 살던 셋집마저 잃어버린채 힘겹게 살다가 해방 이듬해인 1946년에 부모님과 함께 귀국했다. 그의 두 형6은 일본에 남았고7 함께 귀국한 첫째 형의 아내는 자신의 집으로, 아버지와 작은 누나는 안동으로, 어머니와 큰 누나 그리고 권정생과 남동생은 어머니의 친가로 가는 등 온 가족이 뿔뿔이 흩어졌다.8 1년 후 아버지가 소작을 하게 되어 가족이 모일 수 있었다. 그렇지만 일본에 사는 두 형은 영구적으로 귀국하지 못했기 때문에 권정생의 가족과 함께 귀국한 형수는 새로운 가정을 꾸리기로 하였다.9

앞서 언급한 것처럼 일본에서 귀국한 권정생의 가족은 약 1년간 뿔뿔이 흩어져 살 수밖에 없었다. 그때 자신의 친가로 세 남매 권정생, 권정생의 큰 누나 그리고 권정생의 남동생를 데리고 간 권정생의 어머니는 자녀를 부양하기 위해 봄에는 약초를 캐서 팔고 여름에는 품을 팔았다. 일이 없는 겨울에는 자루를 메고 동냥을 나가서 열흘이나, 보름이 지난 후 돌아왔다. 당시 아홉 살에 불과했던 권정생과 누나와 동생은 귀리나 호밀가루로 끓인 죽을 먹으며 어머니를 기다렸다. 이때의 경험을 기반으로 쓴 작품이 소년소설「쌀도둑」이다.10 이처럼 어린 시절 배고프고 서러운 기억조차 문학 소재가 되어 작품으로 탄생한 것이다.

권정생이 어그러진 삶으로 들어선 결정적인 계기는 1950년 6월 25일에 발발한 한국전쟁이라고 볼 수 있다. 이 사건으로 그의 중학교 진학이 좌절되었을 뿐만 아니라, 중학교 진학을 위해 타지에서 일을 하다가 병이 들어서 평생 질고를 안고 살았기 때문이다.

권정생의 어머니는 권정생과 그의 남동생을 중학교에 진학시키기 위해 행상까지 하며 열심히 돈을 모았다. "돈을 모아 소 한 마리를 사서 먹이면 권정생과 그의 남동생을 중학교에 보낼 수 있을 것"이라고 기대했기 때문이었다. 하지만 어머니의 꿈은 좌절되고 말았다. 한국전쟁 직후 화폐 개혁에 따른 통화 팽창으로 인해 황소 한 마리를 살 수 있었던 화폐가치가 강아지 한 마리도 살 수 없을 만큼 폭락했기 때문이었다.[11] 권정생의 가족은 물론 그를 가르친 선생님들도 권정생의 처지를 놓고 안타까워하였다. 중학교 진학을 하지 못한 채 집에서 멀지 않은 고구마 가게 점원으로 일했을 당시 권정생의 이야기를 들어보자.

> 고구마를 팔면서 가끔 아는 사람이 지나가다가 나를 보고 깜짝 놀라기도 했는데 한번은 초등학교 시절 교장 선생님이 지나치다 나를 보셨다. 교장 선생님은 손수건으로 눈물을 훔치기까지 하셨다. 전교수석으로 졸업한 아이, 비록 시골 초등학교지만 1등을 했던 나를 몹시 아껴 주시던 것을 나도 알고 있었다. "너는 계속 학교에 가서 공부를 해야 하는데……." 교장 선생님이 한참 서서 측은하게 바라보다가 돌아가던 것이 평생 잊히지 않는다.[12]

"만약! 부유한 독지가가 권정생이 계속 공부할 수 있도록 도와주었다면 어땠을까?"

그러나 어린 권정생에게는 그런 행운이 따르지 않았다. 권정생이 그를 돕는 은인을 만난 것은 나이 서른이 훌쩍 넘은 후였고 그무렵 권정생은 단편 동화 『강아지똥』으로 이름이 알려져 있었다. 권정생이 35세 되던 1972년, 교육자이며 아동문학 평론가였던 이오덕이 「조선일보」 신춘문예에 당선된 「무명 저고리와 어머니」를 읽고 권정생이 사는 일직교회를 방문하였다.[13] 당시 신춘문예 심사위원은 저명한 아동문학가 이원수였다. 그의 심사평은 다음과 같았다.

「무명저고리와 엄마」를 당선작으로 정하게 된 것은 일곱 남매를 낳아 기르면서 일생을 두고 외국의 침략과 전쟁 등에 그 자식을 빼앗기고 혹은 잃어버리는 그 슬픔을 시종여일始終如一하게 시적詩的인 문장, 상징적인 표현을 해가면서 감동적으로 끌어간 점을 높이 보았으며, 우리나라 모성母性의 한 전형典型이 귀히 여겨졌기 때문이다. 약간의 흠이 없는 것도 아니다. 즉 시간적 관계가 정확성을 잃고 있는 점- 그러나 상징적인 점에서 그것을 눈감기로 했다.[14]

이오덕과의 만남은 권정생이 아동문학가로 입지를 굳히는 데 큰 도움이 되었다. 이오덕이 최선을 다해 권정생의 작품을 알렸을 뿐만 아니라, 종종 경제적인 도움도 주었기 때문이다. 이오덕과의 만남은 잠시 뒤로 미루고 권정생의 삶이 어그러진 결정적 계기가 된 한국전쟁으로 인한 중학교 진학 좌절로 돌아가 보자.

앞서 언급한 것처럼 집에서 멀지 않은 고구마 가게에서 점원으로 일하던 권정생은 아예 고학苦學을 결심하고 1953년, 부산으로 떠났다. 하지만 늦게까지 일을 하고 제때 잠을 자기도 벅찬 일상 속에서 공부까지 하는 것은 불가능했다. 재봉기 가게 점원이 된 권정생의 일상은 새벽 5시에 일어나서 저녁 9시까지, 혹은 자정까지 일하는 것이었다.15 용돈이 생길 때마다 '계몽서점'이라는 헌책방에서 책을 빌려다 보면서 권정생은 다양한 문학작품을 접했다. 하지만 제대로 쉬지 못하면서까지 독서를 하는 일상이 계속되어 건강에 무리가 올 수밖에 없었다. 권정생이 헌책방 갈 때마다 반드시 빌려다 본 잡지의 제목은 『학원』이었다. 이렇듯 책을 읽는 생활은 배움에 목마른 권정생이 샘물로 목을 축이는 것과 같았다.16

일상에서 숨이 차는 등 건강 이상을 느낀 권정생은 전문의로부터 "늑막염과 폐결핵이 겹쳤다"는 진단 결과를 듣고 집을 떠난 지 5년이 된 1957년에 어머니 손에 이끌려 집으로 돌아왔다. 하지만 제대로 약을 구할 수 없는 형편 때문에 전신 결핵으로 건강이 악화되고 말았다. 결국 부모님을 여의고 그의 나이 29세가 된 1966년, 일본에 있는 둘째 형의 도움으로 그해 5월, 콩팥 하나를 들어내는 수술을 한 뒤 그해 12월, 방광을 들어내는 수술을 하였을 때, 수술을 집도한 의사는 "잘 관리하면 2년은 살 것"이라고 하였고 간호사는 "6개월도 살기 어려울 것"이라고 하였다.17 하지만, 의사의 말과는 달리 권정생은 70세까지 살 수 있었다. 하지만 평생 질고에 시달렸다. 다음과 같은 고백을 통해 권정생이 얼마나 건강회복을 염원했는지 알 수 있다.

> 병을 앓으면서 나는 언젠가 건강해지면 조그만 논과 밭에서 농사를 지으며 될 수 있으면 결혼도 하고 아기도 키우며 가난하더라도 산새와 들꽃과 함께 어울려 살고 싶었다. 그것만이 사람답게 사는 길이라고 믿었다. 지금은 모든 걸 다 포기했지만 그렇게 사는 것이야말로 자연과 하느님을 함께 섬기며 사는 것이라 생각한다.[18]

다른 사람 못지않은 비전을 품고 고학을 시작했던 권정생의 바람이 참으로 소박해졌음을 알 수 있다. 그러나 건강을 잃은 권정생이 할 수 있는 유일한 일은 책 읽기와 글쓰기밖에 없었다.[19] 그렇지만 그렇게 기록된 "권정생의 삶과 문학세계는 이계삼의 표현처럼 진리에 가까이 가기 위해 분투해온 한 인간 정신이 이루어낸 가장 진실한 기록이라 하기에 결코 부족하지 않다."[20]

지금까지 살펴본 것처럼 권정생은 평생 척박한 환경을 극복하며 살았다. 그렇지만 이렇듯 어그러진 삶은 권정생을 작가의 길로 이끌었다. 원치 않았던 질박했던 삶이 그를 아동문학가이며 기독교 사상가가 되도록 하였다는 것이다.

권정생의 삶에서 볼 수 있는 것처럼 과연 자신이 원했던 꿈을 이룬 사람이 얼마나 있을까? 대다수는 자신의 꿈꾸었던 삶과는 다른 삶을 살고 있지 않을까.

꿈이 좌절된 사람들 가운데 어떤 사람은 실망을 넘어 자신의 삶이 "어그러진 삶"이라고 생각하기도 한다. 더욱이 우리를 둘러싼 환경으로 인해 꿈이 좌절되었다면 더욱 그렇다. 대표적인 경우가 권정생이다. 오늘날 그는 위대한 아동문학가로 추앙을 받고 있지만, 사실 문학가의 길을 걷는 것은 그가 꿈꾸었던 일이 아닐지도 모른다.

나는 왜 동화를 쓰게 되었는지 나 자신도 모른다. 언제 무엇이 계기가 되었는지 그런 걸 생각해 보지도 않았다.

이런 생각을 해볼 수도 있다. 하나님의 시간은 우리의 시간과 다르다는 것이다. 앞서 언급한 것처럼 권정생은 이오덕을 만남으로써 작가로서 널리 알려지는 데 적지 않은 도움을 받았다. 그런데 그가 이오덕을 만나고 작가로 알려진 것은 이미 나이 서른이 훨씬 넘은 후였다. 그는 전신 결핵으로 고통스러운 삶을 살고 있었다. "더 일찍 도움의 손길을 만났다면 그와 같은 고통을 겪지 않았을 텐데, 하나님께서는 왜 이렇게 권정생이 수많은 고난을 겪은 후 비로소 도움의 손길을 만나도록 하신 걸까?"라는 생각을 해본다. 물론 이오덕을 만나기 이전에 권정생을 도와준 손길들이 있었다. 그것은 가난한 사람들의 손길이었다.

이처럼 권정생이 가난한 이웃들에게서 도움을 받으며 작가 생활을 근근이 이어갈 때 비로소 이오덕을 만나서 도움을 받은 사실을 우리가 이해하기는 쉽지 않다. 다만 하나님의 시간과 사람의 시간이 다름을 인정하고 하나님의 주권 가운데 하나님의 시간에 개입하심을 받아들일 뿐이다. 이런 측면에서 볼 때, 우리의 삶에 개입하시는 하나님의 주권과 하나님의 시간을 기대하며 힘을 낼 수 있다. 극적인 개입으로 인식하지는 않을지라도 우리는 하나님의 개입하심을 경험하며 살아간다.

이 글의 서두에 언급한 것처럼 권정생이 처음부터 아동문학가가 되려고 한 것은 아니었다. 사실 그가 아동문학가가 된 것은 그의 "어그러진 삶의 산물"이었다. 하지만 하나님께서 개입하실 때 어그러진 삶도 밤하늘의 별처럼 빛나는 삶으로 변함을 권정생의 삶을 통해 알 수 있다. 자신이 의도한 삶을 살고 있지 않은 것 같아도 우리는 하나님께서 인도하는 삶을 살고 있다. 그 속에서 하나님께서 개입하시고 우리의 삶을 밤하늘의 별처럼 빛나게 하심을 기대한다. 권정생이 그의 삶에서 하나님의 영광을 비추는 반사광으로서 역할을 한 것처럼 우리 또한 우리의 삶을 통해 하나님의 영광을 비추는 반사광으로서 역할을 하고 있음을 알 수 있다. 우리가 기뻐하고 감사하며 살아갈 수 있는 이유가 여기에 있다.

공존! 그 성스러움에 대하여…

공존共存은 성스럽다.

　권정생은 이 세상에 좋은 일보다 좋지 않은 일, 어려운 일이 더 많다는 사실을 어려서부터 경험하며 살아왔다.[21] 그로 인해 그에게는 아름다운 습관이 하나 생겼다. 그것은 새벽마다 무릎 꿇고 기도할 때 슬픔이 가득한 이웃과 힘들게 살아가는 가난한 어린이들을 위해 먼저 기도하는 것이었다. 기도할 이웃이 너무 많았기 때문에 자신을 위한 기도는 언제나 맨 마지막으로 미루어질 수밖에 없었다.[22] 권정생의 동화에 나오는 소재가 주로 가난하고 보잘 것 없는 이들인 이유가 여기에 있다. 그는 불우한 환경에 처한 이웃을 주제로 글을 쓰고 싶었다. 이를 통해 권정생은 하나님의 마음으로 세상을 보는 법을 깨달을 수 있었는데, 그것은 공존하는 삶이었다. 권정생은 "인간은 자연과 공존해야 하고, 한 걸음 더 나아가 살아 숨 쉬는 동물들과도 더불어 살아야 한다고 믿었다."[23] '권정생 전기 작가'인 이충렬은 이렇게 말한다.

　권정생은 인간의 눈에는 부족해 보이는 장애인도 하나님 보시기엔 아름다운 존재일 것이라고 믿었다. 폐병에 걸려 얼굴색이 검고 방광이 없어 소변 주머니를 차고 다니는 자신이나, 허리를 다쳐 곱추가된 사람이나, 한센병에 걸려 숨어 사는 사람이나, 지적 능력이 떨어지는 장애인이나, 듣지 못하고 말도 못 하는 농아나 다 같은 이웃이기에 더불어 살아가야 하는 존재들이며, 그들을 무시하지 않고 보듬어 함께 살아간다면 세상은 훨씬 더 아름다워질 수 있다고 확신했다.[24]

권정생은 이렇게 말했다. "공존共存은 성스럽다." 그가 말하는 공존은 이웃사랑을 의미한다.[25] 이처럼 공존의 성스러움에 관한 깨달음은 그의 척박했던 생활에서 기인하였다. 1967년, 그의 나이 서른한 살 때 권정생은 일직교회 문간방에 들어가 살기 시작했다. 그곳은 예배당 부속건물의 토담집이기 때문에 외풍이 심해서 겨울에는 동상이 걸렸다가 봄이 되어 나았을 만큼 열악한 곳이었다. 그렇지만 그 조그만 방은 권정생이 글을 쓸 수 있는 공간, 아이들과 자주 만나는 사랑방이었다.

개구리와 생쥐도 권정생에게는 환영받는 친구였다. 여름에 소나기가 쏟아지면 빗발에 찢어진 창호지 문 사이로 개구리들이 들어와서 울었고, 겨울에는 아랫목에 생쥐들이 이불 속에 들어와서 잠을 잤다. 자다 보면 발가락을 깨물기도 하고 옷 속으로 비집고 들어와서 겨드랑이까지 파고들어 오는 성가신 친구였지만, 권정생은 도리어 자신의 발치에다 먹을 것을 놓고 생쥐들을 맞이하였다.[26] 이를 통해 권정생이 사람은 물론, 동물까지 이웃으로 보았음을 알 수 있다. 이계삼의 말을 들어보자.

> 그의 작품에 등장하는 인물들은 정상인의 시각에서 보면 '낮은 곳'에 처해 있지만 모두 지순한 성정性情의 소유자들이며, 무욕과 평화의 이상적인 정신세계에서 살아가는 존재들이다. 즉 권정생에게 힘없고 약한 존재들은 동정과 연민의 대상이 아니라 오히려 모든 인간이 그들을 닮아 낮아지기 위해 노력하지 않으면 안 될 모범적인 삶의 지표인 것이다.[27]

권정생은 그의 단편 동화 『강아지똥』으로 널리 알려진 작가이다. 아동문학에 별다른 관심이 없는 사람들에게도 『몽실 언니』와 『강아지똥』은 널리 알려져 있다. 두 작품이 왜 이렇게 널리 알려져 있을까? 여러 가지 이유가 있겠지만, 가장 큰 이유는 바로 공존의 아름다움을 말하기 때문일 것이다. 먼저 『강아지똥』을 생각해 보자. 『강아지똥』의 내용은 "아직 꽃을 피우지 못한 어린 민들레와 강아지똥이 공존함으로써 밤하늘의 별처럼 노란빛을 띤 민들레꽃을 피운다는 것"이다. 본래 『강아지똥』은 동시로 창작된 작품이었다.

비 오는 날 산책길에서 권정생은 강아지똥이 잘게 부서진 자리에 민들레꽃이 핀 것을 발견하였다. 보통 사람이라면 강아지똥이 아닌 민들레에 눈길을 주었겠지만, 권정생은 제 몸을 잘게 부수고 민들레를 피어나도록 한 강아지똥에서 눈을 뗄 수 없었다.[28] 깊은 감명을 받은 권정생은 다음과 같은 동시를 읊었다.

> 강아지똥은 지렁이만도 못하고
> 똥강아지만도 못하고
> 그런데도 보니까 봄이 돼서 보니까
> 강아지똥 속에서 민들레꽃이 피는구나.[29]

여기서 권정생이 발견한 공존의 아름다움을 생각하게 된다. 만약! 더럽고 천하다는 이유로 민들레가 강아지똥과 공존하기를 거부했다면 어떻게 되었을까? 그랬다면 아름다운 민들레꽃은 피어나지 못했을 것이다. 이를 통해 공존이야말로 하나님께서 창조하신 참으로 아름다운 것임을 생각해 보게 된다.

많은 사람은 이항 대립적으로 구분하는 것에 익숙하다. "성스러운 것과 속된 것", "아름다운 것과 추한 것", 그리고 "선과 악", "그리스도인과 비그리스도인" 등으로 말이다. 그런데 심층적으로 생각해 보면 과연 어떤 것이 성스럽고 어떤 것이 속되며, 어떤 것이 아름답고 어떤 것이 추한지 구분하는 것이 쉽지 않다. 선과 악을 명확하게 구분하기도 모호하다. 그리스도인이라고 해서 반드시 비그리스도인보다 성품이 아름다운 것도 아니다. 예수께서 "인자의 온 것은 섬김을 받으려 함이 아니라 도리어 섬기려 하고 자기 목숨을 많은 사람의 대속물로 주려 함이니라마가복음 10장 45절."라고 말씀하셨는데, 섬김이라는 측면에서 "오늘날 그리스도인이 비그리스도인보다 아름다운 모습을 사는가"를 고민하지 않을 수 없다.

앞서 언급한 것처럼 권정생은 자신의 방에 생쥐와 개구리가 쉴 공간을 마련하였다. 1960–70년대에 쥐를 잡는 것을 국가에서 강조했을 만큼 쥐가 인간에게 해를 끼치는 동물로 여겼지만, 권정생에게는 소중한 생명체이며 이웃이었다. 동물과의 공존은 비단 생쥐나 개구리에 국한되지 않았다. 권정생의 이야기를 들어보자.

어느 여름성경학교 강습회 때 강사 목사님이 시골 교회에 갔더니, 천장에 거미줄이 있고 아이들이 팬티차림에 검정 고무신을 껴안고 예배를 드리더라고 꾸지람하시는 걸 들었습니다. 그 목사님은 딱하게도 농촌을 너무도 몰랐습니다. 그리고 자연의 생태를 모르는 분이었습니다. 거미줄은 금방 걷어도 다음 날이면 또 생기는 게 정상이기 때문입니다. 사람들에겐 거미줄이 더러운 방해꾼이지만 거미 자신에게는 먹고살기 위한 소중한 방편인 것입니다. 농촌은 어디를 가도 거미줄이 널려 있습니다. 거미줄은 보기엔 지저분할지 모르지만, 농촌 사람들에겐 없어서는 안 되는 귀한 존재입니다. 거미줄엔 파리가 걸리고 모기가 걸립니다. 그리고

농작물을 해치는 벌레를 잡아 줍니다. 그래서 그런지 모르
지만, 농촌 사람들은 거미를 소중히 여깁니다.[30]

권정생에게는 사람들이 징그럽게 여기는 생쥐와 개구리는 물론
혐오감을 느끼는 거미조차 사람과 공존하는 소중한 이웃이었다.
그뿐만 아니라 사람으로부터 멸시받는 지렁이와 구렁이까지도 함
께 공존하는 소중한 이웃이었다.[31] 이런 측면에서 권정생의 다음
과 같은 질책은 한국교회와 그리스도인들이 깊이, 깊이 고민해야
할 문제가 아닐까.

공장에서 나오는 독한 공해물질은 하천을 더럽힌다. 농촌
의 농약은 들판을 오염시키고 거기 사는 동물들의 목숨을
앗아간다. 우리는 그냥 훔치는 것이 아니라 무장 강도처럼
이 지상의 물질을 약탈하고 있는 것이다. 이렇게 약탈해온
재물의 일부를 교회에 바친다고 과연 감사가 될 수 있단 말
인가? 사람들의 편리를 위해 만들어지는 고속도로 때문에
일어나는 끔찍한 일들은 아무도 모른 채 지나가고 있다. 시
골 아스팔트 길을 보면 종종 뱀이나 다른 산짐승들이 자동
차에 치여 죽은 것을 본다. 비 오는 들판 아스팔트 길엔 개
구리들이 수없이 차바퀴에 치여 죽은 것을 본다…. 고속도
로는 동물들에겐 커다란 수난이다. 산골짜기를 가로질러
건설되는 고속도로의 양쪽에 헤어진 동물 식구들은 그때부

터 영원히 이산가족이 되어 버린다. 동물한테도 감정이 있
는 것을 겪어본 사람은 알 것이다.[32]

권정생이 말하는 공존의 성스러움은 이처럼 사람과 자연의 공
존에만 국한되지 않는다. 서로 불편한 사람과의 공존 또한 권정생
은 강조한다. 권정생의 소년소설 『몽실 언니』의 한 대목을 살펴보
자.

"몽실아, 사람은 누구나 처음 본 사람도 사람으로 만났을
땐 다 착하게 사귈 수 있어. 그러나 너에겐 좀 어려운 말이
지만, 신분이나 지위나 이득을 생각해서 만나면 나쁘게 된
단다. 국군이나 인민군이 서로 만나면 죽이기 때문에 죽이
려 하지만 사람으로 만나면 죽일 수 없단다."[33]

이 말은 몽실이에게 자신이 가진 양식을 나누어 주는 등 도움
의 손길을 내민 여자 인민군이 "국군과 인민군 가운데 누가 더 나
쁜가"라고 하는 질문을 듣고 해준 대답이다. 권정생은 이렇듯 여
자 인민군의 입을 빌어 공존에 대한 자신의 신념을 말한 것이다.
현재 법령상으로 북한은 우리의 주적으로 규정되어 있다. 일제 강
점기에 공산주의자들과 적지 않은 충돌이 있었고 간도에서는 그
에 따른 그리스도인의 인적 물적 피해가 있었을 뿐만 아니라, 해
방 후와 한국전쟁 동안 북한 정권에 의해 극심한 핍박을 받은 경

험으로 인해 한국교회는 세계에서 유래를 찾기 어려울 만큼 전투적인 반공 의식을 내포하게 되었다.[34] 지금도 이데올로기에 대하여 한국교회가 가장 보수성을 내포하고 있음이 사실이다. 그런 측면에서 한국교회가, 그리스도인이 이념이 다른 한반도 북한 사람들과 평화롭게 공존할 방법을 찾는 것은 쉽지 않은 과제이다. 이에 대하여 권정생은 하나의 실마리를 우리에게 던져 주고 있다. 그것은 이념과 신분을 넘어 사람과 사람으로 대하는 것이다. 그것이 오늘날 한국교회가 성경에서 찾아야 할 복음임을 부인할 수 없다. 우리는 어떻게 공존할 수 있을까? 이에 대하여 공산주의에 의한 고통스러운 개인적 책임을 서로 다르게 극복한 사례를 소개한 역사신학자 정성한의 언급은 하나의 실마리가 될지도 모른다.

> 한경직은 그의 신학의 상대적 진보성에도 불구하고 철저히 '반공 의식'에 기초한 세속사 인식으로 '반공 투쟁'를 주도하였다. 그는 '반공'에 기초한 한국교회의 경험을 공유하며 대변하고 있는 대표적인 사례이다. 그러나 손양원은 그의 보수적 신학과 철저한 반공 의식에도 불구하고…. 또한 그의 두 아들을 죽인 공산주의자를 포용함으로써 '하나님의 전 백성의 보편성'의 시원을 열었다. 손양원은 '개인적 체험'이 공동체의 경험을 앞서간 대표적인 사례이다.[35]

성경은 우리에게 남북의 무력에 의한 통일 시도가 서로의 국력을 쇠하게 할 뿐 종식되지 않는 분단에 이르도록 하는 것임을 말하고 있다. 그뿐만 아니라 구약의 예언자들은 통일의 비전을 말하며 통일의 필연성을 강조한다. 대표적인 본문은 이사야 11:11-16, 호세아 1:10-11, 예레미야 3:18과 50:4, 에스겔 37:15-28, 스가랴 10:6-12이다.[36] 그 외 미가서 4:3-4이다. 선지자 미가는 다음과 같이 말하였다.

> 주께서 민족들 사이의 분쟁을 판결하시고, 원근 각처에 있는 열강 사이의 갈등을 해결할 것이니, 나라마다 칼을 쳐서 보습을 만들고 창을 쳐서 낫을 만들 것이며, 나라와 나라가 칼을 들고 서로 치지 않을 것이며, 다시는 군사훈련도 하지 않을 것이다. 사람마다 자기 포도나무와 무화과나무 아래 앉아서, 평화롭게 살 것이다. 사람마다 아무런 위협을 받지 않으면서 살 것이다. 이것은 만군의 주께서 약속하신 것이다.[37]

이처럼 성경에서도 통일을 지지하고 있음을 알 수 있다. 이런 측면에서 남북한의 통일을 원하지 않거나 일방적인 흡수 통일을 말하는 한국교회 일각의 주장을 재고할 필요가 있다. 공존함이 바로 하나님의 뜻이기 때문이다.

권정생이 말하는 공존은 이웃과의 공존은 물론 자연과의 공존 그리고 이념이 다른 북한 사람들과의 공존까지 포함된다. 그렇지만 사실 공존이 쉽기만 한 것은 아니다. 이웃과 공존하기 위해 서로 다름에 따른 불편함을 감수해야 한다. 자연과 공존하기 위해 상당 부분 편리함을 내려놓아야 한다. 한반도 북한 지역 사람들과 공존하기 위해 사상의 다름과 두려움을 극복해야 한다. 그런데도 권정생은 "공존은 성스럽다"라고 말한다. 공존이 성스러운 이유가 무엇일까? 그것은 성경이 말씀하는 가치이기 때문이다. 그리고 하나님의 뜻이기 때문이다.

한반도 통일을 생각하면 잊을 수 없는 두 가지 사건이 있다. 먼저 1996년 미국 애틀란타 월드컵 아시아 예선 때의 일이다. 당시 우리나라 선수들은 경우의 수를 따져야 할 만큼 끝까지 본선 진출을 장담할 수 없었다. 아시아 1위로는 사우디아라비아가 이미 확정되어 있었고 나머지 2위를 놓고 우리나라와 일본이 경우의 수를 놓고 경쟁하였기 때문이다. 당시 우리나라는 마지막 경기를 최하위로 탈락이 확정된 북한과 하였고 일본은 마찬가지로 탈락이 확정된 이라크와 하였다. 당시 우리나라는 후반전에 후보 선수로 대거 교체한 북한을 3:0으로 이김으로써 이라크와 1:1로 비긴 일본을 극적으로 따돌리고 본선에 진출하였다. 우리나라가 본선에 진출하려면 우리나라가 북한을 이기고 일본은 이라크에 지거나 비겨야 했다. 전반전까지 북한과 0:0으로 비기고 있을 때 후반전에 북한이 대거 후보선수로 교체함으로써 우리나라가 이길 수 있도록 협조해 주었다 당시 최종 예선을 마치고 돌아가는 북한 축구팀 감독이 웃으면서 남긴 한 마디를 나는 잊을 수 없다.

"어차피 넘겨줄 거면 와 다른 나라에 넘겨주겠시요?"[38]

이는 그들이 우리와 가족일 수밖에 없음을 말해주는 상징적인 표현이 아닐까. 또 하나는 김대중 정권 당시 남북한의 고위층이 서울과 평양을 방문했을 때의 일이다. 북한 고위층이 서울에서의 일정을 마치고 평양으로 돌아갈 때 어린아이 몇 명이 "안녕히 가세요."라고 인사를 하였다. 그때 그들이 남긴 말 또한 잊히지 않는다.

"통일된 조국에서 살 세대야요. 잘 계시라요. 공부 잘 하시구요."

당시 어린이들과 인사를 나눈 이들은 적어도 60대 중반이 넘는 연령대로 보였다. 그들은 자신들 세대는 분단된 한반도에 살았어도 다음 세대는 통일된 한반도에서 살아가기를 염원한 것이다. 이 염원을 이른바 "공산주의자들의 침략 야욕"으로 이해해야 할까? 앞서 언급한 것처럼 성경에서 지지하는 것은 영구 분단이 아닌 통일이다. 전쟁에 의한 흡수 통일이 아닌 평화에 기인한 하나 됨이다. 그 이유가 무엇일까? 공존은 성경에서 말씀하는 가치이기 때문이다. 이런 측면에서 볼 때 한국교회 일각에서 주장하는 전투적인 반공주의는 성경에서 말씀하는 가치일 수 없음이 발견된다. 공존에 대한 권정생의 말을 다시 한번 생각해 보자.

공존은 성스럽다.

한국교회에 배타성이 강함을 인정하지 않을 수 없다. 그러나 그러한 배타성은 성경의 가르침과 무관하다. 이 세상에는 서로 다른 사람들이 공존하고 사람과 자연이 공존한다. 앞서 언급한 것처럼 공존은 때로 불편함을 감수하도록 한다. 그렇지만 공존이 무너질 때 어느 한쪽만 무너지는 것이 아니라, 양측이 무너질 수 있음을 기억해야 한다. 자연과 공존할 때 사람도 안전하게 생존할 수 있다. 이념 또한 보수적 가치와 진보적 가치를 함께 내포하여야 한다. 이 세상에는 그리스도인뿐만 아니라, 다른 종교인과 무종교인도 함께 공존하고 있다. 이렇듯 더불어 사는 삶 가운데 우리가 어떻게 그리스도를 전할 것인가. 배타성이 아닌 공존의 가치를 알고 실천함이 필요치 않을까 생각해 본다.[39] 왜냐하면 권정생이 말한 것처럼 공존은 성스럽기 때문이다. 공존이 성스러운 이유는 성경에서 말씀하는 가치이기 때문이다.

고난 그 너머…

종로서적에 맡긴 원고가 아무래도 말썽이 될 것 같아 단행
본 출판이 어렵단다. 차라리 붓 꺾어 버리고 울면서 쓰러질
때까지 쏘다니고 싶다…

일본과 한국에서 제2차 세계대전과 한국전쟁을 경험한 권정생
은 "전쟁 속에서는 모든 인간이 악마가 된다.", "살아야 한다는 본
능 자체가 절대적 도덕이요 종교다."[40]라고 고백하였다. 특히 한
국전쟁은 권정생에게 실존적인 고민을 안겨주었다. 그의 이야기
를 들어보자.

빨치산이었던 춘자네 아버지는 경찰에 끌려가 죽고 집안은
온통 난리가 아니었다. 장독대가 모두 깨지고 세간이 불태
워지고, 할머니는 넋이 나간 듯이 먼 산만 바라보시다가 돌
아가셨다. 춘자가 세 살때 엄마는 춘자를 데리고 어디론가
멀리 떠났다. 6·25때 송서방 아저씨는 인민군 부역자라고
해서 너무 많이 두들겨 맞아 미쳐서 발가벗은 채 온 동네를
뛰어다니다가 행방불명이 되었다. 대추나무집 옥분네도,

큰 우물집 인수네도 모두 전쟁통에 아버지를 잃었다. 1950
년대까지만 해도 초등학교에서 가르쳐준 대로 나도 반공주
의자였다. 그러다 60년대가 되면서 차츰 생각이 달라졌다.
반공도 용공도 아닌, 다른 무엇인가 고약한 것이 있다는 걸
깨달았다.[41]

권정생은 자신이 경험한 한국전쟁을 주제 삼아 어머니의 고향
인 삼밭골과 아버지의 고향인 노름바우골[42]을 배경으로 이웃들의
경험을 작품으로 출간하고 싶었다. 그의 소년소설 『초가집이 있던
마을』이 그것이다. 이 작품은 권정생이 가톨릭 재단의 잡지인 『소
년』에 연재 형식으로 올린 것이다. 처음에는 주인공 어린이들이
중학교에 진학하는 1950년대 말까지만 쓰려고 했지만, 분단 피해
자들이 여전히 존재하고 남북 간 대치 상황이 지속되는 현실을 더
구체적으로 묘사해야겠다고 결심했다. 그래서 아버지가 월북한
복식이가 군인이 되어 북한을 향해 총구를 겨누게 된 1960년대 초
반까지 쓰기로 했다. 반공법이 서늘한 상황에서 위험한 접근이기
는 했지만, 다행히 연재할 때는 별다른 문제가 되지 않았기 때문
에 작품 연재가 가능했다.[43]

이오덕은 이 작품을 꼼꼼히 읽은 후 아동문학으로는 해방 후
6·25전쟁과 1950년대를 다룬 처음 작품이라고 생각했고, 전쟁과
분단 상황을 정직하게 묘사한 내용이 일반 소설에서도 찾아보기
어려울 만큼 탁월하다는 생각이 들어서[44] 이 작품을 출간하기 위

해 물심양면으로 지원하였다. 마침내 종로서적에서 『초가집이 있던 마을』을 출간하겠다는 의사를 표명하였지만, 결국 출간은 보류되었다. 그것은 이오덕의 만류 때문이었다. "조금이라도 사회에 부정적인 견해를 밝히면 안 된다."라는 검열[45]이 시행되는 현실에서 한국전쟁에 관한 리얼리티가 확보된 이 작품이 단행본으로 출간되면 권정생이 계엄사령부 합동수사본부에 끌려가서 곤욕을 치를 것이 뻔했기 때문이었다. 그래서 이오덕은 권정생에게 "『초가삼간 우리집』 출판을 보류하자."라고 설득하였다.[46] 그로 인해 크게 실망한 권정생은 이현주에게 보내는 편지에 자신의 심정을 털어놓았다.

"… 종로서적에 맡긴 원고가 아무래도 말썽이 될 것 같아 단행본 출판이 어렵단다. 차라리 붓 꺾어 버리고 울면서 쓰러질 때까지 쏘다니고 싶다.… 나는 왜 세상 사람들이 하는 대로 따라하지 못하는 병신일까? 아아, 괴롭다. 그러나 현주야, 이 세상 사람 깡그리 선한 인간이 된다면 나 혼자 악인이 될게다. 그만치 나라는 인간은 숙명적으로 누구와도 같을 수 없는 인간이니까.…"[47]

자신에게 주어진 필생의 과업을 시도조차 할 수 없도록 강요받은 작가의 절망이 잘 느껴진다. 하지만 이 사건은 권정생에게 오히려 전화위복이 되었다. 이 사건을 계기로 권정생은 잠시 저술을 멈추었다가 1981년, 필생의 역작 『몽실 언니』 저술을 시작하였고 이 소설 출간이 작품성으로는 물론, 대중적으로도 성공하였기 때문이다. 이 소설은 현재 권정생을 대중들에게 알려지게한 대표적인 작품이다. 이 소설 또한 단행본 출간이 아닌 월간지인 『새가정』에 연재하는 것으로 시작되었다.[48]

『몽실 언니』 또한 정부의 검열로 일부가 삭제되는 수모를 겪었고 단행본 출판에 필요한 . 당시 삭제된 부분은 이데올로기에 따른 전쟁의 무용無用성을 말한 것인데, 그것은 권정생의 평화 사상을 잘 드러낸 대목이었다. 그 내용은 다음과 같다.

첫째, 여자 인민군이 몽실이와 젖먹이 동생 난남이에게 먹을 것을 주며 친절을 베푼 내용과 여자 인민군이 몽실이에게 "국군 중에도 나쁜 국군이 있고 착한 국군이 있다."라고 한 대화를 언급한 내용이었다.[49]

둘째, 인민군 청년 박동식이 몽실에게 찾아와서 "통일이 되면 서로 편지하자."라고 하며 주소를 적어주는 부분과 박동식이 후퇴에 실패하여 지리산으로 들어가 빨치산이 된 후 숨을 거두기 전 몽실에게 보낸 편지의 내용이었다. 박동식이 "몽실아, 남과 북은 절대 적이 아니야. 지금 우리는 모두가 잘못하고 있구나."라고 말한 부분과 "몽실이가 편지를 읽고 울면서 박동식을 부르는 장면"을 삭제하도록 문화공보부에서 명령한 것이다.[50]

언급한 두 가지 내용은 권정생의 평화 사상을 가장 잘 말해주는 대목이다. 그렇지만 당시 전투적인 반공주의가 팽배한 한국 사회에서 그러한 권정생의 평화 사상은 받아들여 질 수 없었다.

이렇듯 어려움 속에서 출간된 『몽실 언니』는 권정생에게 경제적으로도 적지 않은 도움이 되었다. 당시 창작과 비평사에서 초판으로 무려 5,000부를 찍었고 권정생에게 인세로 책값의 10%인 75만 원을 지급하였기 때문이다.[51] 창작과 비평사에서 『몽실 언니』의 상업적 성공을 직감할 수 있었던 이유가 있었다. 어느 날 『몽실 언니』를 편집하던 편집자가 "몽실이가 너무 불쌍해요."라고 하면서 눈물을 흘리는 것을 보고 원고에 날카로운 눈을 가진 편집자가 울 정도면 틀림없이 성공하리라는 확신이 들었기 때문에 과감히 초판으로 5,000권을 출간하고 권정생에게 인세 75만 원을 지급한 것이다. 그때까지 권정생이 받았던 인세 가운데 가장 많은 돈이었다.[52] 권정생은 인세로 받은 75만 원에서 자신의 생활비를 일부 남긴 후 무의탁 노인과 장애인을 돌보는 사회복지 기관인 "우리집"을 운영하는 장영자 전도사[53]에게 20만원을 후원하는 등 소외된 이웃을 위해 사용하였다.

『몽실 언니』가 출간된 그해 7월 14일에는 초등학교 5~6학년이 여름방학에 읽을만한 책으로 서울시의회 교육위원회의 차원재 장학사에 의해 추천되었다는 기사가 『동아일보』에 실렸고 10월 25일에는 제17회 문화공보부 추천 도서 가운데 하나로 선정되었다는 공고가 각 일간지에 게재되었다.[54] 권정생에게 다가온 기쁜 소식은 그뿐만이 아니었다. 1985년 1월, 『초가집이 있던 마을』이 분도출판사에서 출간된 것이었다.[55] 이 작품이 분도출판사에서 출간될 수 있었던 이유는 분도출판사가 가톨릭 성베네딕도회왜관수도원에서 운영하는 곳이기 때문이었다. 국내 기관이 아닌 국제적인 종교기관에 소속된 기관이었기 때문에 정부에서조차 함부로 간섭할 수 없었던 것이다. 『초가집이 있던 마을』의 출간은 가톨릭 기관의 월간지인 『소년』에 수록된 작품을 편집장이 자세히 읽고 작품성을 인정함으로써 가능하게 되었다.56

권정생의 삶을 보면 어느 하나 쉽게 이루어진 일이 발견되지 않는다. 많은 이들이 「강아지똥」을 권정생의 처음 동화 작품이라고 생각한다. 권정생의 처음 동화 작품은 『강아지똥』을 쓰기 이전인 1968년, 대구 매일신문 신춘문예에 응모했다가 예심에서 탈락한 「깜둥바가지 아줌마」이다. 1969년, 월간 『기독교교육』의 제1회 기독교 아동문학상 현상 모집에 응모하여 당선작이 되었지만, 이 또한 심사과정에서 자칫 배제될 뻔하였다. 작품의 주제가 맘에 들지 않는다는 이유로 심사위원들이 배제 시켰다가 다른 응모작들 가운데 당선작을 선정할 수 없어서 뒤늦게 심사한 후 작품성을 인정하여 당선작으로 선정했기 때문이다.

1973년, 동화 「무명저고리와 엄마」가 조선일보 신춘문예에 당선됨으로써 동화 작가로서 입지를 든든히 하게 되었을 뿐만 아니라, 이를 기점으로 이원수 같은 저명한 원로 아동문학가와 교분을 갖게 되었지만, 그것이 경제적인 넉넉함과 연결된 것은 아니었다. 권정생은 오랫동안 기초 생활 수급자였고 심지어 구제의 대상으로 여겨진 일도 있을 만큼 질박한 생활을 벗어나지 못했다. 권정생은 1978년 12월 31일, 이현주 목사에게 보낸 편지에서 다음과 같이 토로하였다.

> 현주가 지난번 「뿌리 깊은 나무」에 썼다는 것 읽고, 부산 YMCA, YWCA 회원들이 42,500원을 모아 가지고 보태왔더라. 나는 어떡해야 좋을지 곤란해 죽겠다. 이웃돕기 성금이 나한테도 돌아왔으니, 거지 팔자 더욱 실감이 난다. 고맙다는 편지 정중하게 띄웠고, 소액환은 아직 그대로 가지고 있다. 정말 서럽고 외롭다.[57]

이렇듯 고난으로 점철되었던 권정생을 보면서 어쩌면 구약성경의 인물인 욥을 떠올릴지도 모른다. 모진 고난을 겪은 끝에 갑절 이상의 복을 받았다는 공통점에서 말이다. 욥과 권정생의 삶에서 발견되는 공통점이라고 하면 "이해하기 어려운 고난"이라는 측면에서 보아야하지 않을까. 욥의 고난을 전지적 시점에서 읽는 독자는 욥이 당한 고난을 하나님의 섭리라는 측면에서 이해한다. 욥은 누구보다도 의인이었다. 욥의 입장에서는 자신이 겪는 고난은 도무지 받아들일 수 없는 것이었다. 욥이 자신의 고난을 이해하게 된 것은 이후 자신이 전능하신 하나님 앞에 비천한 존재임을 깨달은 다음이었다. 하나님께서 욥에게 갑절 이상의 복을 주신 것은 그 이후의 일이었다. 하나님께서 욥에게 갑절 이상의 복을 주시려고 고난을 허락한 것은 아니라는 것이다. 욥의 고난에서 중요한 것은 고난 속에서 자신이 하나님 앞에서 비천한 존재라는 자아 인식을 하게 되었다는 사실이다.

권정생의 삶 또한 그런 측면에서 이해할 수 있다. 그의 삶을 전지적 시점에서 보는 독자들은 권정생의 삶을 하나님의 섭리라는 측면에서 이해할 수 있다. 하지만 평생 고난에서 벗어난 일이 없는 권정생 자신이 하나님의 섭리를 생각하며 감사하기는 쉽지 않았을 것이다. 그렇지만 권정생의 삶에서 독자가 받아들일 수 있는 부분은 하나님의 섭리 가운데 고난 그의 삶에 아름다운 성취가 있었다는 것이다. 권정생이 『초가집이 있던 마을』을 출간하려고 하였지만, 그것이 보류되었을 때는 낙망할 수밖에 없었다. 하지만 이후 그의 작가 정신이 더욱 성숙하는 가운데 『몽실 언니』를 출간하여 작가로서 더욱 대중성을 획득하게 되고 얼마 지나지 않아 『초가집이 있던 마을』이 출간되어 대중에게 알려지게 되었다는 사실에서 "고난 그 너머에 있는 하나님의 섭리"를 생각해 보도록 한다.

우리가 고난을 겪을 때 무조건 하나님의 섭리로 돌리는 것은 합당하지 않다. 하지만 우리가 선을 이루기 위해 최선을 다했음에도 불구하고 길이 막힘으로써 막막한 생각이 들 때 하나님의 섭리를 생각해 볼 수 있다.[58] 권정생이 이현주에게 "종로서적에 맡긴 원고가 아무래도 말썽이 될 것 같아 단행본 출판이 어렵단다. 차라리 붓 꺾어 버리고 울면서 쓰러질 때까지 쏘다니고 싶다."라고 토로한 것은 그러한 사실을 말하고 있다. 권정생이 경험한 좌절과 새롭게 열린 길을 통해 우리는 무엇을 알 수 있을까?

　분명한 것은 권정생이 『초가집이 있던 마을』을 출간하려고 한 의도가 전쟁의 참상을 알림으로써 평화의 중요함을 말하려는 데 있었다는 사실이다. 그것이 권정생 문학을 관통하는 '작가 정신'이다. 권정생의 작가 정신은 전투적인 반공주의에 함몰된 사회에서 불편하고, 위험한 것이지만, 결국 드러날 수밖에 없다. '평화'살롬는 성경에서 말씀하는 진리이기 때문이다.

　대중성이 확보된 『몽실 언니』가 출간된 후 『초가집이 있던 마을』이 정부의 영향이 미치기 어려운 왜관 수도원 소속 분도출판사에서 출간된 것을 우연으로 볼 수 없는 이유가 여기에 있다. "권정생이 경험한 고난 그 너머에 하나님의 선한 섭리가 있었음"을 이를 통해 발견하게 된다. 우리가 "구하여도 받지 못함은 정욕으로 쓰려고 잘못 구하기 때문이라야고보서 4장 3절."라고 하는 성경 본문과 "우리가 알거니와 하나님을 사랑하는 자 곧 그의 뜻대로 부르심을 입은 자들에게는 모든 것이 합력하여 선을 이루느니라로마서 8장 28절."라고 하는 성경 본문을 분별하여 적용할 수 있는 근거를 이를 통해 알 수 있지 않을까. 시편 기자가 다음과 같이 고백한 것처럼 말이다.

　눈물을 흘리며 씨를 뿌리는 자는 기쁨으로 거두리로다. 울며 씨를 뿌리러 나가는 자는 반드시 기쁨으로 그 곡식 단을 가지고 돌아오리로다. 시편 126편 5~6절

자아 인식…

나는 이 편지를 읽고 여태까지 몰랐던 자신의 모습을 발견하게 되었다. 과연 그렇다. 나는 부자의 문간에 앉아서 얻어먹는 거지이다.

이계삼은 권정생 문학세계의 특징을 다음과 같이 말하였다.

권정생의 작품들에는 쉽게 드러나는 표면적인 특징이 있다. 그것은 주인공들이 대부분 벙어리, 바보, 거지, 장애인, 외로운 노인, 똥, 지렁이, 구렁이 등 정상인들로부터 멸시받거나 그로 인한 상처를 안고 살아가는 존재라는 점이다. 그것은 아동문학가 이오덕이 지적했듯, "동화라면 으레 천사 같은 아이들이 나오고, 그 아이들이 꿈꾸는 무지개가 펼쳐지는 것"으로만 알고 있던 통념에 대한 가열한 충격이었고, 권정생의 작가적 개성을 결정하는 한 특질이 되었다.[59]

권정생의 문학세계에 이러한 특징이 내포된 것은 그의 자아 인식에서 비롯되었다. 그것은 권정생이 일직교회의 종지기로 있던 어느 날 그 지역 교회에 부흥회를 인도하기 위해 다녀간 목사로부터 편지를 받음으로써였다. 권정생의 이야기를 들어보자.

> 몇 해 전에 이곳 교회에 부흥회를 인도하러 오신 목사님이 돌아가신 뒤 나에게 편지를 보내오셨다. "권 선생님의 생활이 누가복음 16장에 나오는 거지 나사로와 꼭 같다고 생각했습니다." 나는 이 편지를 읽고 여태까지 몰랐던 자신의 모습을 발견하게 되었다. 과연 그렇다. 나는 부자의 문간에 앉아서 얻어먹는 거지이다. 분수를 지킬 줄 모르면 그 이상 불행할 수가 없을 것이다. 누구나 자신의 처지에 알맞게 행동하며 지나친 욕심을 버린다면 타인에게 끼치는 해가 훨씬 줄어들 것이다. 나는 그때로 부터 나사로와 나와의 입장을 함께 하며 거기서 벗어나려 하지 않기로 했다. 개들에게 헌데를 핥이면서, 부자가 먹던 찌꺼기를 얻어먹던 나사로였지만, 그는 하늘나라를 볼 줄 알았다. 그래, 그것이면 족한 것이다. 나는 거지 나사로를 알고부터 세상을 보는 눈을 달리했다. 천국이라는 것, 행복이라는 것, 아름다움이라는 것을 여태까지와는 거꾸로 보게 된 것이다. 내가 5살 때 환상으로 본 그리스도, 십자가의 의미도 조금씩 알게 되었다.[60]

사실 권정생은 자신의 삶을 긍정적으로 볼 수 없었다. 권정생이 놓여있는 처지가 그러하였기 때문이다. 그는 전쟁 때문에 하고 싶은 공부조차 하지 못했고 오히려 병든 몸이 되었다. 아무리 고민하고 노력한다 해도 자신의 삶을 송두리째 흔들어 놓은 전쟁 앞에서 그는 무기력할 뿐이었다. 지나온 세월을 돌아보면 허무함과 괴롭고 고달픈 마음이 밀려왔다. 그런 상황에서 교회 문간방에 가만히 누워있는 권정생을 감싸는 것은 참을 수 없는 외로움이었다.[61] 하지만 거지 나사로를 통한 자아 인식을 통해 성경의 시각으로 자신을 볼 수 있었고 그것은 그의 문학 정신으로 이어졌다.

　많은 이들에게 『강아지똥』이 권정생의 대표작으로 알려져 있기에 그 작품이 권정생의 처음 작품으로 알려져 있다. 하지만 그의 첫 동화 작품은 31세 때인 1967년에 쓴 단편 동화 『깜둥 바가지 아줌마』이다.[62] 병으로 인해 비쩍 마르고 볼품이 없는 권정생의 모습조차 개의치 않고 아이들은 선생님, 선생님하며 그를 따랐다. 그러한 아이들을 보며 권정생은 동화 창작 욕구를 갖게 되었다. 그때 쓴 동화가 단편 동화 「깜둥바가지 아줌마」이다. 이 작품은 '깜둥바가지 아줌마'처럼 볼품없는 권정생이 주일학교 어린이들과 놀아주는 마음이 표현된 작품인데, 1968년 대구 매일신문 신춘문예에서 예심까지 올랐지만 안타깝게도 본심에서 떨어졌다.[63] 비록 당선은 되지 않았지만, 이 작품은 최종 두 편 가운데 하나로 올랐고 심사위원으로부터 호평을 받았다.[64] 「깜둥바가지 아줌마」는 이후 기독교 어린이 월간지인 『새벗』 8월호에 실렸다.[65] 여기서 잠시 이 작품의 내용을 요약 언급하려고 한다. 거지 나사로를 통한 자아 인식 이후 그의 세계관이 잘 녹아 있는 작품이라고 보기 때문이다.

오랫동안 부뚜막의 그을림에 찌들어 까맣게 된 얼굴이 보기 싫었습니다. 깜둥바가지는 아예 상 위에 오를 자격이 못 됩니다. 부엌 바닥에 새끼 끄나풀로 아무렇게나 만든 또아리 위에 깜둥바가지는 주저앉았습니다. 모든 눈길이 깜둥바가지로 모여들었습니다. 참다못해 상 위의 오목탕기가 쿡쿡 웃음소리를 내자, 모두 와아! 웃어버립니다. "깜둥바가지 아줌마는 복도 많아 언제나 둥둥산이야!" 쬐그만 사기 접시가 용용 놀려 줍니다.

......

어느 날이었습니다. 깜둥바가지 아줌마가 개울로 나갔다가 끔찍하게도 얼굴에 기다란 상처를 입고 돌아왔습니다.

......

나미네 엄마는 깜둥바가지의 **뺨**을 굵은 무명실로 보기 싫게 꿰매 놓았습니다. 그래서 깜둥바가지는 부엌 안에서 더욱 천한 몸이 되고 말았습니다. 쬐그만 접시는 짓궂게도 째보 아줌마라고 불렀습니다. 오목탕기도, 수저도 우습다고 히히덕 거렸습니다. 그래도 깜둥바가지는 조금도 탓하지 않았습니다. 여전히 빙그레 웃어 넘겼습니다.

......

깜둥바가지 아줌마는 어쩌면 자기도 해님처럼 인자한 얼굴을 가져 보고 싶다고 생각해 보는 것이었습니다. 쬐그만 접시랑, 오목탕기랑 수저들은 차츰 깜둥바가지 아줌마가 좋아졌습니다. 그러나, 모두 마음으로만 그랬지, 겉으로는 여전히 업신여겨 주고 있었습니다. 된장 뚝배기는 깜둥바가지가 세상에서 제일 바보라고 생각했습니다. 그리고 쬐그만 접시랑 오목탕기들은 세상에서 제일 고약한 애들이라고 생각했습니다.

……

가을도 지났습니다. 부엌 안이 꽁꽁 얼도록 몹시 추워졌습니다. 그동안 깜둥바가지는 금이 간 상처가 점점 길어졌습니다. 이젠 얼마 있지 않아 이 부엌에서 쫓겨날 것을 짐작했습니다. 깜둥바가지는 모든 부엌 식구들과 헤어질 것이 무척 슬펐습니다. 까칠까칠한 검은 손등으로 몰래 눈물을 훔친 적도 한두 번이 아니었습니다.

……

나미네 엄마는 찢어진 깜둥바가지를 주체스럽게 생각했습니다. "이젠 못 쓰겠어. 개울에 갖다 버려야지."

……

깜둥바가지는 조용히 말했습니다. "너무 슬퍼 마세요. 그동안 여러분들과 이 부엌 안에 살면서 저는 정말 행복했어요. 지금에야 돌이켜보니, 제가 못생겼어도 쓸모있는 바가지로 태어난 것이 얼마나 다행이었는가를 새삼 깨닫게 되는

군요. 저도 정든 이 부엌을 떠나는 것이 가슴을 애듯 슬프지만 어쩔 수 없는 거예요. 이처럼 다 찢어진 제 몸뚱이는 부엌 안에서 이젠 쓸모없는 거예요. 어느 때나 한번은 헤어져야 할 우리들인 걸요. 다 몸조심하고 맡은 일을 열심히 해주세요 그리고 서로 사이좋게 지내 주세요." 깜둥바가지 아줌마는 그 이상 말을 계속할 수 없었습니다. 눈물이 자꾸만 흘러내렸습니다.

......

깜둥바가지 아줌마는 이젠 슬프지 않았습니다. 일그러진 얼굴에 곱게 웃음을 머금고 반짝이는 별을 쳐다보며 귀여운 사기 접시가 간 곳을 찾아 어두운 강물 위를 흘러가고 있었습니다.[66]

당시 권정생의 얼굴색은 건강으로 인해 깜둥바가지처럼 검었을 뿐만 아니라 몸 또한 앙상하여 볼품이 없었다. 이 작품에는 볼품없는 모습일 뿐만 아니라, 언제까지 살 수 있을지 장담할 수 없었지만, 살아가는 동안 소중히 쓰임 받기를 원하는 권정생의 소망이 잘 드러나 있다. 그뿐만 아니라, 죽음에 대한 권정생의 생각 또한 발견된다. 당시 권정생은 하루, 하루를 장담할 수 없는 상황이었다. 죽음은 끝이 아니라 새로운 희망을 찾아 떠나는 여행이라는 권정생의 소회所懷[67]가 이 작품에 내포된 것이다. 권정생에게는 죽음 또한 어둠이 아니라 하늘의 빛나는 별을 찾아 떠나는 여행으로 이해되었다. "어느 때나 한번은 헤어져야 할 우리들 인걸요. 다 몸 조심하고 맡은 일을 열심히 해주세요. 그리고 서로 사이좋게 지내 주세요." 이 문구는 그가 가르치고 있는 주일학교 어린이들, 그와 더불어 살아가는 이웃들에게 남기고 싶은 이야기가 아니었을까. 나는 권정생을 생각하면 이사야 53장 2절 말씀이 생각난다.

"그는 주 앞에 자라나기를 연한 순 같고 마른 땅에서 나온 뿌리 같아서 고운 모양도 없고 풍채도 없은즉 우리가 보기에 흠모할만한 아름다운 것이 없도다."

예수님의 모습을 묘사한 이 말씀을 권정생에게 적용해도 어색하지 않다. 그의 외모에서는 그다지 흠모할만한 아름다움이 보이지 않는다. 하지만 권정생 자신을 담은 이 작품에서 예수님의 모습을 느낀다면 어색한 일일까? 그렇지 않다고 본다. 이 작품에 나오는 깜둥바가지 아줌마가 항상 비천한 자리에서 섬긴 것처럼 예수님도 그리하셨기 때문이다. 그리스도인 권정생이기에 자신을 담은 작품에 예수님의 성품을 담는 것 또한 어려운 일이 아니었다. 권정생 또한 늘 비천한 자리에서 섬기며 살다간 아름다운 삶을 살았기 때문이다. 권정생의 이야기를 다시 한번 들어보자. 앞서 언급한 자아 인식 고백에서 이어지는 부분이다.

내가 5살 때 환상으로 본 그리스도와 십자가의 의미도 조금씩 알게 되었다. 거듭나는 과정은 이렇게 서서히 이루어지는지도 모른다. 그리스도를 믿는 것은 가장 인간스럽게 사는 것이다. 나는 지금 한 인간으로 돌아가기 위해 몸부림치고 있다.[68]

　권정생의 자아 인식 경험은 결국 "인간다운 인간으로 돌아가기 위해 몸부림치는" 체험으로 귀결되었음을 알 수 있다. 이런 측면에서, 권정생이 이 작품에서 등장시킨 "깜둥바가지 아줌마"는 가장 인간다운 모습을 회복한 자아를 의미한다고 본다. "깜둥바가지"처럼 소외되고 천시받는 개체들은 권정생의 시각에서 가장 인간다운 모습으로 회복된 개체들을 의미한다고 볼 수 있다. 왜냐하면 "권정생에게 힘없고 약한 존재들은 동정과 연민의 대상이 아니라 오히려 모든 인간이 그들을 닮아 낮아지기 위해 노력하지 않으면 안 될, 모범적인 삶의 지표"[69]이기 때문이다.

　이를 통해 알 수 있듯이 권정생의 삶의 회심은 누가복음 16장에 나오는 거지 나사로를 만남으로써 이루어졌다. 거지 나사로와의 만남은 곧 신앙 성숙으로 이어졌고 신앙 성숙은 그의 동화 세계의 특징으로 이어졌다. 각각의 시각에 따라 거지 나사로와의 만남 사건이 권정생의 신앙 회심이라고 볼 수도 있겠지만, 나는 권정생의 신앙 회심이 이미 그의 나이 5살 때 예수 그리스도에 대한 들음에서 일어났다고 본다. 그리고 거지 나사로와의 만남은 그의 신앙 성숙으로 본다. 그러한 사실은 다음과 같은 권정생의 고백에서도 확인된다.

> 나는 예수를 믿는 사람이다. 그러나 예수를 사랑하지는 못
> 했다. 내가 필요할 때면 불렀다가 필요 없으면 잊어버린다.
> 그를 믿으면 병을 고칠 수 있기 때문에, 그를 믿으면 멸망
> 하지 않고 영생을 얻기 때문에 필요했지, 사랑한 건 아니었
> 다.[70]

이런 측면에서 볼 때, 권정생의 동화 세계가 그의 신앙 성숙을 통해 열렸다는 사실을 알 수 있다. 이후 그의 작품세계에서 "힘없고 상처 입은 존재들에게서 구원의 궁극적 진리를 발견할 수 있다는 역설"을 발견하게 되는 것처럼 말이다.[71] 만일 보통 사람들에게 "거지 나사로와의 비유"를 적용한다면 어떻게 반응할까? 대부분 인격 모독을 느낄 것이다. 하지만 이러한 비유가 권정생에게 긍정적으로 작용하고 그의 삶을 변화시키는 계기가 되었다는 것은 하나님의 섭리가 아니고서는 설명되기 어려운 부분이다. 히브리서 4장 12-13절은 다음과 같이 말씀한다.

> "하나님의 말씀은 살아 있고 활력이 있어 좌우에 날 선 어떤
> 검보다 예리하여 혼과 영과 및 관절과 골수를 찔러 쪼개기
> 까지 하며 또 마음의 생각과 뜻을 판단하나니 지으신 것이
> 하나도 그 앞에 나타나지 않음이 없고 우리의 결산을 받으

실 이의 눈앞에 만물이 벌거벗은 것 같이 드러나느니라."

　권정생은 하나님의 말씀을 통해 자신이 낮은 자, 비천한 자임을 발견하게 되었다. 그것은 권정생에게 신앙의 진리에 눈을 뜨도록 해주었을 뿐만 아니라, 동화 창작이라는 새로운 세계를 열어주었다. 이전까지 없었던 새로운 양식의 동화, 비천하고 약한 존재들을 우리가 본받아야 하는 모범적인 삶의 지표[72]로 등장시키는 동화를 창작하도록 한 것이다. 앞서 언급한 구약성경 이사야서 53장 2절이 예수님의 모습을 소개한 것이라는 사실에서 권정생이 말하는 "비천한 존재, 약한 존재는 우리가 멸시할 존재가 아닌 본받아야 할 모범"이라는 것은 성경에 근거한 사상임을 알 수 있다. 권정생의 동화가 단순히 아동문학이 아닌 기독교사상 측면에서 이해해야 하는 이유가 여기서도 발견된다.

　성경이 하나님 말씀이라는 것은 새삼 강조할 필요가 없다. 그러므로 성경 말씀을 통해 우리의 삶이 변화되고 새로운 세계로 눈을 뜨기도 한다. 성경 본문이 하나님 말씀으로 다가오는 것은 개인마다 다르다. 때로는 불편하게 다가오기도 하지만, 이를 통해 우리가 하나님 앞에 비천한 존재로서 자아 인식을 하게 된다면 그것은 우리에게 신앙의 진리를 깨닫도록 하는 계기가 될 뿐만 아니라, 하나님께서 만드신 세계에 대한 새로운 관점을 갖도록 하는 계기가 될 수도 있다. 때로는 불편하게 다가오는 하나님의 말씀이 우리에게 화가 아니라 복이 되는 이유가 여기에 있다. 하나님의 말씀 앞에 우리가 겸허할 수밖에 없는 이유가 여기에 있다. "하나님의 말씀은 살아 있고 활력이 있어 좌우에 날 선 어떤 검보다 예리하여 혼과 영과 및 관절과 골수를 찔러 쪼개기까지 하며 또 마음의 생각과 뜻을 판단하시기 때문"이다. 하나님 앞에 비천하고 낮은 자임을 깨닫는 시간이 바로 살아계신 그리스도를 만나는 소중한 시간이기 때문이다.

동화 속에 담긴 소원…

아름다운 인간성과 소외된 생명의 존엄성을 표현하고 싶
습니다. 그리고 아이와 어른이 함께 읽으면서 잃어버린 인
간성을 되찾자는 의미와 더불어, 조국 분단의 슬픔과 통일
에 대한 염원도 작품 안에 담고자 애쓰고 있습니다.

동화를 쓰는 목적이 어디에 있을까? 작가는 동화를 통해 무엇
을 말하고 싶은 걸까? 권정생의 초기 작품들은 대부분 등장인물
가운데 주인공이 자신이었다고 해도 과언이 아니다. 대표적으로
「깜둥바가지 아줌마」의 주인공이 그렇고 「강아지똥」이 그렇다. 깜
둥바가지 아줌마와 강아지똥은 모두 아름다움과 거리가 먼 존재
이지만, 실존적 존재로서 자신의 삶을 충실하게 살아간다. 그것은
아름다움과 거리가 먼 권정생 자신의 이야기이기도 하고, 권정생
자신이 지향하는 삶이기도 하다. 권정생의 초기 동화들은 무엇보
다도 실존적 존재로서의 자신의 삶을 반추해보는 목적이 내포되
었다고 볼 수 있다.

이런 양상은 비단 권정생에게서만 발견되지 않는다. 강소천 또
한 그렇다. 그는 「꿈을 찍는 사진관」 등 여러 작품에서 북한에 가

족을 두고 온 실향민으로서의 그리움을 표현하였다. 작품에 등장하는 주인공 가운데 다수는 자신을 표현한 것이었음은 물론이다. 어쩌면 작가가 자신을 투영하는 글을 쓰는 것은 끊임없이 이어지는 작업일지도 모른다. 하지만 작가 정신이 성숙함에 따라 더욱 성숙한 소원을 작품에 내포하게 된다. 권정생의 작품에서도 이러한 작가 정신이 발견된다.

1985년 12월 18일 「동아일보」 이시헌 편집위원과 사진기자가 빌뱅이 언덕 아래 권정생의 집으로 찾아왔다. 반복된 설득 끝에 권정생은 인터뷰에 응했고 이시헌 편집위원과 권정생은 다음과 같은 대화를 나누었다.

이시헌: 오랫동안 교회 종지기를 하신 것으로 아는데, 종 치는 일과 동화를 쓰는 일 가운데 어떤 것이 더 즐거우십니까?

권정생: 저는 종을 칠 때 마음이 깨끗해졌습니다. 그러나 동화를 쓸 때 마음이 더 깨끗해지는 것 같아 즐겁게 글을 쓰고 있습니다.

이시헌: 어떤 작품을 쓰고자 노력하시는지요?

권정생: 아름다운 인간성과 소외된 생명의 존엄성을 표현하고 싶습니다. 그리고 아이와 어른이 함께 읽으면서 잃어버린 인간성을 되찾자는 의미와 더불어, 조국 분단의 슬픔과 통일에 대한 염원도 작품 안에 담고자 애쓰고 있습니다.

… 중략 ….

이시헌: 인생의 소망은 무엇입니까? 병에서 벗어나시는 겁니까?

권정생: 30년을 병과 싸우다 보니 이제는 투병에 크게 지쳐 크게 신경 쓰지 않습니다. 그보다는 통일이 되었으면 좋겠다는 것이 제 소망입니다. 어른들의 잘못으로 조국이 분단되어 서로 미워하는 현실이 안타까울 따름입니다. 하루빨리 한겨레가 서로 사랑하며 살아가기를 기원하고 있습니다.[73]

권정생의 동화에 담긴 가장 큰 소원은 그의 평화 염원에서 발견된다. 그리고 그의 평화 염원은 전 세계의 전쟁 종식으로 귀결되는데, 특히 우리나라의 경우 평화에 기인한 통일이 권정생의 동화에 담긴 가장 큰 소원이라고 볼 수 있다. 그러한 염원은 1999년에 출간된 그의 동화 『밥데기 죽데기』에 잘 언급되어 있다. 이 작품의 종결부 가운데 일부를 인용해 본다.

지금 코리아에는 베를린 장벽이 무너질 때보다 더 감동스런 장면이 일어나고 있습니다. 녹아내린 철조망을 통해 흩어졌던 남북 가족들이 어느새 달려와 얼싸안고 있습니다.

그 사이로 수천, 수만 마리의 노란 병아리 떼가 귀엽게 모여들고 있습니다. 이제 코리아는 하나가 되었습니다. 그리고 이 아름다운 평화의 물결은 전 세계로 파도처럼 퍼져나가고 있습니다.

아아! 세계는 이제 핵무기를 비롯해서 모든 전쟁 무기가 사라질 것입니다. 대체 이런 일이 어떻게 일어난 것일까요? 믿을만한 소식통에 의하면 어느 불쌍한 할머니가 오십 년 동안 정성을 다해 눈물로 기도를 했다고 합니다.

물론 한 할머니의 기도로 이런 일이 일어나지는 않았을 것입니다. 코리아는 원래부터 여인들이 기도를 하는 착하고 어린 백성들이었다고 합니다. 그러니까 남북의 많은 할머니들이 긴 세월 피눈물을 흘리며 기도했을 것입니다.

어쨌든 코리아는 이제 하나가 되었습니다. 그리고 전 세계로 평화가 파도처럼 펴져 나가고 있습니다.[74]

물론 여기서 말하는 "어느 불쌍한 할머니의 기도"가 한국교회에서 말하는 기도를 말하는 것은 아니다. 권정생이 "코리아는 원래부터 여인들이 기도를 하는 착하고 어린 백성들이었다고 합니다."라고 언급한 것처럼 여인들이 치성으로 기도해온 전통이 있었다. 그런데 그러한 전통은 우리 어머님들이 예배 시간마다 특히 새벽 예배 시간마다 간절히 하나님께 기도하는 모습으로 상황화contextualization되었다.[75] 권정생의 이야기를 들어보자.

… 가난한 사람의 행복은 이렇게 욕심 없는 기도를 할 수 있기 때문이다. 새벽기도가 끝나면 모두 돌아가고 아침 햇살

이 창문으로 들어와 비출 때, 교회 안을 살펴보면 군데군데 마룻바닥에 눈물 자국이 얼룩져 있고 그 눈물은 모두가 얼어 있었다.[76]

새벽기도회와 금요 철야예배마다 어머님들이 간절히 기도하는 모습은 비단 권정생에게만 익숙한 모습이 아니다. 1960~80년대를 기억하는 이들은 이렇듯 어머니들이 간절히 기도하는 모습이 낯설지 않다. 그분들의 간절한 기도 제목은 무엇이었을까? 대부분 자녀를 위한 기도, 넉넉하지 않은 살림 속에서 어려움을 이기며 살 수 있도록 힘을 달라는 기도였을 것이다. 물론 더욱 기도의 폭이 넓은 분들은 교회와 나라를 위한 기도도 하였을 것이다. 이 가운데 통일을 위한 기도 또한 없지 않았다. "어서 휴전선이 무너지게 하여 주셔서 북녘의 동포들도 자유롭게 복음을 듣게 하옵소서."라고 하면서 말이다. 그런 기도는 여전히 계속되고 있으리라. 이런 측면에서 이 작품에 나오는 "남북의 많은 할머니들이 긴 세월 피눈물을 흘리며 기도했을 것입니다."라는 언급은 권정생이 한국교회 어머니들의 간절한 기도를 의미한다고 볼 수 있다. 통일을 염원하는 기도는 끊임없이 지속되어야 한다. 그것이야말로 하나님께서 기뻐하시는 기도이기 때문이다.

그런데 이렇듯 하나님께서 기뻐하실만한 기도가 있는 반면에 어쩌면 하나님께서 기뻐하실 수 없는 기도 또한 있겠다는 생각이 든다. 통일을 염원하지만, 평화로운 통일을 염원하는 것이 아니라 힘을 통한 통일을 염원하는 것이다. 혹은 분단의 고착화를 염원하는 것이다. 2004년 3월 1일 서울교회에서 열린 '공산독재 종식-민족 복음화 3.1절 목회자 금식 대성회'에서 김상철이 한 특강 가운데 일부를 옮겨와 본다.

> 미국의 가치관은 기독교 세계관과 일치한다. 그런 나라를 반대하는 것은 배신이요, 망덕亡德이다. ··· 많은 사람들이 남북한의 분단 현실을 가슴 아파하지만 분단은 재앙이 아니라 축복이다. 미국을 돕는 것이 하나님이 원하시는 일이다. 그러나 하나님은 미국 일방주의를 원하지 않는다. 돕는 배필을 찾고 있다. 마치 아담의 돕는 배필로 하와를 만드는 것처럼 우리 한국이 미국의 돕는 배필이 되어야 한다. 사단은 한미 동맹을 제일 두려워한다. 그래서 사단은 반미를 강조한다. 예수 잘 믿는 미국과 한국이 손을 잡는 것이 하나님이 원하시는 일이다.[77]

이와 같은 주장이 마음 아프게 다가오는 이유는 목회자를 대상으로 한 "금식 대성회"에서 한 특강이기 때문이다. 다시 말해 목회자들이 기도하기 위해 모인 자리에서 "강대국을 의지한 힘에 의한 통일"을 염원하고 분단의 고착화를 염원하는 듯한 뉘앙스를 띤 특강을 하였다는 것이다. 과연 이러한 기도가 하나님께서 기뻐하시는 기도일까? 성경특히 구약의 예언서에서는 강대국을 의지하여 자국의 문제를 해결하려는 것을 반대하고 있는데도 말이다. 힘을 통한 통일을 염원하는 기도 혹은 분단의 고착화를 염원하는 기도는 하나님께서 기뻐하실 수 없는 기도, 응답받을 수 없는 기도가 아닐까? 권정생은 "교회의 전통인 성찬식"에서도 평화의 의미가 내포되어 있음을 말하고 있다. 그의 이야기를 들어보자.

> 예수의 마지막 만찬은 이 세상 폭력에 대항하는 비장한 운명을 아름답게 승화시키고 있다. 제자들에게 자신의 피와 살을 나눠 먹이는 의식을 포도주와 빵으로 대체해 놓았다. 포도주는 곧 피이며 빵은 살이라는 진리를 일깨워주는 가장 단순한 체험적 가르침인데도 제자들은 아무것도 이해 못 했다. 빵과 목숨은 하나인데 다른 두 개의 개념으로 생각할 때, 이 세상의 평화는 요원할 것이다. 반대로 한 덩어리의 빵을 곧 나의 살이며 내 이웃의 목숨으로 깨달을 때 온 세계는 적이 없어질 것이다. 적을 죽이는 것은 곧 나를 죽이는 것이며 빵을 버리는 것은 내 목숨을 포기하는 행위가 된다.[78]

권정생의 이 말은 "성찬식의 실천적 의미"를 새롭게 생각하도록 해준다. 예수께서 잡히시기 전날 밤 저녁 식사를 하시면서 제자들에게 하신 말씀은 그리스도인들의 성찬 예식에 대한 근거이다.

또 떡을 가져 감사 기도하시고 떼어 그들에게 주시며 이르시되 이것은 너희를 위하여 주는 내 몸이라. 너희가 이를 행하여 나를 기념하라 하시고 저녁 먹은 후에 잔도 그와 같이 하여 이르시되 이 잔은 내 피로 세우는 새 언약이니 곧 너희를 위하여 붓는 것이라. 누가복음 22:19-20

그리스도인들이 성찬 예식을 하는 이유는 무엇보다도 신앙의 측면에 있다. 즉 예수님의 대속代贖 의미로 성찬식을 이해하며 소중하게 여기는 것이다. 이는 기독교의 핵심 교리이다. 하지만 자칫 예배 시간의 성찬식에서 머문다면 신앙적 감동에 머물거나 그리스도인 각자의 마음을 위로하는 차원에서 머물게 될지도 모른다. 성찬식의 현실적 측면에서의 실천에 대하여 고민하지 않는다면 말이다.

예수께서는 제자들에게 빵을 나누어 주시면서 자신의 몸이라고 하셨다. 실제로 예수님의 몸은 십자가에서 돌아가심으로 우리를 위해 나뉘셨다. 십자가는 철저한 자기희생이고 자기 부인이다. 하나님의 아들이신 예수께서, 하나님 우편에 계셨던 성자께서 굴욕적인 십자가에 자기를 부인하고 희생하셨다는 것이다. 그 이유가 무엇일까? 예수께서 메시아로 이 땅에 오셨기 때문이다. 선지가 미가는 이 땅에 오실 메시아의 이름을 '평강'샬롬이라고 하였다. 미가 5:5

평강의 히브리어인 샬롬은 "온전한 회복"을 의미한다. 이를 통해 이 땅에 메시아께서 오신 이유가 온전한 회복을 위함임을 알 수 있다. 에베소서 1장 10절은 이러한 샬롬의 의미에 대하여 구체적으로 말씀하고 있다. "하늘에 있는 것이나 땅에 있는 것이 다 그리스도 안에서 통일되게 하려 하심이라." 골로새서 1장 20절에서는 "그의 십자가의 피로 화평을 이루사 만물 곧 땅에 있는 것들이나 하늘에 있는 것들이, 그로 말미암아 자기와 화목하게 되기를 기뻐하심이라"라고 함으로써 메시아이신 예수께서 샬롬을 이루기 위해 이 땅에 오셨음을 구체적으로 말씀하였다.

이러한 사실에서 우리는 성찬식의 실천적 의미를 알 수 있다. 성찬식은 우리를 위해 대속하신 예수님을 기념하는 의식이다. 예수께서 십자가에서 돌아가심은 자신의 몸을 빵처럼 나누어주셨음을 상징한다. 성찬의 포도주는 예수께서 십자가에서 대속代贖의 피를 흘리셨음을 의미한다. 여기서 말하는 대속은 단지 개인적 차원에 머물지 않는다. 공동체 안팎의 평화를 의미한다. 이를 통해 볼때 메시아로 오신 예수는 폭력에 대항하는 평화와 회복을 원하신다는 사실을 알 수 있다. 교회에서 성찬을 받은 그리스도인들이 세상의 평화와 회복을 위해서 빛과 소금의 역할을 감당해야 하는 이유가 여기에 있다.

이런 측면에서 권정생은 성찬식에 대한 현실에서의 실천을 제시해 주었다. "신앙은 교리에서 싹터서 생활에서 열매 맺는 것이다. 생활 없는 신앙은 열매 없는 나무다."라고 하는 신학자 김재준의 말은 이런 측면에서 시사해 주는 바가 크다.[79] 권정생은 무엇보다도 평화 염원의 측면에서 실천을 촉구하였다고 보아도 어색하지 않다. 권정생이 생전 특별한 친분을 가졌던 몇몇 지인 가운데 하나인 정호경 신부에게 보낸 마지막 편지에는 그의 간절한 평화 염원이 발견된다. 이 편지는 권정생의 생전 마지막 글이다.

하느님께 기도해 주세요. 제발 이 세상, 너무도 아름다운 세상에 사람이 사람을 죽이는 일은 없게 해 달라고요. 제 예금통장 다 정리되면 나머지는 북측 굶주리는 아이들에게 보내주세요. 제발 그만 싸우고, 그만 미워하고 따뜻하게 통일이 되어 함께 살도록 해주십시오. 중동, 아프리카, 그리고 티벳 아이들은 앞으로 어떻게 하지요. 기도 많이 해주세요. 안녕히 계십시오.[80]

정호경 신부에게 권정생이 보낸 편지는 그의 유언과도 같다. 죽음이 임박하여 이 편지를 썼다는 것이다. 이 편지의 앞부분은 다음과 같다.

정호경 신부님
마지막 글입니다. 제가 숨이 지거든 적어놓은 대로 부탁드립니다. 제 시체는 아랫마을 이태희 군에게 맡겨 주십시오. 화장해서 태찬이와 함께 뒷산에 뿌려 달라고 해주십시오. 지금 너무 고통스럽습니다. 3월 12일부터 갑자기 콩밭에서 피가 쏟아져 나왔습니다. 뭉툭한 송곳으로 찌르는 듯한 통증이 계속되었습니다. 지난날에도 가끔 피고름이 쏟아지고 늘 고통스러웠지만, 이번에는 아주 다릅니다. 1초도 참기 힘들어 끝이 났으면 싶은데 그것도 마음대로 안 됩니다.

이처럼 권정생은 그의 마지막에 이르기까지 고통 속에서도 통일을 염원하였다. 이는 그의 동화 속에 담긴 간절한 소원이었다. 앞서 언급한 그의 동화 『밥데기 죽데기』에서 볼 수 있었던 것처럼 권정생은 극심한 고통 속에서도 우리나라의 통일을 꿈꾸었다. 그것이 권정생에게는 작가로서 궁극적인 행복이었다. 평생 품어온 간절한 기도였다. 이를 통해 볼 수 있는 것처럼 권정생은 평생 하나님께서 기뻐하시는 기도를 하였음을 알 수 있다. 앞서 언급한 것처럼 권정생에게 성찬식은 단지 예배 시간에 행해지는 신앙 의식에서 멈추지 않았다. 그것은 평화 염원, 통일 염원으로 확장되었다. 그것이 하나님께서 기뻐하시는 소원이기 때문이다. 그의 동화 속에 담긴 소원은 하나님께서 기뻐하시는 기도이기 때문이다. 앞서 언급한 권정생의 마지막 글이 한 사람 성직자에게 남긴 편지로만 보아야 할까? 그리스도인 모두에게 전하는 그의 눈물 어린 간청은 아닐까?

하나님께 기도해 주세요. 제발 이 세상, 너무도 아름다운 세상에 사람이 사람을 죽이는 일은 없게 해 달라고요. 제발

그만 싸우고, 그만 미워하고 따뜻하게 통일이 되어 함께 살
도록 해주십시오. 중동, 아프리카, 그리고 티벳 아이들은
앞으로 어떻게 하지요. 기도 많이 해주세요.

이 땅의 평화로운 통일을 위해 세계에서 전쟁으로 고통당하는
사람들을 위해 우리가 눈물로 기도해야 하지 않을까? 앞서 언급한
권정생의 동화 「밥데기 죽데기」에 나오는 아나운서의 감격에 겨운
음성이 울려 퍼질 때 한국교회 그리스도인은 물론, 하나님께서도
크게 기뻐하실 줄 믿는다. 한반도의 평화로운 통일과 전 세계 평
화의 확장은 곧 이 땅에서 하나님 나라를 확장하는 것이기 때문이
다.

이보다 다 더 큰 사람이 있을까…

보통 사람이라면 그런 몸으로 견디지 못해 흔히 자살하든
지, 살더라도 자기 몸밖에 아무것도 생각할 여유가 없겠는
데, 권정생 씨는 아주 반대로 자기 한 몸에 관해서는 도무
지 말하는 법이 없고 오직 아이들의 앞날과 세상일과 겨레
와 인류 전체 문제에만 매달려 걱정한다. 그야말로 '큰 사
람'이라 하지 않을 수 없다.

독자 한 분과 권정생의 삶과 문학에 관한 이야기를 나눈 일이
있다. 여기 한 대목을 언급해 본다.

독자: 한국 현대사에서 태평양전쟁과 한국전쟁을 경험한
사람이 한, 둘이 아닐 텐데 권정생 선생님이라고 해서 더욱
큰 고난을 경험한 사람이라고 할 수 있을까요?
나: 권정생 선생님은 병으로 인해 보통 사람들이 상상할 수
조차 어려운 고통에 시달린 분입니다. 보통 사람이 그런 상
황이라면 보통 자살하거나 거리에 나가서 구걸하였을 것입
니다. 하지만 권정생 선생님은 그런 악조건을 극복하고 자

신의 고통을 문학으로 승화시킨 분입니다.

이와 같은 생각이 1997년 2월 5일 『문화일보』에 게재된 이오덕의 서평[81]에서 언급된 것을 발견하고 내 생각이 틀리지 않았음을 확인할 수 있었다. 과연 이오덕의 말처럼 권정생은 '큰 사람'이라고 하지 않을 수 없다. 이오덕이 남긴 말을 읽으면서 나에게는 누가복음에 나오는 예수님 말씀이 생각났다.

> 내가 너희에게 말하노니 여자가 낳은 자 중에 요한보다 큰 자가 없도다. 누가복음 7장 28절 上

예수께서 말씀하신 것처럼 세례 요한은 참으로 큰 자였다. 유대의 분봉 왕 헤롯 앞에서도 두려움 없이 그의 비윤리성을 책망하고 죽임당한 세례 요한은 위대한 선지자였다. 그렇지만 세례 요한을 신성시할 필요는 없다. 그도 우리와 같은 성정性情을 지닌 사람이었기 때문이다. 앞서 언급한 것처럼 이오덕은 권정생을 '큰 사람'이라고 하였다. 이런 측면에서 볼 때 권정생을 세례 요한에 버금가는 사람이라고 한다면 어색한 비유일까. 만일 예수께서 권정생을 본다면 세례 요한에게 하신 것처럼 말씀하지 않으실까.

나는 권정생으로부터 세례 요한의 모습을 본다. 사실 세례 요한과 권정생으로부터는 여러모로 공통점이 발견된다. 세례 요한은 당시 권력자들은 물론 사회 전반에 대하여 회개의 메시지를 외쳤다. 권정생 또한 권력자들은 물론 사회 전반에 대하여 날이 선 책망의 글을 썼다. 세례 요한은 의義를 위해 자신의 목숨을 아끼지 않았다. 권정생 또한 극도로 아픈 자신의 몸을 생각하기보다는 앞서 언급한 것처럼 오직 아이들의 앞날과 세상일과 겨레와 인류 전체 문제에만 매달려 걱정하며 기도하였다. 세례 요한이 광야에서 약대 털옷을 입고 메뚜기와 석청을 먹은 사실에서 알 수 있듯이 거친 옷을 입고 거친 음식을 먹은 것처럼 권정생 또한 보잘것없는 옷을 입고 보잘것없는 음식을 먹으며 다른 사람들을 위해 아낌없이 베풀었다. 세례 요한이 예수님 당시의 선지자라고 일컫는 것처럼, 권정생 또한 오늘날의 선지자로 일컫는다고 해도 어색하지 않을 것이다. 이런 측면에서 볼 때 세례 요한이 '큰 사람'이었던 것처럼, 권정생 또한 '큰 사람'이라고 보기에 충분하다. "당신의 어린 양들에게는 해방을 주고, 불의를 도모하는 권세자들을 향해 외치십시오."[82]라고 하는 권정생의 호소에서 마치 세례 요한이 광야에서 외친 사자후를 듣는 듯한 느낌이 든다.

무엇보다도 권정생을 일컬어 큰 사람이라고 할 수 있는 이유는 그가 언행일치의 삶을 살았다는 사실에 있다. 권정생과 일직교회에서 함께 신앙생활을 한 교회의 중직 한 분의 이야기를 들어보자.

권집사님은 "교역자들이 말만 하고 실천은 안 한다." 이런 생각을 갖고 계셨어. 그래서 교역자들하고 자꾸 등이 져. 권집사님은 혼자 살았기 때문에 가족을 이루고 사는 우리하고는 달라요. 예수를 믿어도 제대로 말씀대로 못 사는 게 그런 거야. 실천이 잘 안 돼…. 생각하시는 거하고 사시는 거하고 정말 일치를 해요. 세상 사람들이 권 집사님처럼만 살면 이 땅이 벌써 천국이 됐을 거요. 맨날 껌정 고무신에다가 작업복 차림으로, 마음만 있으면 몸 하나는 치장할 수 있잖아. 그걸 포기하고 끝까지 그렇게 안 하시더라고 고통이 참 심하셨어요. 잠을 못 주무시고, 열이 40도 50도까지 올라가고…. 저 분들할머니들이 권 집사님을 참 많이 좋아했었어.[83]

권정생의 삶에서 발견되는 언행일치의 모습은 보통사람들에게 쉽지 않다. 대표적인 예가 자발적인 가난이다. 그의 이야기를 들어보자.

갈릴리의 가난한 시골에 태어나서 33년의 생애를 통해 예수가 이루어 놓은 삶의 정상은 바로 가난한 삶이었던 것입니다. 그 가난을 실현하기 위해 지금 굶주려야 하고, 지금 울어야 하고, 미움을 사서 내쫓기고, 욕을 먹고, 누명을 쓰고, 모욕을 당하고, 비난을 받고, 철저한 아픔을 다 겪어야 한다고 했습니다. 그것이 행복이라고 그는 역설逆說을 역설力說했던 것입니다.[84]

이렇듯 자발적 가난을 택한 권정생을 존경하지만, 그를 본받기는 쉽지 않다. 앞서 언급한 것처럼 "예수를 믿어도 말씀대로 살기 쉽지 않은" 자신의 모습을 보며 안타까워할 수밖에 없다. 하지만 마땅히 실천할 수 있고, 실천해야 하는 부분도 있다. 그 가운데 하나가 생태 문제이다. 권정생은 1960년대 한국교회의 아름다움과 따뜻함을 여러 차례 언급하였다. 그런데 1970년대 이후 권정생의 눈에는 한국교회가 목회자들에 대해 비판할 수밖에 없는 부분들이 보이기 시작하였다. 대표적인 예가 생태 문제였다. 이오덕의 이야기를 들어보자.

> 또 한 번은 찾아갔더니 교회를 둘러싼 탱자나무 울타리가 자취도 없이 사라지고 시멘트 벽돌담이 높이 둘러쳐 있고 커다란 철 대문이 잠겨있어 몹시 서운했다. 알고 보니 교회에서 새마을 운동을 한다고 그러한 것이다. 권 선생은 나무를 베지 않도록 아무리 호소해도 소용없었다 한다. 마지막에 어린 대추나무 하나가 남아 있는 것마저 톱으로 베고 있는 것을 권 선생이 그 대추나무를 끌어안고 눈물을 흘리는 바람에 할 수 없이 톱질을 그만두더라는 것이다. 그 대추나무를 살펴보니 밑둥지에 정말 톱으로 베다가 만 흔적이 보였다.[85]

한국교회는 1970년대에 정부 주도로 산업화 시대에 들어섬으로써 일어난 경제성장을 하나님께서 주신 복으로 생각하였다. 그러나 권정생은 "그것이 진정한 의미에서 복인가"라며 반문하였다. 한국교회가 산업화에 편승함으로써 생태계 파괴에 묵인하였다고 보았기 때문이다.[86] 그의 이야기를 들어보자.

> 공중에 나는 새도 들에 피는 꽃 한 송이도 하느님이 먹이시고 입히신다는데, 과연 교회는 하느님 보시기에 좋았던 아름다운 세상을 잘 가꾸고 있는 것일까?… 자동차의 배기가스로 시커먼 도시의 하늘, 물고기가 살지 못하게 더러워진 강과 시냇물, 새들이 죽고 나비와 반딧불이 없는 들판에서, 교회는 무엇 때문에 찬양을 부르는가? 하느님이 그런 것을 정말 고맙게 받아주고 계실까?[87]

비단 1970년대 이후에 대한 권정생의 비판은 생태 문제에 국한되지 않았다. 그는 1970년대에 들면서 교회가 본질을 상실하였다고 탄식하였다.

> 교회는 1970년대에 들면서 갑자기 권위주의, 물질만능주의, 거기다 신비주의까지 밀려와서 인간 상실의 역할을 단단히 했다. 조용히 가슴으로 하던 기도는 큰 소리로 미친 듯이 떠들어야 했고, 장로와 집사도 직분이 아니라 명예가 되고 계급이 되고 권력이 되었다. 같은 목사님인데도 큰 교회 목사님과 작은 교회 목사님에 대한 차별이 생기고, 도시

교회 목사님과 농촌교회 목사님에 대한 인격적인 차이까지 생겼다. 인간차별은 평신도들까지도 서먹서먹하게 만들었다. 겉으로는 웃으면서 인사를 해도 마음을 드러내놓고 얘기할 상대가 없어졌다. 하느님에게 의지하는 믿음이 아니라 하느님을 이용하여 출세와 권력과 돈을 얻으려 하고, 이것이 바로 그 사람의 믿음의 전부가 되었다. 예수 믿어 삼년 안에 부자가 못 되면 그건 '문제 교인'이 된다.[88]

그렇다면 권정생이 말하고 싶었던 교회의 본질, 복음의 본질은 무엇이었을까? 앞서 언급한 것처럼 권정생은 교회가 가난을 추구해야 한다고 보았다. 부를 쫓는 것, 성장주의로 치닫는 것은 복음의 본질과 거리가 멀다는 것이었다. 권정생은 "교역자들이 말만 하고 실천은 안 한다."라는 생각을 하였기 때문에 교역자들과 충돌할 수밖에 없었다. 이는 교역자 한 사람, 한 사람과의 충돌이라기보다는 한국교회의 방향에 대한 권정생의 비판적 시각이라고 보아야 한다. 목회자들을 향한 권정생의 질책은 참으로 매섭기까지 하다. 그의 질책에서 진정한 그리스도인이 되고 싶은 갈망이 느껴진다.

정말 무섭습니다. 교회라는 곳이 무서워졌습니다. 목사님의 자애로운 그 웃음이 진짜인지 가짜인지, 장로님의 말씀이 진짜인지 가짜인지, 집사님의 다정한 인사가 진짜인지

가짜인지, 믿습니다를 백 번을 해도 믿어지지 않습니다…
다만 저는 잃어버린 진짜 하느님을 찾고 싶습니다. 진짜 예
수를 믿고 싶습니다. 마귀에게까지 복종하는 절대복종에서
해방되고 싶습니다. 옳은 것은 옳다 하고, 아닌 것은 아니
요 할 수 있는 떳떳한 인간이 되고 싶습니다.[89]

권정생의 시각에서는 그리스도인들과 비그리스도인들의 차이
가 보이지 않았는지도 모른다. 권정생이 그의 작품에서 우리에게
요구하는 바는 당연하지만, 실천하기 쉽지 않은 것이다. 그의 작
품에는 거의 공통적으로 "자기희생"이 내포되어 있기 때문이다.
그것은 '근대적 자아'라는 이름으로 포장된 '개인'의 가치가 현대
예술의 창작과 수용의 기율이 되는 중심원리로 자리 잡은 현실에
서 지극히 이례적인 것이기도 하다.[90]

이러한 권정생의 문학사상은 현실을 살아가는 현대인들과 갈등
을 일으킬 수밖에 없다. 앞서 "예수를 믿어도 제대로 말씀대로 못
사는 게 그런 거야. 실천이 잘 안 돼."라고 한 일직교회 교인의 고
백은 이런 측면에서도 이해된다. 권정생의 문학사상은 이미 돌이
킬 수 없는 현실의 물결을 거슬러 투쟁하는 것이기도 하다. 이대
근의 다음과 같은 말은 그런 측면에서 이해된다.

그의 동화는 세상을 예쁘게 포장한 선물 세트가 아니다. 그
것은 그가 살아온 방식도, 글 쓰는 방식도 아니다. 그는 전

사였다. 그는 살아 숨 쉬는 동안 생활이라는 최전선에서 그가 보고 듣고 알고 겪은 모든 모순과 부딪치며 하루도 쉬지 않고 싸웠다…. 그는 탐욕과 죽음의 공포로 가득한 이 세상의 전복을 꿈꿨다. 이 세상의 한구석을 바꾸는 것이 아니라 이 세상 전체에 대한 반역을 꿈꿨다. 욕망의 체계인 자본주의 한 가운데에서 그는 무욕, 절제, 가난을 무기로 정면 대결했다.[91]

선지자는 시대와 충돌하는 사람일 수밖에 없다. "팽배해 있는 비윤리적 가치관을 거슬러 본질을 회복해야 한다."라고 강조하기 때문이다. 그런 측면에서 세례 요한이 그가 살았던 시대와 충돌하는 사람이었음은 물론이다. 하지만 세례 요한은 많은 이들의 존경을 받았다. 그를 따르는 제자들도 있었고 그를 감옥에 가둔 헤롯 왕조차 세례 요한을 선지자로서 존경하며 그의 말을 가볍게 여기지 못했다. 그 시대의 팽배한 가치관을 거슬러 올라갈 것을 주장하는데도 많은 이들의 존경을 받는 것은 선지자에게 주어진 숙명일 수밖에 없었다.

이런 측면에서 권정생 또한 그렇다. 그의 작품, 그의 삶은 독자에게 불편하게 다가온다. 그렇지만 그는 생전 많은 이들에게 존경을 받았고 지금도 존경을 받고 있다. 그의 작품들은 수많은 독자가 애독하고 있고 많은 연구자가 그의 문학사상을 연구하고 있다. "권정생의 작품에는 시대에 짓눌린 경험이 없기에 콤플렉스가 없다.”라고 하는 김상욱의 평가[92], 권정생이 “다른 작가들과 과는 달리 친일 행적이나 권력에 아부한 경력이 없으므로 순결하고 고귀한 삶과 그 반영으로서의 문학을 거리낌 없이 말할 수 있는 보기 드문 작가”라는 조은숙의 평가[93]는 권정생의 한마디, 한마디가 더욱 큰 권위로 다가오는 이유를 잘 말하고 있다.

세례 요한을 비롯한 구약과 신약의 선지자들은 시대에 팽배한 비윤리적 가치관과 충돌하며 하나님의 말씀으로 돌아갈 것을 외쳤다. 그리고 그들은 숙명처럼 고난을 겪었고 죽임을 당하기도 하였다. 권정생 또한 이 시대의 가치관과 충돌할 수밖에 없는 메시지를 그의 많은 작품에 담았다. 그는 일생 질병으로 인해 고난을 겪었고 자발적 가난을 선택함으로써 좁은 길을 걸었다. 그렇기 때문에 그의 글에 언급된 문장 하나, 하나는 무거운 권위로 다가온다. 이런 측면에서 볼 때 권정생 또한 하나님께서 선택하신 오늘날의 선지자로 보아도 어색하지 않을 것이다. 예수께서 “여자가 낳은 자 중에 요한보다 큰 자가 없도다”라고 말씀하신 것처럼, 오늘날 권정생보다 큰 사람을 찾을 수 있을까?

이런 사람은 세상이 감당하지 못하느니라. 그들이 광야와 산과 동굴과 토굴에 유리하였으니라. 이 사람들은 다 믿음으로 말미암아 증거를 받았으나 약속된 것을 받지 못하였으니 이는 하나님이 우리를 위하여 더 좋은 것을 예비하였은즉 우리가 아니면 그들로 온전함을 이루지 못하게 하려 하심이라.히브리서 11장 38~40절

거름이 된다는 것…

"저는 예수님께서 당신의 몸을 바치셨듯이 우리가 모두 강
아지똥이 되어야 세상이 아름다워진다고 믿습니다."

2021년, 『강아지 똥으로 그린 하나님 나라』를 출간했을 때 독
자들 가운데 대부분은 "책 제목이 좋다"는 반응을 보여 주었다.
하지만 "거룩하신 하나님 나라를 어떻게 강아지똥에 비유한다는
말인가?"라고 하며 불편한 반응을 보인 경우도 간혹 있었다. 그
들의 생각 또한 존중하고 싶지만, 그들의 복음 이해가 너무 치우
쳤다는 생각이 든다. 만약! 하나님 나라의 거룩성만 너무 강조한
다면 예수께서 십자가에 못 박히신 사건 자체가 결코 있어서는 안
되기 때문이다. 그리스도인들에게 십자가는 성스러운 상징이다.
십자가를 봄으로써 마음에 경건함을 느끼는 일은 그리스도인 대
부분은 물론, 비그리스도인 가운데서도 간혹 발생한다. 하지만 본
래 십자가는 성스러움, 경건함과 거리가 멀다. 오히려 혐오의 상
징에 가깝다. 본래 십자가를 생각하면 죽음의 공포를 떠올리며 몸
서리치는 것이 당연했다. 그런데 예수께서 십자가에 못 박히심으
로 더 이상 십자가가 혐오스럽게 느껴지지 않는다. 예수님의 십자

가를 통해 우리가 구원을 얻었기 때문이다. 십자가가 죽음이 아닌 생명의 상징, 혐오의 상징이 아닌 성스러움의 상징으로 변한 것이다.

권정생의 대표작 「강아지똥」에는 바로 그런 사상이 포함되어 있다. 강아지똥은 "똥 중에서도 제일 더러운 개똥"이다. 참새조차 주둥이로 콕! 쪼아보고, 퉤퉤 침을 뱉고는 "똥 똥 똥 …. 에그 더러워!"라고 하며 날아가 버릴 만큼 말이다.[94] 강아지똥과 민들레는 결코 동등할 수 없는 관계이다. 더럽고 천한 강아지똥과는 달리 민들레는 밤하늘의 별처럼 노란 꽃을 피우는 존재이기 때문이다. 그런데 강아지똥은 민들레와 한 몸이 됨으로써 밤하늘의 별처럼 빛나는 존재가 되었다. 강아지똥과 민들레의 대화를 들어보자.

강아지똥: 너는 뭐니?

민들레: 난 예쁜 꽃이 피는 민들레란다.

강아지똥: 예쁜 꽃이라니! 하늘의 별만큼 고우니?

민들레: 그럼!

강아지똥: 반짝반짝 빛이 나니?

민들레: 응. 샛노랗게 빛나.

강아지똥: 네가 어떻게 그런 꽃을 피울 수 있니?

민들레: 그건 하나님께서 비를 내리시고 따뜻한 햇빛을 비추시기 때문이야.

강아지똥: 역시 그럴 거야. 나하고야 무슨 상관이 있을라

고….

민들레: 그리고 또 한 가지 꼭 필요한 게 있어.

강아지똥: ……?

민들레: 네가 거름이 되어 줘야 한단다.

강아지똥: 내가 거름이 되다니?

민들레: 너의 몸뚱이를 고스란히 녹여 내 몸속으로 들어와야 해. 그래서 예쁜 꽃을 피게 하는 것은 바로 네가 하는 거야.

강아지똥: 아, 과연 나는 별이 될 수 있구나! 내가 거름이 되어 별처럼 고운 꽃이 피어난다면, 온몸을 녹여 네 살이 될게.[95]

신약성경 요한복음 12장 23~24절에는 이렇게 언급되어 있다.

예수께서 대답하여 이르시되 인자가 영광을 얻을 때가 왔도다. 내가 진실로 진실로 너희에게 이르노니 한 알의 밀이 땅에 떨어져 죽지 아니하면 한 알 그대로 있고 죽으면 많은 열매를 맺느니라

예수께서는 자신이 십자가에 못 박혀 돌아가심에 대하여 "영광을 얻음", "한 알의 밀알이 죽어 많은 열매를 맺음"이라고 표현하셨다. 강아지똥이 자신의 몸을 녹여 민들레의 거름이 되는 것

도 이런 측면에서 이해할 수 있다. 예수께서 십자가에 못 박히심은 분명 고통스러운 과정이다. 마찬가지로 강아지똥이 찬비를 맞으며 자신의 몸을 녹여 땅속 민들레의 뿌리에 흡수되는 과정 또한 고통스러운 과정이다. 그렇지만 그것은 고통으로 끝나지 않는다. 예수께서 십자가에 못 박혀 돌아가심은 부활을 앞두는 과정이기 때문이다. 마찬가지로 강아지똥이 자신의 몸을 녹여 민들레의 거름이 되는 것은 밤하늘의 별처럼 노란빛을 띤 민들레꽃이 되는 과정이기 때문이다. 권정생은 자신이 쓴 동화의 제목이 '강아지똥'인 이유에 대하여 다음과 같이 밝혔다.

> "제목이 좀 이상하다는 사람도 있긴 하지만, 저는 예수님께서 당신의 몸을 바치셨듯이 우리가 모두 강아지똥이 되어야 세상이 아름다워진다고 믿습니다."[96]

이를 통해 권정생이 십자가의 의미를 제대로 파악하고 그것을 동화에 언급하였음을 알 수 있다. 즉 십자가는 구원의 의미와 함께 헌신의 의미가 포함되었다는 것이다. 다시 말해 예수께서 우리를 구원하시기 위해 십자가에서 대속 죽임을 당하셨다는 감격과 함께 우리도 적극적으로 십자가를 짐으로써 세상을 아름답게 가꾸어야 한다는 하나님 나라를 확장해야 한다는 헌신의 의미가 있다는 것이다. 이를 통해 권정생이 그의 작품 「강아지똥」을 통해 복음의 본질을 말하고 있음을 알 수 있다.

사람들은 대부분 꽃과 같은 존재가 되기를 원한다. 거름과 같은 존재가 되기를 원하는 경우는 극히 드물다. 하지만 복음의 원리에서 볼 때 꽃과 거름은 결코 분리되어 있지 않다. 꽃이 되려면 반드시 녹아서 거름이 되는 과정이 선행되어야 한다. 복음을 듣고 하나님의 자녀로 태어나는 것은 간단하다. "영접하는 자, 곧 그 이름을 믿는 자에게는 하나님의 자녀가 권세를 주셨기 때문이다.요한복음 1장 12절 하지만 하나님의 자녀가 된 후 성장하는 과정이 간단하지 않다. 십자가를 지는 삶을 살기 때문이다. 즉 하나님의 자녀가 되는 것은 세상에서 고난을 자임하는 것이기 때문이다. 그런 과정 가운데 우리는 강아지똥이 몸을 녹여 민들레의 거름이 되듯 마치 자아가 부서지는 아픔을 겪는다. 하지만 그것은 영광으로 나아가는 과정이다. 영광을 향하는 과정에서 중간, 중간 휴식이 있지만, 우리가 하나님 나라에 들어가기 전까지 고난은 종식되지 않는다. 물론 거름이 되어 녹는 과정에서 우리는 크고 작은 열매를 수확함으로써 기쁨과 보람을 느낀다. 하지만 그것이 궁극적인 목적이 될 수는 없다. 민들레에서 피어나는 "밤하늘의 별처럼 빛나는 노란 빛을 띤 꽃"은 아니라는 것이다.

권정생은 누가복음 16장에 나오는 거지 나사로를 통한 자아 인식 직후에 대하여 다음과 같이 회상하였다.

나는 나사로를 알고부터 세상을 보는 눈을 달리했다. 천국이라는 것, 행복이라는 것, 아름다움이라는 것을 여태까지

와는 거꾸로 보게 된 것이다. 내가 다섯 살 때 환상으로 본 그리스도와 십자가의 의미도 조금씩 알게 되었다. 거듭나는 과정은 아마도 이렇게 서서히 이루어지는 지도 모른다.[97]

여기서 권정생이 말하는 거듭남은 구원받는 순간이 아닌 성숙의 과정을 의미한다. 다음과 같은 권정생의 고백은 구원에서 성숙에 이르는 그리스도인들의 고백을 잘 말하고 있다고 본다.

나는 예수를 믿는 사람이다. 그러나 예수를 사랑하지는 못했다. 내가 필요할 때면 불렀다가 필요 없으면 잊어버린다. 그를 믿으면 병을 고칠 수 있기 때문에, 그를 믿으면 멸망하지 않고 영생을 얻기 때문에 필요했던 것이지 사랑한 건 아니었다. 베드로가 예수를 따라다닌 것도 나와 흡사해서 였을 게다.[98]

어쩌면 그런대로 신앙 연륜이 쌓이고 성숙했다는 그리스도인의 솔직한 고백인지도 모른다. 그리스도를 사랑한다고 고백하지만, 마음 깊은 곳에는 그를 사랑하기보다 그를 필요로 하는 것이 솔직한 심정인지도 모른다. 그리스도 자체보다 "멸망하지 않고 영생을 얻는 것", "병을 고칠 수 있는 것"을 더욱 소중히 여기는 것이 이 땅에 사는 그리스도인의 솔직한 마음인지도 모른다. 이렇듯 구원받은 그리스도인이 거름이 되어 꽃이 되기 위해 녹는 과정은 참

많은 아픔과 인내를 동반한다. 그러한 과정은 교회사에 널리 알려진 위대한 인물들로부터도 발견된다. "세계는 나의 교구다."라는 말로 널리 알려진 존 웨슬리John Wesley, 1705년 8월 31일 ~ 1791년 8월 31일는 영국과 미국의 감리교단 창시자이다. 그는 영국 동부에 있는 작은 마을인 올더게이트의 어느 작은 교회에서 열린 집회에서 1738년 5월 24일 이른바 회심을 체험하였다고 고백하였다.

> 8시 45분경, 설교자가 그리스도 안에 있는 믿음을 통하여 하나님의 역사가 마음에 일으키는 변화를 묘사하고 있을 때, 이상하게도 내 가슴이 뜨거워져 옴을 느꼈다. 나는 알게 되었다. 내가 참으로 그리스도를 신뢰하며, 그리스도만이 나의 구원이심을, 그분이 나의 죄 심지어 나 자신까지 제거하셨으며, 죄와 사망의 법으로부터 나를 구원하셨다는 확신이 주어졌다.[99]

이와 같이 웨슬리가 경험한 사건을 그의 구원 체험으로 이해하는 이들이 적지 않다. 하지만 이 사건은 그의 구원 체험이 아닌 신앙 성숙의 극적인 계기라고 보아야 한다. 웨슬리가 이처럼 극적인 체험을 하기까지 그에게는 뼈아픈 일들이 있었다. 식민지 북아메리카 대륙에서 선교 사역을 했지만, 철저히 실패한 것이다. 그에게는 남다른 자부심이 있었을 것이다. 옥스퍼드 대학교를 졸업한 당시 최고 지성인, 동생 찰스 웨슬리와 함께 옥스퍼드 경건 운동을 이끈 사람으로서 말이다. 그들의 옥스퍼드 경건 운동은 큰 성공을 거두었다. 존 웨슬리는 그에 대한 자부심을 마음에 간직하고 북아메리카 선교 사역에 나섰을 것이다. 동생 찰스 웨슬리와 함께 했던 그의 선교 사역이 실패한 원인은 대체로 다음과 같았다.

첫째, 존 웨슬리는 인디언들에게도 설교하고 복음을 전하려고 하였지만, 당시 총독은 영국인들에게만 목회 사역을 집중하라고 하며 이를 방해하였다. 둘째, 존 웨슬리의 사생활에서의 아픔이었다. 그는 소피 홉키Sophy Hopkey라는 여인을 사랑했지만, 실패하고 말았다. 셋째, 북아메리카 개척자들과의 눈높이가 맞지 않았다. 개척자들 대부분은 거친 사람들이었는데 그들 가운데 범죄 경력을 가진 사람들도 상당수 있었다.[100] 이런 환경 속에서 일찍이 엘리트로 교육을 받았지만, 경험하지 못해본 환경에서의 선교 사역이 요구된 존 웨슬리 형제의 사역은 이미 실패가 예견된 것이었는지도 모른다. 이런 상황에서 자신의 본국인 영국England을 오가는 대서양 횡단선에서 만난 모라비안들과의 만남은 존 웨슬리가 자신의 신앙에 대해 깊이 반성하는 계기가 되었다. 엄청난 폭우를 만나 죽음의 공포에 눌려있는 자신과는 다르게 침착하게 하나님을 의지하는 그들의 모습을 보면서 존 웨슬리는 큰 충격을 받은 것이다.[101] 그의 이야기를 들어보자.

모라비안들의 예배가 시편을 읽으면서 시작되자, 파도가 크게 일어나 배의 돛대를 부숴버렸고 배를 덮어서 바닷물이

배 안으로 밀려 들어왔다. 커다란 파도는 이미 우리를 삼켜 버린 상태였다. 끔찍한 비명소리가 영국인 사이에서 들려오기 시작했다. 그런데 그 비명 가운데 독일인 모라비안이 조용히 찬양하는 소리가 들려왔다. 나는 훗날 그 사람들 중의 한 사람에게 "당신은 두렵지 않습니까?"라고 물었다. 이에 대해 그 사람은 말하기를 "나는 하나님께 감사합니다. 나는 두렵지 않습니다." 내가 다시 묻기를 "하지만 당신의 아내와 아이들이 두려워하지 않습니까?" 그는 온화하게 대답했다. "네, 아내와 아이들도 죽는 것을 두려워하지 않습니다."[102]

이후 존 웨슬리는 영국에서 모라비안들과 자주 교제하는 등 자신의 신앙 문제를 해결하기 위해 노력하였다. 그리고 앞서 언급한 것처럼 영국 동부에 있는 작은 마을인 올더게이트의 어느 작은 교회에서 열린 집회에서 1738년 5월 24일 이른바 회심을 체험한 것이다. 물론 이때의 회심에서 그가 신앙적 완성을 이룬 것은 아니었다. 이후에도 자신의 신앙적 연약함으로 인해 낙심하기도 하였다. 하지만 '올더게이트에서의 체험'이 그를 지탱해 주는 힘이 되었음은 물론이다. 영국과 북아메리카를 오가며 복음 전파 사역에 큰 성공을 거둠으로써 "세계는 나의 교구다."를 외친 복음 전도자 존 웨슬리로 이름을 남기도록 한 것은 이른바 올더게이트에서의 회심 사건 하나에 있었던 것이 아니라, 마치 자신의 몸을 녹여 거름이 되듯 쉽지 않은 훈련과 연단 속에서 이루어진 것이다.

앞서 언급한 것처럼 예수께서는 "한 알의 밀이 땅에 떨어져 죽지 아니하면 한 알 그대로 있고 죽으면 많은 열매를 맺는다"라고 하셨다. 물론 이 말씀의 일차적 의미는 예수께서 십자가에서 돌아가심으로써 많은 사람을 구원하신다는 것이다. 그렇지만 이 말씀은 예수께서 대속 죽임을 기꺼이 받아들이신다는 의미로 끝나지 않는다. 예수님을 주님으로 고백하는 그리스도인들도 그런 삶을 살아야 한다는 것이다. 이 말을 하면 많은 그리스도인이 당황하리라 생각된다. "이 세상을 살아가기도 쉽지 않은데, 얼마나 더 희생해야 한다는 것인가?"라고 하면서 말이다. 하지만 당황할 필요 없다. 이미 그리스도인들은 그런 삶을 살아가는 이들이기 때문이다. 그리스도인으로 사는 삶은 십자가를 지는 삶이다. 십자가를 지는 삶이기 때문에 그리스도인이 되기 전보다 더욱 불편한 삶을 산다. 예수께서는 제자들에게 이렇게 말씀하셨다.

"누구든지 나를 따라오려거든 자기를 부인하고 자기 십자가를 지고 나를 따를 것이니라" 마가복음 8장 34절

그리스도인이라고 해서 "무슨 일을 만나든지 만사형통하는 삶"을 살지 않는다. 십자가를 지는 삶이기에 더욱 불편한 삶, 번거로운 삶을 산다. 그리스도인이라는 이유 하나만으로 양보하거나 참아야 할 부분도 적지 않다. 일제 강점기 유명했던 평양의 유명한 건달 출

신 김익두 목사의 경우가 대표적인 예이다. 어느 날 김익두 목사가 부흥집회를 인도하기 위해 길을 가던 중 술에 취한 청년을 만났다. 김익두 목사는 술에 취한 청년의 주먹세례를 이유도 없이 받아주어야 했다. 청년으로부터 한참 맞아준 김익두 목사가 그에게 해준 말은 참으로 유명하다. "청년! 청년은 오늘 큰 복을 받았소. 만약, 내가 이전의 김익두였다면 청년은 지금 온전치 못했을 거요. 하지만 나는 지금 목사 김익두이기 때문에 청년을 그냥 보내주려고 하오." 이 말을 들은 청년이 술이 깰 만큼 충격을 받았을 것은 상상하고도 남음이 있다.

평양의 유명한 건달이었던 김익두가 목사 김익두로 신분의 변화를 맞이했다 해도 그가 온전히 성화聖化된 것은 아니었다. 인간인 이상 화가 나고, "예전 같으면 한주먹 거리도 안 될 텐데."라는 생각이 들었을지도 모른다. 하지만 분노를 참으며 온유함을 보여야 하는 것은 목사가 된 김익두에게 주어진 십자가였다. 그 외에도 김익두가 자신을 쳐 복종시키기 위해 얼마나 울부짖는 기도를 많이 하였을까 하는 생각이 든다. 그리스도인 김익두, 목사 김익두였기에 말이다.

비단 김익두에 목사에게만 해당하는 일이 아니다. 사도 바울은 "그리스도 예수의 사람들은 육체와 함께 그 정과 욕심을 십자가에 못 박았다."갈라디아서 5장 24절라고 강조하였다. 이는 "구원을 이루기 위해 금욕적인 삶을 살라."는 의미가 아닌, 그리스도인으로서 절제하며 아름다운 삶을 살도록 일정한 불편을 감수하라는 의미로 보아야 한다. 이를 통해 그리스도인은 성령의 열매를 맺게 되는데, 그것은 "사랑과 희락과 화평과 오래 참음과 자비와 양선과 충성과 온유와 절제"갈라디아서 4장 22~23절이다. 이런 측면에서 볼 때 십자가를 지는 삶은 성령의 열매를 맺는 삶임을 알 수 있다. 강아지똥이 빗물에 자신을 녹이는 고난의 과정은 이렇듯 성령의 열매를 맺는 과정이기에 강아지똥이 밤하늘의 별처럼 빛나는 민들레꽃으로 성화한 것처럼, 그리스도인이 자신의 십자가를 지고 삶을 통해 장차 밤하늘의 별처럼 영광스러운 존재로 성화될 것을 믿을 수 있다.

앞서 언급한 것처럼 권정생은 "예수님께서 당신의 몸을 바치셨듯이 우리가 모두 강아지똥이 되어야 세상이 아름다워진다고 믿습니다."라고 하였다. 이 말은 "그리스도인들이 십자가를 지는 삶을 살아야 한다"는 것을 의미한다. 참 그리스도인과 거짓 그리스도인을 어떻게 구분할 수 있을까? 그리스도와 함께 십자가를 지려는 삶을 사는 사람과 십자가와 상관없는 종교인의 삶을 살려는 사람으로 구분할 수 있지 않을까. 그리스도인으로서 삶 속에서 고난과 무관하지 않은 삶을 산다면 우리는 감사해야 하지 않을까. 성령께서 인도하시는 삶이라는 증거이기 때문이다. 장차 밤하늘의 별처럼 찬란한 영광을 누리게 되는 과정에 들어서 있음을 의미하는 것이기 때문이다. 강아지똥이 빗속에서 자기 몸을 녹여 거름이 됨으로써 찬란한 민들레꽃으로 승화된 것처럼 말이다.

인생이란 게 뭐여요?

"어머니, 인생이란 게 뭐여요?"
"사람이 태어나서 살아가는 걸 인생이라 하나 보더라."…
"그건 네가 괴롭더라도 참고 열심히 살면 알게 될 게다.
어떻게 사는가는 스스로 결정해야 하는 거야."

어느 대중가수의 노래 가운데 "사는 게 뭔지"라는 노래가 있다. 그는 이 노래에서 가수 자신은 질문에 대한 답을 언급하지 않고 다만 이렇게 종결지었다. "정들어 사는 인생, 힘들어도 당신만을 사랑하리라." 사실 노래 한 곡에 그 질문에 대한 답을 담는 것은 가능하지 않다. 이는 인간 스스로 자신에게 던지는 실존적 질문이기 때문이다. "사는 게 무엇인지?"라는 질문에 대한 어느 철학자의 대답도 만족스럽지는 않다. 철학자가 아닌 아동문학가 권정생은 그의 소년소설 『몽실 언니』에서 이에 관한 질문을 제시한 후 나름의 대답을 시도하였다. 그것은 몽실이와 새어머니 북촌댁과의 대화를 통해 언급되었다.

"어머니, 인생이란 게 뭐여요?"

"사람이 태어나서 살아가는 걸 인생이라 하나 보더라."

"팔자하고 비슷하군요."

"비슷하기도 하지."

"팔자도 먼저 알고 걸어갈 수 있어요?"

"다 알 수는 없지만, 짐작은 할 수 있지."

"아니어요. 팔자는 어떻게 되는지 아무도 몰라요. 내게 엄
마가 둘이 될 줄은 꿈에도 몰랐어요."

"어머니, 나는 앞으로 어떻게 되는 거여요?"

"그건 네가 괴롭더라도 참고 열심히 살면 알게 될 게다. 어
떻게 사는가는 스스로 결정해야 하는 거야."[103]

어린 소녀 몽실이와 새어머니 북촌댁의 대화에 나타나는 질문
과 대답을 가볍게 여길 수 없는 이유가 있다. 그것은 몽실이와 새
어머니의 대화가 전쟁이라는, 현대사의 비극적 상황에서 나온 것
이기 때문이다. 권정생 또한 "우리 현대사의 개인에게 강요한 수
난을 조금도 비껴가지 못한, 철저한 피해자"[104]로서 몽실이와 새
어머니의 입을 빌어 그와 같은 실존적 질문을 자신에게 던지고 나
름의 대답을 시도하였을 것이다. 여기서 권정생은 '인생', 즉 '사는
것'에 대한 명확한 답을 내리지는 않았다. 다만 여기서 발견되는
중요한 한 가지는 '자기 결단'이다.

"그건 네가 괴롭더라도 참고 열심히 살면 알게 될 게다. 어떻게 사

는가는 스스로 결정해야 하는 거야."

　우리 현대사에서 권정생만큼 굴곡진 인생을 산 사람은 많지 않다. 그가 겪은 두 번의 전쟁, 즉 일본에서 겪은 태평양전쟁과 귀국 후 그의 나이 열네 살부터 열여섯 살까지 겪은 한국전쟁 속에서 권정생 자신은 물론 수많은 사람이 생존의 벼랑 끝에 몰리는 것을 보았다. 그가 다섯 살 때 만난 그리스도를 생각할 여지조차 없었음은 물론이다. "전쟁 속에서는 모든 인간이 악마가 된다."[105]라고 하는 권정생의 고백은 그러한 사실을 말하고 있다. 전쟁 상황에서는 우리와 함께하시는 하나님, 즉 임마누엘 하나님을 생각하는 것조차 쉽지 않기 때문이다. 이를 통해 알 수 있듯이 고난에 직면했을 때 "홍해가 열리는 기적" 같은 일이 우리 앞에 펼쳐지기도 하지만, 그렇지 않은 경우가 훨씬 많다. 이럴 때 우리는 어떻게 해야 할까? 비단 무기로 사람을 살상하는 전쟁은 아니라 해도 현대인은 경쟁이라는 크고 작은 전쟁을 경험하며 살아간다. "어른에게 두려운 것은 귀신이 아니라 현실이다."라는 어느 문학가의 탄식은 그런 사실을 잘 표현하고 있다. 이런 상황에서 우리는 하나님을 의지함으로 어려움을 극복하기를 원한다. 하나님의 자녀답게 "뱀처럼 지혜롭고 비둘기처럼 순결"하기를 원한다. 이럴 때 우리는 어떻게 해야 할까? 우리보다 더 굴곡진 삶을 살아왔지만, 그리스도인으로서 정체성을 잃지 않은 권정생의 글에서 우리에게 도움이 될 수 있는 조언을 얻을 수 있지 않을까? 먼저 다음과 같은 권정생의 말을 생각해 보자.

"차를 타고 이곳에 온 게 하나님 뜻인가요?"

"이라크에서 전쟁을 일으키는 것도, 사람들에게 그 많은 고통을 주는 것도 하나님의 뜻인가요?" "하나님이 일제 강점기 36년과 6·25 전쟁을 우리에게 주셨나요?" "이 모든 것은 인간이 한 것입니다." 106

이와 같은 권정생의 말은 "무슨 일을 하든 관성적으로 '하나님 뜻'에 갖다 붙이는 그리스도인들의 습관에 일침"이었다.107 권정생은 자신의 행동 하나, 하나를 하나님의 뜻이라고 할 수 없음을 분명히 하고 있다. 쉽지만은 않은 삶을 살아가는 우리에게, 그리스도인들에게 앞서 권정생이 북촌댁의 입을 빌어 언급한 말은 그가 우리에게 해줄 수 있는 최선의 말이 아닐까 한다.

"그건 네가 괴롭더라도 참고 열심히 살면 알게 될 게다. 어떻게 사는가는 스스로 결정해야 하는 거야."

알려진 것처럼 권정생은 건강을 비롯한 많은 것을 잃고 결혼을 비롯한 많은 것을 포기한 채 자신이 할 수 있는 일을 하며 살았다. 이계삼이 말한 것처럼 "일생토록 아팠기에 아픔 속에서 기도하며 견딘 권정생에게 허용된 노동은 책 읽기와 글쓰기밖에 없었다. 권정생은 그 속에서 사람살이의 근원적 문제로부터 조금도 이탈하지 않는 철저한 구도자로 살았다."108 이러한 상황에서 권정생은 "괴롭더라도 참고 열심히 살면 알게 될 것이며 어떻게 사는가는 스스로 결정해야 하는 것"임을 깨달았을 것이다.

권정생의 많은 작품에서 발견되는 인생은 이렇게 정의할 수 있겠다. 그것은 "자신의 길을 뚜벅뚜벅 걸어가면서 주어진 본분에 최선을 다하고 그 가운데 선택의 갈림길에 섰을 때 스스로 결단하는 것"이다. 권정생은 건강의 한계로 인해 선택할 수 있는 폭이 넓은 삶을 살 수 없었다. 하지만 자유인으로의 삶을 선택하고 자신의 삶에 충실하였다. 권정생이 『몽실 언니』에서 말한 것처럼, "괴롭더라도 참고 열심히 사는 가운데 어떻게 사는가. 스스로 결정한 것"이 그의 삶이었다. 그것은 그의 작품 곳곳에서 등장한다.

여기서 말하는 "괴롭더라도 참고 열심히 사는 삶"이 막연하고 구체적이지 못한 것처럼 느껴지기도 한다. 하지만 쉽지 않은 삶을 사는 현대인들에게 그 이상의 답을 제시할 수 있을까? 그렇지만 권정생의 삶을 신앙의 측면에서 볼 때 임마누엘 하나님께서 섭리 가운데 인도하신 삶임을 알 수 있다. 물론 권정생이 자신의 삶 모든 상황에서 임마누엘 신앙을 의식했다고 볼 수는 없다. 때로는 고난 속에서 하나님의 응답을 구하며 몸부림을 쳤지만, 하나님의 음성을 들을 수 없어 좌절했을지도 모른다. 그런 사실은 권정생 자신의 고통보다는 자신의 눈으로 목격하는 이웃의 고통을 목격함으로였다. 1979년 11월 29일 이현주 목사에게 보낸 편지에서 권정생은 극단적이라 할 만큼 하나님을 원망하는 표현을 하였음이 발견된다.

어제는 우리 교회 송운학 권찰님이 돌아가셨다. 음독자살
인데, 네 번 실패하고 다섯 번째 가까스로 목적을 달성한 셈
이다. 78살의 할머니는 그 고통을 짐작할 만큼 생이 평탄치
못했다. 스물 몇 살 땐가 예수 믿기 시작했는데, 그저께 주
일날도 변함없이 저녁 예배까지 드렸단다. 염을 하기 전에
나는 소주로 손발을 씻고 머리를 빗겨드리면서 자꾸자꾸
하느님이 원망스러워졌다. 하느님도 차라리 음독자살이라
도 하시라고. 현주야, 용서해라.[109]

이 글은 자칫 우리가 아는 신실한 그리스도인 권정생 이미지에
손상이 되는 언급으로 받아들여질지도 모른다. 하지만 이 언급은
마치 하나님의 부재를 느끼는 듯한 고통으로 인해 나온 권정생의
탄식이라는 측면에서 보아야 한다. 권정생 자신이 처한 환경에 대
한 하나님을 향한 원망은 그의 글들에서 발견할 수 없다. 앞서 언
급한 것처럼 그는 주체적으로 결단하며 자신의 삶에 충실했기 때
문이다. 하지만 자신의 눈에 밟히는 사람들이 겪는 고통을 권정생
은 견딜 수 없었다.

십여 일간 열에 시달리다가 겨우 일어났다. 이젠 남의 눈에
뜨일까봐 누워있는 것도 부담이 되어 될 수 있으면 앉아서
견디지만, 눕지 않고는 못 배겨 어쩔 수 없이 누워있었다.
죽 한 남비를 끓여 이틀씩 먹었다…. 며칠 전 이곳 시내 고

등학교 학생 교련 시범식이 있었다. 비를 맞으면서 그들이 받아 온 훈련을 관계 기관장들 앞에서 해 보이는 것인데 다음 날, 여고생 하나가 숨을 거두었단다…. 나는 과연 하느님 앞에서 용서받을 수 있는 인간인지 두렵다…. 나는 정말 어찌했으면 좋을까? 아무것도 하지 못하고 괴로워만 하다가 죽는가 싶다. 억울하게 죽어가는 가엾은 목숨들이 바로 눈앞에 있는데도, 제 혼자 살려고 오늘 아침에도 꾸역꾸역 숟가락을 쑤셔 넣었다. 용서받지 못할 이 위선자.[110]

권정생이 자신의 고통은 묵묵히 감내할 수 없었지만, 다른 이들의 고통에 대하여는 마치 하나님의 부재를 느끼는 것 같은 고통으로 몸부림쳤음을 알 수 있다. 그들의 고통은 자신의 죄에 의한 것이 아니라 구조 악 속에서 개인이 감내하는 고통이기 때문이다. 권정생이 한국 현대사 속에서 모진 고통을 경험했던 것처럼 말이다. 권정생에게서는 앞서 언급한 것처럼 "무슨 일을 하든 관성적으로 '하나님 뜻'에 갖다 붙이는 그리스도인들의 모습"이 보이지 않는다. 그는 자신의 고통은 묵묵히 감내하였지만, 다른 이들의 고통에는 하나님의 부재하심을 느낄 정도로 고통을 느끼며 몸부림쳤다. 하지만 그 가운데서도 결단하는 삶을 살았다. 그것이 권정생의 삶이었다.

"삶이 뭔가요?"라는 질문 혹은 "어떻게 살아야 하나요?"라는 질문은 사실 하나님 앞에서 자주 드리는 우리의 질문이기도 하다.

성경은 이에 대하여 이사야 선지자를 통해 명쾌하게 말씀하고 있다. "이 백성은 내가 나를 위하여 지었나니 나를 찬송하게 하려 함이라."이사야 43장 21절 하지만 이 말씀이 때로는 막연하게 와닿는다. 삶 속에서 고통을 겪고 있을 때 특히 그렇다. 이에 대하여 권정생은 우리에게 주체적인 결단을 하며 살아가라고 권면한다. 우리가 의로운 삶을 살기 위해 몸부림친다면 그 자체가 하나님께 영광을 돌리는 삶이라고 본다. 의와 불의 가운데 선택을 요구받을 때 권정생의 삶은 더욱 우리에게 시사해 주는 바가 크다. 찬송가 "어느 민족 누구게나"의 가사에서 볼 수 있는 것처럼 말이다.

어느 민족 누구게나 결단할 때 있나니.
삶과 거짓 싸울 때에 어느 편에 설 건가.
주가 주신 새 목표가 우리 앞에 보이니
빛과 어둠 사이에서 결단하며 살리라.

악이 비록 성하여도 진리 더욱 강하다.
진리 따라 살아갈 때 어려움도 당하리.
우리 가는 그 앞길에 어둔 장막 덮쳐도
하나님이 함께 계셔 항상 지켜 주시리.

다름과 그름….

사람은 다 다르다. 달라야 된다. 다르기 때문에 하나가 될
수 없는 거지 다른 이유는 없다. 하나 못 되는 것이 정상이
고, 그것이 올바른 교육법이고 착한 지도 법이다.

어린 시절에 많이 부른 동요가 있다. 아마도 1970~80년대에
초등학교를 다닌 사람에게는 무척 친근한 노래가 아닐까 한다. 그
노래는 길묘준 작사, 정세문 작곡 '어린이 행진곡'이다.

발맞추어 나가자 앞으로 가자, 어깨동무하고 가자 앞으로
가자, 우리들은 씩씩한 어린이라네. 금수강산 이어받을 새
싹이라네.
하나 둘 셋 넷 앞으로 가자. 두 주먹을 굳게 쥐고 앞으로 가
자. 우리들은 용감한 어린이라네. 자유대한 길이 빛낼 새싹
이라네.

이 노래의 창작 동기는 참으로 감격스럽다. 1948년 서울 중앙
방송국 어린이 합창단을 지휘하던 정세문이 광복 후 새 시대의 감

격을 어린이와 함께 노래하기 위해 작곡한 노래이기 때문이다.[111] 하지만 권정생은 이 노래의 가사를 그대로 받아들일 수 없었다. 그의 이야기를 들어보자.

"발맞추어 나가자. 앞으로 가자.…" 만약 지구 위의 60억 인구가 함께 발맞춰 간다면 어찌 될까? 그건 로봇 같은 기계인간이 아닌 이상 절대 불가능하다. 똑같은 사람은 하나도 없다. 생김새도 성격도 능력도 다 다르다. 더욱이 건강하지 못한 장애인들의 경우, 함께 손잡고 발맞추어 가자고 하면 어찌 될까?[112]

권정생의 이 말은 서로 다름을 용인하지 않은 '전체주의적 사고'에 대한 비판이라는 측면에서 이해할 수 있다. 더욱이 이 노래가 전투적인 반공주의를 국가 정신으로 표명함으로써 실질적인 전체주의를 강요했던 1960~80년대에 즐겨 불렸다는 역사적 배경에서 본다면 권정생의 말을 더욱 이해할 수 있다. 성경에서는 다양성을 강조한다. 하나님께 천지창조를 하실 때, "종류대로 창조하셨다는 사실"에서 그러한 사실이 확인된다.

하나님이 이르시되 땅은 풀과 씨 맺는 채소와 각기 종류대로 씨 가진 열매 맺는 나무를 내라 하시니 그대로 되어 땅이 풀과 각기 종류대로 씨 맺는 채소와 각기 종류대로 씨 가진

열매 맺는 나무를 내니 하나님이 보시기에 좋았더라. 창세기
1장 11~12절

　그런데 한국 사회와 교회에서 과연 다양성을 인정하는 지 고민된다. 다른 것과 그른 것을 구분하고 있는지, 혹 다른 것을 그른 것으로 이해하고 있지 않은지 고민해 보아야 한다는 것이다. 1960~80년대 전체주의적 사고를 암묵적으로 강요받은 사실로부터 한국교회가 얼마나 벗어났는지 고민된다는 것이다. 개신교를 일컬어 프로테스탄트protestant라고 한다. '저항하는 이들'이라는 의미이다. 무엇에 저항하는가? 비진리에 저항한다. 프로테스탄트라는 단어는 라틴어 프로테스타티오protestatio이다. 이는 1529년 독일 제국 의회에서 마르틴 루터가 황제 카를 5세 등 가톨릭 권력자들 앞에서 당당하게 자신의 신앙을 항변한 데서 유래하였다.113

　가톨릭이 지배하던 중세를 암흑의 시대라고 한다. 기독교 신앙이 지배하던 시기였다면 당연히 광명의 시대였다고 했어야 할 텐데 말이다. 물론 이 말은 인간의 이성을 절대시하려고 했던 계몽주의의 상대적인 개념으로서의 용어이다. 즉 인간의 이성보다 기독교 신앙을 우위로 놓았기 때문에 중세를 일컬어 암흑의 시대하고 명명했다는 것이다. 하지만 중세 시대에 복음이 왜곡되지 않았다면, 복음이 제대로 선포되었다면 과연 중세 시대를 암흑의 시대였다고 하였을까?

　대학생 시절, 친구들과 함께 영화 "아마데우스"를 본 일이 있

다. 그 영화에 나온 가톨릭교회 주교는 무시무시한 권력자였다. 모차르트를 '종놈'이라고 부르며 손가락으로 사람들에게 지시를 내리는 권력자였다. 그 장면을 본 한 친구가 이런 말을 하였다.

"예수님은 종이 되어 주셨는데."

이 단락에서 당시 가톨릭교회 교리의 문제점을 자세히 언급하는 것은 무리이다. 다만 당시 사회가 잘못된 신앙을 획일적으로 강요받은 사회였다고 정의할 수는 있을 것이다. 성경에서 말씀하는 것처럼 다양성을 용인하는 사회가 아니었다는 것이다. 하나님 앞에 개인이 신앙을 고백하는 사회가 아니라, 가톨릭교회의 결정에 복종하는 사회였다는 것이다. 이런 상황에서 교황 및 고위 성직자들은 지배자이고 가난한 백성들은 그야말로 종일 수밖에 없었다.

앞서 언급한 것처럼 개신교를 일컬어 프로테스탄트 즉 '저항하는 자'라고 한다. 마르틴 루터 등의 종교개혁자들이 본래 지향한 것은 가톨릭으로부터 개신교의 분리가 아닌 가톨릭 내의 개혁이었다. 하지만 목숨을 건 개혁 운동 끝에 결국 개신교로 분리되고 말았다. 그것은 교황권을 비롯한 권력자에 의한 신앙 획일화에서 성경에 근거한 개인 양심에 따른 신앙고백으로의 귀결이었다. 그렇지만 개신교에서도 안타까운 역사가 있었다. 우리나라에 가장 적극적으로 복음을 전해준 미국에서도 인종 차별을 신앙으로 합리

화했던 안타까운 역사가 있다. 그것은 미국 남부의 보수적인 교회들이 노예제를 합리화한 것이었다.

그뿐만 아니라 미국의 부흥 운동을 이끌었던 피니Charles G. Finney,1792년 8월 29일 ~ 1875년 8월 16일와 무디Dwight L.Moody, 1862년 2월 5일 ~ 1935년 12월 22일 등으로 부터도 인종 차별이 발견된다.[114] 피니는 "흑인이 교회지도자로 섬기는 것은 적절치 않다"라고 하였고 무디Dwight L. Moody, 1837년 2월 5일 ~ 1899년 12월 22일와 빌리 선데이 Billy Sunday 1862년 2월 5일 ~ 1935년 12월 22일는 남부에서 진행한 부흥 집회에서 흑인을 격려시켜 차별된 자리에 앉도록 히였다. 이에 대하여 한 흑인 기독교인은 "남부를 순회하는 동안 검둥이들nigroes에 대한 무디의 행위는 부끄러운 것으로, 그는 호텔 바에서 설교한 것이 아닌 다름 아닌 교회에서 설교한 것이다"라고 하며 항의하였다.[115]

한국전쟁을 경험한 한국교회는 세계에서 찾아보기 어려울 만큼 전투적인 반공주의를 체회體化하고 말았다. 한국 사회가 1961년 5월 16일 군사 쿠데타를 기점으로 전투적인 반공주의로 인한 사실상의 전체주의 사회가 되고 말았기 때문이었다. 교회는 사회의 바람직하지 못한 부분을 말하고 가르쳐 주는 역할을 해야 한다. 한경직 목사는 다음과 같이 주장했다.

본래 종교, 특히 기독교는 사회의 제도를 초월해야 한다는 것입니다.… 기독교는 근본적으로 사회제도를 초월한다는 것을 잊어서는 안 됩니다. 기독교는 봉건제도 아래에도 있었고, 자본주의 아래에도 있었고, 또 어떤 다른 제도에도 있을 것입니다. 그렇다고 그 제도와 반드시 결합하는 일은 없습니다. 그 결함과 단점을 비판하여 투쟁해 온 것입니다. 요컨대 기독교는 완전한 천국이 임하기에 불완전한 사회제도 아래에 있으면서 이를 초월하여 힘이 닿는 대로 사회를 기독교화하기에 최대의 노력을 하는 것입니다.[116]

하지만 한경직 또한 전투적인 반공주의에서 벗어나지는 못했다. 한경직 자신이 북한에서 공산주의자들의 억압을 피해 남하하였기 때문이다.[117] 그로 인해 그의 언급과는 달리 한국전쟁 이후, 특히 5.16 군사 쿠데타로 인한 군사정부의 집권으로 한국 사회가 실질적인 전체주의 사회가 되었을 때 한국교회 또한 정부를 지지함으로써 전체주의에서 벗어나지 못했음을 부인할 수 없다. 그런 측면에서 권정생이 "기독교 2천 년 역사 가운데서 예수님은 많이도 시달려 왔다.… 대한민국 기독교 백년사에서는 반공 이데올로기의 선봉장이 되어 무찌르자 오랑캐를 외쳤고…."[118]라고 한 것은 타당한 표현이다. 당시 한국교회에서 전투적인 반공주의와 다른 견해를 밝히면 이념을 의심받기도 하였다. 다름이 아닌 틀림으로 단죄 된 것이다.

이전의 일이지만 김재준 목사가 1932년 미국 유학을 마치고 귀국을 앞두고 있을 때, 그의 신학 사상을 검증하는 듯한 편지 한 통을 받은 일이 있다. 그의 이야기를 들어보자.

하루는 난데없이 한국의 모 선교사에게서 편지가 왔다. 선교사 편지란 난생처음이다. 편지 내용이란 즉은 "네가 학업을 마쳤으니 귀국해야 할 텐데 네 신학 노선을 알아야 직장을 소개할 수 있겠기에 편지한다"는 것이었다. "네가 '근본주의'냐? '자유주의'냐? 근본주의라야 취직이 될 것이니 그렇기를 바란다 속히 알려라…."하는 것이었다. 사실 그는 나를 위해 한 이야기겠지만 비위에 거슬렸다. 나는 곧 회답을 보냈다. "… 나는 무슨 '주의'에 내 신앙을 주조鑄造할 생각은 없으니 무슨 '주의자'라고 판박을 수 없오. 그러나 나는 생동하는 신앙을 은혜의 선물로 받았다고 믿으며 또 그것을 위하여는 기도하고 있소, 내가 어느 '꼬올'에 도달했다고 생각할 수는 없지만, 그리스도를 목표로 달음질한다고는 할 수 있을 것 같소. 기어코 무슨 '주의'냐고 한다면 '살아계신 그리스도주의'라고나 할까? 나는 하나님께서 자신의 경륜대로 써 주시기를 기도할 뿐이며, 또 그렇게 믿고 있소.…"119

결국 김재준 목사는 1930년대에는 계율적인 전통주의 신학120과 다른틀린이 아닌 신학을 추구하였다는 이유로 한국교회에서 단죄되었다. 그리고 1960년대 이후에는 반공주의를 빌미로 인권과 자

유를 억압하는 권위주의 군사정부에 대항하였다는 이유로 한국교회에서 단죄되고 말았다.[121]

여기서 말하려고 하는 것은 "특정 신학은 맞고 다른 신학은 틀리다"라는 것이 아니다. 특정 신학을 절대화할 때 그것은 신앙 양심을 억압하는 이데올로기가 될 수밖에 없다는 것이다. 물론 김재준 목사가 추구했던 신학이라 해도 그것을 절대화해서는 안 된다. 예수 그리스도의 죽으심과 부활"이라는 신앙의 핵심 진리를 고수한다면, 신학의 다름을 용인할 수 있어야 한다는 것이다. 김재준 목사가 "기독교의 가장 근본적인 것을 확실히 보수하면서 자유하는 복음을 천명한다."[122]라고 한 것처럼 말이다. 그것이 프로테스탄트 개신교 신앙이어야 함은 물론이다. 더욱이 신앙이 정치 권력에 협력함으로써 권력을 합리화하는 것은 결코 성경에서 받아들일 수 없다. 1970~80년대 한국교회의 전체주의적 성격을 반성하고 오늘날에도 그러한 측면이 있는지 성찰해야 하는 이유가 여기에 있다. 프로테스탄트 개신교가 오늘날 복음이 아닌 것에 대항해야 하는 이유 또한 여기에 있다. 이런 측면에서 이 글의 서두에서 언급한 권정생의 말을 깊이 새겨야 한다.

"발맞추어 나가자. 앞으로 가자.…" 만약 지구 위의 60억 인구가 함께 발맞춰 간다면 어찌 될까? 그런 로봇 같은 기계 인간이 아닌 이상 절대 불가능하다. 똑같은 사람은 하나도 없다. 생김새도 성격도 능력도 다 다르다.

하나님께서는 자신의 형상으로 창조하신 인간에게 자유를 주셨다. 그러므로 인간은 단지 하나님께만 종속된 자유인이다. 하나님께서는 각자에게 개성을 부여하셨다. 개신교 신앙이 억압적 획일화를 거부할 수밖에 없는 이유가 여기에 있다. 억압적 획일화를 거부하는 신앙은 틀림과 다름을 구분하는 삶이다. 다름을 틀림으로 받아들이지 않는 신앙이다. 그러한 신앙은 곧 틀림과 다름을 구분하는 삶, 다름을 이해하는 삶으로 이어진다. 다름을 틀림으로 여기지 않는 신앙과 삶이 성경에 근거한 신앙과 삶이기 때문이다. 한국교회는 그런 측면에서 개혁을 멈출 수 없다. 권정생의 다음의 말을 한국교회가, 그리스도인이 깊이 새겨야 하는 이유가 여기에 있다.

"사람은 다 다르다. 달라야 된다. 다르기 때문에 하나가 될 수 없는 거지 다른 이유는 없다. 하나 못 되는 것이 정상이고, 그것이 올바른 교육법이고 착한 지도 법이다."[123]

권정생, 못다 한 이야기…

거지가 글을 썼습니다. 전쟁 마당이 되어 버린 세상에서 얻
어먹기란 그렇게 쉽지 않았습니다. 어찌나 배고프고 목말
라 지쳐 버린 끝에, 참다못해 터뜨린 울음소리가 글이 되었
으니 글 다운 글이 못됩니다.

권정생이 동시, 동화, 소년소설, 소설, 산문 등 백여 편이 훨씬
넘는 작품을 남긴 이유가 무엇일까? 시인 안상학은 다음과 같이
말하고 있다.

권정생은 언젠가 내게 여러 장르의 글쓰기를 하게 된 까닭
을 고백한 적이 있다. 간추리자면 이렇다. 처음엔 동시를
썼지만, 동시로는 하지 못할 말이 있어서 동화를 썼고, 동
화로는 하지 못할 말이 있어서 소년소설을 썼고, 소년소설
로는 하지 못할 말이 있어서 소설을 썼다. 그러나 그마저도
속 시원하게 다 말하지 못해서 글쓰기에 한계를 느낀다는
게 요지였다. 즉 권정생은 글쓰기의 의미를 '하고싶은 말을
하는 자유'에서 찾고 있다는 것을 알 수 있다.[124]

수년 전 총 2권으로 구성된 권정생의 소설『한티재 하늘』을 읽으면서 나는 마치 박경리의 대하소설『토지』혹은 최명희의 대하소설『혼불』에 못지않은 장엄함을 느꼈다. 그 가운데 하나는 권정생이 본래 10권을 기획해서『한티재 하늘』을 썼다는 데 있을 것이다. 그렇지만 더 큰 이유는 권정생이 이 책을 통해 자신을 둘러싼 역사 이야기를 쓰려고 하였다는 데 있다고 본다. 이 책의 2권 마지막 문장에는 '1937년'이라는 시점이 언급되어 있다. 1937년은 권정생이 일본 동경 근교 빈민가에서 태어난 해이다. 소설『한티재 하늘』에서 권정생이 1937년까지 있었던 자신의 친가, 외가 이야기를 언급하고 본격적인 자신의 이야기는 언급하지 못한 채 이 소설을 종결지었음이 안타깝다. 그가 이 소설을 더욱 진전시키지 못한 이유가 건강 때문이었다고 하지만 말이다.[125]

　간혹 나에게 "좋은 동화를 써 주세요."라고 부탁하는 분들이 있다. 내가 틈틈이 아동문학 관련 글을 쓰고 있으니 으레 동화도 쓸 수 있으리라 생각해 주는 것이 감사할 뿐이다. 하지만 나에게 아직 동화 쓰는 능력이 부족하기에 안타까움을 느낀다.[126] 정치인이었지만, 지금은 작가로 더욱 알려진 유시민은 이런 말을 하였다. "누구나 노력하면 유시민만큼 에세이를 쓸 수 있습니다. 하지만 노력한다고 해도 시인 안도현만큼 시를 쓸 수 있다고 장담하지는 못합니다."[127] 논리적 글쓰기는 훈련을 통해 향상될 수 있지만, 예술적 글쓰기는 다르다는 의미이다. 이런 측면에서 "하고 싶은 말이 많아서 동시, 동화, 소년소설을 쓸 수밖에 없었다"라고 하는 권정생이 참으로 부럽다.

권정생은 일생 무슨 말을 하고 싶었을까? 여기서 잠시 권정생이 작가로 접어든 계기를 살펴보도록 하자. 이미 잘 알려진 바와 같이 1937년 동경 근교 빈민가에서 태어난 권정생은 유년 시절에 태평양전쟁으로 인해 어린이들이 참혹한 생활을 하는 것을 목격하였다. 그의 소년소설 『슬픈 고무신』이 이를 배경으로 쓴 작품이다. 해방 다음 해인 1946년 부모님과 함께 귀국한 권정생은 얼마 지나지 않아 1950년, 한국전쟁을 겪었다. 한국전쟁은 권정생의 일생을 뒤틀어 놓았다 해도 과언이 아니다. 한국전쟁의 여파로 중학교 진학을 하지 못했을 뿐만 아니라, 고학해서라도 중학교에 진학하려고 하였지만, 오히려 병에 걸리고 그것을 제때 치료받지 못해서 내일을 장담할 수 없을 만큼 건강이 악화되었기 때문이다.

부모님이 돌아가신 후 남동생을 결혼시키고 홀몸이 된 권정생은 1968년 안동 일직교회 종지기가 되어 교회 문간방에 거주하기 시작하였다. 그곳에서 권정생은 무기력한 하루하루를 보냈다. 교회 문간방에 가만히 누워있으면 병으로 인한 고통과 외로움이 몰려왔고 전쟁 때문에 하고 싶은 공부를 하지 못했다는 생각까지 들어서 허무하고 괴롭고 고달픈 마음이 가시지 않았다. 한 마디로 "죽기도 살기도 고통스러운 삶"이었다.[128] 그러던 어느 날 목회자 한 사람으로부터 받은 편지 한 통은 권정생이 자신의 삶을 새롭게 조명할 뿐만 아니라, 그가 문학가로서 접어들도록 하는 계기가 되었다. 그의 이야기를 들어보자.

몇 해 전에 이곳 교회에 부흥회를 인도하러 오신 목사님이 돌아가신 뒤 나에게 편지를 보내오셨다. "권 선생님의 생활이 누가복음 16장에 나오는 거지 나사로와 꼭 같다고 생각했습니다." 나는 이 편지를 읽고 여태까지 몰랐던 자신의 모습을 발견하게 되었다. 과연 그렇다. 나는 부자의 문간에 앉아서 얻어먹는 거지이다. 분수를 지킬 줄 모르면 그 이상 불행할 수가 없을 것이다. 누구나 자신의 저치에 알맞게 행동하며 지나친 욕심을 버린다면 타인에게 끼치는 해가 훨씬 줄어들 것이다. 나는 그때부터 나사로와 나와의 입장을 함께 하며 거기서 벗어나려 하지 않기로 했다. 개들에게 헌데를 핥이면서, 부자가 먹던 찌꺼기를 얻어먹던 나사로였지만, 그는 하늘나라를 볼 줄 알았다. 그래, 그것만이면 족한 것이다. 나는 거지 나사로를 알고부터 세상을 보는 눈을 달리했다. 천국이라는 것, 행복이라는 것, 아름다움이라는 것을 여태까지와는 거꾸로 보게 된 것이다. 내가 5살 때 환상으로 본 그리스도, 십자가의 의미도 조금씩 알게 되었다.[129]

이후 권정생은 자신의 삶을 긍정하게 되었고 마음으로부터 하고 싶은 말이 솟아올라 동화를 쓰기 시작했다. 그의 초기 동화에서는 주로 자신처럼 초라한 존재라 해도 하나님 앞에서는 소중한 존재임라는 것을 말하려고 하였다. 그의 대표작품인 「강아지똥」 1969을 비롯하여 「깜둥바가지 아줌마」 1968, 「떠내려간 흙먼지 아이들」1971 등이 그런 작품이다.

　권정생의 작품 가운데 상당수는 한국전쟁으로 인해 발생 된 슬픈 이야기이다. 그는 자신을 포함하여 한국전쟁으로 인해 삶이 무너져 버린 많은 이들의 이야기를 하고 싶었다. 널리 알려진 작품인 소년소설 『몽실 언니』1984를 비롯해서 소년소설 『점득이네』1990, 『초가집이 있던 마을』1985 등 다수가 그런 작품이다. 그는 한국전쟁을 주제로 한 작품에서 무얼 말하고 싶었던 걸까? 『몽실 언니』의 작가의 말에서 그는 "1950년대까지만 해도 초등학교에서 가르쳐준 대로 나도 반공주의자였다. 그러나 60년대가 되면서 차츰 생각이 달라졌다. 반공도 용공도 아닌, 다른 무엇인가 고약한 것이 있다는 걸 깨달았다."130라고 증언하였다. 권정생이 말한 "다른 무엇인가 고약한 것"은 무엇일까? 권정생은 『몽실 언니』에서 여자 인민군의 입을 빌어 "국군과 인민군이 서로 적이 아닌 사람과 사람으로 만나면 죽일 수 없다."라고 하였다. 이를 통해 권정생이 말하는 "다른 고약한 것"은 다름 아닌 "서로를 비인간화하는 것"이 아닐까 한다. 권정생은 한국전쟁을 통해 비인간화로부터의 회복을 말하고 싶었는지도 모른다. 권정생은 "전쟁 속에서는 모든 인간이 악마가 된다."131라고 함으로써 전쟁을 통한 인간성 상실을 말하였다. 수많은 작품에서 권정생이 간곡히 말하고 싶었던 것이 무엇일까? 한국전쟁을 경험한 그의 증언을 들어보자.

열심히 일을 하면 대가를 받는다는 말도 전쟁 시엔 통하지

않는다. 죽이고 죽고 **빼앗고** 빼앗기면서 하나같이 피해자만 남는다. 자본주의에 물든 반동분자로 총살당하고 용공 부역자로 잡혀가서 총살당하고, 오직 죽이는 것만을 능사로 삼았고 당연하게 생각했다. 앞집 아버지는 반동분자로 인민군에게 잡혀가 총살당하고 뒷집 아저씨는 용공분자로 국군에게 총살당했다. 한동네 한 이웃끼리 서로 감시하고 감시받으며 살아야 하는 살벌한 세상이었다.… 용공으로 끌려가 죽은 이들의 가족들은 이런 분위기에서 자신들에게 가해지는 극심한 고통을 견뎌야만 했다.[132]

민주주의이건 공산주의이건 이념은 더욱 사람이 살기 좋은 세상을 만들기 위한 수단으로 사용되어야 한다. 그런데 이념이 사람의 목숨을 빼앗는 수단으로 사용된 것이다. 여기서 권정생이 말한 "반공도 용공도 아닌, 다른 무엇인가 고약한 것"을 생각해 볼 수 있다. 그것은 권력 획득을 향한 욕망이다. 소수 권력자에 의해 많은 사람이 비인간화되어 기본적인 삶조차 존중받기 어렵게 된 것이다. 지금도 세상 곳곳에서 이런 일들이 자행되고 있다. 그 속에서 어린이들은 가장 고통을 당한다. 그래서 권정생은 마지막 남긴 유서에까지 "중동, 아프리카, 그리고 티벳 아이들은 앞으로 어떻게 하지요. 기도 많이 해주세요."라고 하며 한탄하였다.

비교적 권정생의 말년 작품이라고 볼 수 있는 동화 『밥데기 죽데기』1999에서 권정생은 한반도의 통일을 그린다. 그 작품에서 통일에 이르는 길은 용서와 사랑 그리고 욕심을 내려놓음과 화해를 통해서이다. 이를 통해 권정생이 가장 좋아하는 성경 말씀인 이사야 11장 6-9절에 언급된 나라가 완성된 세상을 꿈꾼다.

> 그 때에 이리가 어린 양과 함께 살며 표범이 어린 염소와 함께 누우며 송아지와 어린 사자와 살진 짐승이 함께 있어 어린아이에게 끌리며, 암소와 곰이 함께 먹으며 그것들의 새끼가 함께 엎드려지며 사자가 소처럼 풀을 먹을 것이며, 젖 먹는 어린아이가 독사의 굴에 손을 넣을 것이라. 내 거룩한 산 모든 곳에서 해 됨도 없고 상함도 없을 것이니 이는 물이 바다를 덮음 같이 여호와를 아는 지식이 세상에 충만할 것임이니라.

선지자 이사야에 따르면 "여호와를 아는 지식이 세상에 충만할 때" 이처럼 샬롬의 세상이 완성된다. 그렇다면 이런 고민을 해보지 않을 수 없다. 우리는 하나님에 관하여 올바른 지식을 가진 것일까? 우리가 가진 하나님에 관한 지식은 어떤 것일까? 혹시 하나님에 관하여는 열심히 탐구하지만, 하나님을 아는 일에는 관심이 적은 것이 아닐까? 복음을 전한다는 명목으로 역사상 수많은 전쟁이 일어나는 사이에 우리가 하나님을 잘 알지 못했음을 의미하지 않을까. 동화 『도토리 예배당 종지기 아저씨』의 한 대목에는 한국 교회와 그리스도인들에 대한 권정생의 탄식이 잘 나타나 있다.

천사: 아저씨는 한국 도토리교회에서 종을 치는 분이지요?

종지기 아저씨: 예… 에….

천사: 생쥐하고 같이 오셨는데, 대체 뭣하러 오셨나요?

종지기 아저씨: 저어, 하느님을 좀 찾아뵈오려고요. 천사님, 저희들의 간절한 부탁이니 하느님을 꼭 만나 뵙게 해주세요.

천사: 그래 어떤 하느님을 만나 보고 싶으십니까?

종지기 아저씨: 어떤 하느님이라뇨?

천사: 하느님이 하도 많아서 어떤 하느님을 만나러 오셨는지 여쭤어본 것입니다. 한국에서 오셨으니 한국의 하느님을 만나시겠지만, 그 가운데서도 서울 하느님이 계시고, 서울 하느님만도 수백이 넘는데 대체 어느 하느님을 만나시렵니까?[133]

이는 성경에서 말씀하는 하나님을 믿는다고 하면서도 내가 만든 하나님을 믿는 바람직하지 못한 신앙에 관한 비판이다. 하나님을 소원 성취의 대상으로 여기는 신앙 말이다. 제2차 세계대전 당시 하나님이 참 난처하셨을 것이라는 우스갯소리가 있다. 미국의 군목과 독일의 군목이 서로 자신들에게 승리를 달라고 기도했기 때문이라는 것이다. 과연 하나님은 누구의 기도를 들으실까? 미국 군목도 아니고 독일 군목도 아닌 "전쟁을 종식 시켜 주시기를 간절히 기도한 사람들"의 기도를 듣지 않으셨을까. 권정생이 남긴 마지막 당부가 잊히지 않는다.

"제발 그만 싸우고, 그만 미워하고 따뜻하게 통일이 되어
함께 살도록 해주십시오. 중동, 아프리카, 그리고 티베트
아이들은 앞으로 어떻게 하지요. 기도 많이 해주세요."

그리고 아시시의 성 프란체스코의 기도가 떠오른다.

주여! 나를 당신의 평화의 도구로 써 주소서.
미움이 있는 곳에 사랑을,
다툼이 있는 곳에 용서를,
분열이 있는 곳에 일치를,
의혹이 있는 곳에 신앙을,
그릇됨이 있는 곳에 진리를,
절망이 있는 곳에 희망을,
어두움에 빛을,
슬픔이 있는 곳에 기쁨을 가져오는 자 되게 하소서.
위로받기보다는 위로하고,
이해받기보다는 이해하며,
사랑받기보다는 사랑하게 하여 주소서.
우리는 줌으로써 받고,
용서함으로써 용서받으며,

자기를 버리고 죽음으로써,

영생을 얻기 때문입니다.[134]

한동안 이 기도문에 대한 논쟁이 있었다. 이 기도문이 "믿음으로 구원을 얻는 이신칭의justification by faith에 맞지 않는 행위 구원을 말하고 있다."라는 이유로 말이다. 하지만 과연 이 기도문을 구원론 측면에서 이해할 필요가 있을까? 이 기도문은 세상에서 평화의 도구로 쓰임 받기를 원하는 프란시스코의 염원으로만 이해해도 충분하다. 오히려 나는 이 기도문에 하나님께서 기뻐하시리라 생각한다. 권정생의 문학에서 공통으로 발견되는 사상이 어쩌면 프란체스코의 기도로 요약될 수도 있지 않을까 한다.

앞서 언급한 것처럼 늘 우리의 소원만 구하는 기도를 하나님께서 기뻐하신다고 볼 수 없다. 하나님이 기뻐하시는 기도는 어떤 것일까? 우리가 평화를 구할 때 하나님께서 기뻐하시리라 들으시리라 생각한다. 권정생이 그랬던 것처럼 우리도 이 땅에 사는 동안 평화를 염원하며, 평화를 위해 몸부림치며, 하나님께서 부르실 때 권정생처럼 마지막 당부를 남긴면 얼마나 좋을까. 권정생이 못다 한 이야기는 무엇일까? 다만 그가 남긴 마지막 말에서 유추해 볼 수 있을 뿐이다. 그런데 권정생이 마지막 남긴 당부를 읽으면서 성 프란시스코의 염원을 깊이 새기게 되는 이유가 무엇일까?

"주여! 나를 당신의 평화의 도구로 써주소서."

천국은 침노하는 자의 것···

천국은 침노하는 자의 것이란 직설적인 말이 성경책에 있
다. 하지만 여기서 말하는 '침노'란 말은 총칼을 든 군대가
쳐들어가서 빼앗는 것이 아니라 고통의 현장에 뛰어들어
가 스스로 목숨을 희생하는 정신이다. 구약의 선지자들은
이런 행동으로 하느님의 부르심대로 평생을 역경 속에 살
았다.

성경을 읽다 보면 종종 이해하기 어려운 용어가 발견된다. 그
가운데 하나가 마태복음 11장 12절에 있는 용어가 아닐까 한다.

"세례 요한의 때부터 지금까지 천국은 침노를 당하나니 침
노하는 자는 빼앗느니라."

그리스도인들에게 참으로 익숙한 말씀이지만, 이 가운데 '침
노', '침노하는 자'라는 용어에 대한 이해를 갖고 있는 이들이 얼마
나 될까? 이에 대하여 권정생은 우리에게 명쾌한 답을 주었다.

"침노라는 말은 고통의 현장에 뛰어들어가 스스로 목숨을
희생하는 정신이다."135

　바로 이러한 정신이 우리가 흔히 말하는 '예언자 정신'이라는
것을 권정생을 통해 알 수 있다. 권정생이 말한 '침노'가 과연 마
태복음 11장 본문 맥락에서 어떤 뜻인지 알기 위해 해외 성경 주
석가들의 설명을 인터넷으로 검색해 보니 공통적으로 "하늘나라
가 힘차게 전진하고 있다"라고 설명하고 있었다. 그들의 설명을
통해 그리고 권정생의 설명을 통해 마태복음 11장 12절에 대한 권
정생의 설명이 더욱 쉽게 이해된다. 이렇게 말할 수 있을 것이다.

"하나님의 나라는 고통의 현장에 뛰어들어가 희생하는 자
들에 의해 힘차게 전진한다."

　혹은 "하나님의 나라는 고통의 현장에 뛰어들어가 희생하는 자
들에 의해 힘차게 확장된다."라고 이해해도 어색하지 않을 것이
다.
　2001년 9월 11일 테러가 일어나고 닷새 후 뉴욕 타임스퀘어 교
회의 부목사인 카터 콜론Rev. Cater Conlon은 사자후를 토하듯이 이
렇게 외쳤다. 그 가운데 일부를 발췌해본다.

　뉴욕시의 경찰관들에 대한 이야기는 나의 마음속에 영원히

새겨져 있을 것입니다. 무너지는 빌딩을 피해 사람들이 도망갈 때 경찰관들, 소방관들, 그리고 사람들은 빌딩을 향해 달리면서 "도망치십시오."라고 목숨을 걸고 외쳤습니다. 어떤 경우에는 그들은 목숨을 잃을 것을 알고 있었지만, 그들에게는 의무감이 있었습니다. 난 하나님께 울부짖었습니다. "하나님, 오 예수님, 당신의 왕국을 위한 책임감이 이 존경스러운 소방관들과 경찰관들이 무너지는 빌딩에서 죽어가던 자들을 향해 가졌던 것보다 적지 않게 해주소서!" 우리는 진리가 길가에 버려지는 시대에 살고 있습니다. 저는 분쟁으로부터 도망치는 것이 아닌 분쟁으로 들어가서 외치는 사람이 되고 싶습니다. "살기 위해 달리세요!" 벗어나세요! 번영, 부, 성공에 집중하는 복음들로부터 도망가세요! 벗어나십시오! 그리스도의 이름을 자신의 이익을 위해 쓰는 자로부터…. 그들은 하나님에 대해 아무것도 알지 못합니다. 부정하고, 순간적인 운동과 목적 없고 공허한 예언으로부터 달려 나가십시오….136

언급한 내용 외에도 "정치꾼들로 가득 찬 설교 강단으로부터 도망치십시오.", "인종과 문화 차별을 외치는 자들로부터 도망가십시오.", "십자가가 없는 신학에서, 영혼을 반성시키는 말씀이 없는 데서, 죄로부터 회개함이 없는 데서, 예수님의 보혈이 언급되지 않는 데서, 도망치십시오!" 등의 내용이 언급되어 있다. 이 설교에서 강조된 것은 두 가지로 요약할 수 있다.

"저는 분쟁으로부터 도망치는 것이 아닌 분쟁으로 들어가
서 외치는 사람이 되고 싶습니다."
"번영, 부, 성공에 집중하는 복음들로부터 도망가세요! 벗
어나십시오!"

권정생의 말과 외침을 통해 참으로 "예수 믿기가 쉽지만은 않
다."라는 생각을 하게 된다. 그것은 때로 우리에게도 "구약의 선
지자들처럼 하나님의 부르심을 받아 역경 속에서 살아가라고 요
구하기 때문"이다. 하지만 생각해 보면 그리스도인 누구나 고통
의 현장으로 부르심 받았음을 알 수 있다. 우리가 살아가는 현실
이 녹녹하지만은 않기 때문이다. 하나님의 은혜로 고통의 현장에
서 완전히 피하고 싶은 것이 솔직한 심정이지만 그것이 허용되지
않는다. 우리의 삶은 아픔과 갈등의 현장에 놓여있다. 그것이 그
리스도인으로서 십자가를 지는 삶이다. 하나님께서 우리를 부르
신 이유가 고통과 갈등의 현장에서 멀리 떨어진 곳에서 평안한 삶
을 살라는 데 있지 않기 때문이다. 오히려 고통과 갈등의 현장에
서 그것을 해결하는 '평화를 만드는 자'로 부르셨기 때문이다. 굳
이 구약성경에 나오는 예언자들만큼은 아니라 해도 말이다. 권정
생의 이야기를 들어보자.

좋은 일은 양보하고 궂은일은 내가 맡아 할 것이고 총칼을 든 군인이 상대방을 예수님으로 보면 절대 죽이지 못할 것이다. 예수님이 세상에 오신 것은 이렇게 서로가 섬기며 살라는 가르침을 실천하기 위해서였다. 섬김을 받으러 온 것이 아니라 도리어 종의 몸으로 섬기러 왔다 하셨고, 그 말씀대로 가난하고 병든 사람을 찾아다니며 섬기다가 결국 죽기까지 하지 않았던가?[137]

그리스도인은 누구나 섬기는 삶을 요구받는다. 그것은 하나님의 뜻이지만 세상에서 살아가는 우리의 현실이 요구하는 것이기도 하다. 만약, 섬김이 없다면 우리는 살아갈 수 없다. 앞서 말한 것처럼 우리는 고통과 갈등이 있는 세상에서 살고 있다. 우리는 세상으로 부르심을 받았다. 예수님을 믿는다고 해서, 성령께서 내주하신다고 해서 우리의 환경이 변하지 않는다. 변화가 일어나는 것은 우리 환경이 아니라 우리 자신이다. 쉽지 않은 세상에서 피안의 세계로 도피하는 것을 허락받지 못하지만, 세상 안에 함몰되지 않고 있는 자신을 발견하게 된다. 이루 셀 수 없을 만큼 다양한 죄가 넘쳐나는 세상에 살지만, 죄짓는 것을 기뻐하지 않고 죄를 짓지 않기 위해 몸부림치는 우리 자신을 발견하게 되는 것이다. 그것은 우리 자신의 인격 성숙 때문만이 아니다, 성령께서 내주하심으로 인한 표징이다. 의식하지 못하는 가운데서도 우리는 세상의 빛과 소금의 역할을 하는 것이다. 그리스도인으로 부르심 받음의 특권은 세상에서 부와 명예를 얻음에 있지 않다. 세상의 빛과 소금의 역할을 함에 있다. 나 자신은 의식하지 못하며 살 때가 적지 않다. 여전히 죄로 가득한 세상에서 넘어지는 자신의 모습을 보며 고민한다. 그러나 내주하시는 성령께서 우리가 몸부림치게 하시고 할 수 있는 대로 죄로부터 떨어지도록 인도하신다. 물론 자신은 죄와 가까이 있거나 함몰된 것처럼 느끼지만, 사실은 죄와 일정한 거리를 유지하며 살아가는 것이다. 그것이 예수님을 주님으로 받아들인 사람들이 받은 은혜, 거듭난 사람들이 받은 은혜이다. 성령께서 내주하시는 그리스도인이라면 번영, 성공, 부가 아닌 그리스도 자체에 관심을 두고 그분을 갈망하기 마련이다. 그렇기 때문에 그리스도인은 '침노하는 사람'일 수밖에 없다. 물론 권정생이 말한 것처럼, 구약의 예언자들처럼 죽음을 무릅쓰고 고난의 현장에 들어가는 것은 보편적이지 않다. 그렇지만 그리스도인은 누구나 고통의 현장에서 섬기는 삶을 살아간다. 드러나지 않을 만큼 작은 섬김이라 해도 말이다. 요한복음 21장에 언급된 예수께서 베드로에게 하신 말씀을 생각해 보자.

내가 진실로 진실로 네게 이르노니 네가 젊어서는 스스로 띠 띠고 원하는 곳으로 다녔거니와 늙어서는 네 팔을 벌리리니 남이 네게 띠 띠우고 원하지 않는 곳으로 데려가리라. 이 말씀을 하심은 베드로가 어떠한 죽음으로 하나님께 영광을 돌릴 것을 가리키심이라. 이 말씀을 하시고 베드로에게

이르시되 너는 나를 따르라 하시니 베드로가 돌이켜 예수께
서 사랑하시는 그 제자가 따르는 것을 보니 그는 만찬석에
서 예수의 품에 의지하여 주님! 주님을 파는 자가 누구오니
이까 묻던 자더라. 이에 베드로가 그를 보고 예수께 여짜오
되 주님! 이 사람은 어찌 되겠사옵나이까? 예수께서 이르시
되 내가 올 때까지 그를 머물게 할지라도 네게 무슨 상관이
냐 너는 나를 따르라 하시더라. 이 말씀이 형제에게 나가서
그 제자는 죽지 아니하겠다 하였으나 예수의 말씀은 그가
죽지 않겠다. 하신 것이 아니라 내가 올 때까지 그를 머물
게 할지라도 네게 무슨 상관이냐 하신 것이러라요한복음 21장
18~23절.

우리가 잘 아는 것처럼 베드로는 로마의 네로 황제 재위 때 황
제 숭배를 거부하는 그리스도인들과 함께 순교하였다. 그렇지만
사도 요한은 90세가 넘을 때까지 장수하면서 밧모섬에서 본 환상
을 기록하였다. 그것이 '요한계시록'이다. 베드로는 순교함으로써
'침노하는 자'로서의 역할을 하였고 사도 요한은 장수하면서 밧모
섬에서 요한계시록을 기록함으로써 '침노하는 자'로서의 역할을
감당하였다. 베드로가 그랬던 것처럼, 사도 요한이 그랬던 것처럼
우리도 '침노하는 자'로서의 역할을 감당하며 살아간다. 그것이 하
나님의 은혜이고 하나님의 열심이다.

베드로와 요한이 그랬던 것처럼, 권정생 또한 삶의 자리에서 열

심히 천국을 침노하는 삶을 살았다. 사실 권정생만큼 천국을 침노하는 삶을 산 사람은 많지 않다. 그렇다면 권정생은 자신의 삶에 보람을 느끼며 만족했을까? 이계삼이 말한 것처럼, 권정생은 일생 동안 아팠기에 그에게 허용된 유일한 노동은 책 읽기와 글쓰기밖에 없었다.[138] 이를 통해 볼 수 있는 것처럼 권정생이 자신의 삶에 만족했다고 보기는 어렵다. 하지만 누구보다도 힘겨운 삶을 살았기에 더욱 기도하며 그러한 삶을 살려고 몸부림쳤는지도 모른다. 권정생의 삶에서 발견되는 것은 비록 눈에 보이지 않는 것 같지만, 그의 삶을 이끄신 하나님의 손길이다. 한국전쟁으로 인해 뒤틀려져 버린 권정생의 삶의 경험이 오히려 작가가 되는 결정적인 계기가 된 것을 하나님의 섭리라고 생각할 수 있는 이유가 여기에 있다.

우리의 삶 속에서도 이끄시는 하나님의 손길이 있음이 분명하다. 일반인들이 권정생만큼 천국을 침노하는 삶을 실천하기는 쉽지 않다. 그렇다면 우리가 천국을 침노하는 소극적인 듯 하면서도 적극적인 방법은 어떤 것일까? 앞서 언급한 카터 콜론 목사의 설교에서 그것을 알 수 있으리라 생각한다. 그의 표현을 빌린다면, 열심히 도망치는 것이다. 다시 말해서 복음인 것과 복음이 아닌 것을 분별하여 피하는 것이다. 그것은 어렵지 않다. 앞서 언급한 카터 콜른 목사의 설교 가운데 한 대목을 다시금 소개해 본다.

"번영, 부, 성공에 집중하는 복음으로부터 벗어나세요.",

"정치꾼들로 가득 찬 설교 강단으로부터 도망치십시오.",
"인종과 문화 차별을 외치는 자들로부터 도망가십시오.",
"십자가가 없는 신학에서, 영혼을 반성시키는 말씀이 없는
데서, 죄로부터 회개함이 없는 데서, 예수님의 보혈이 언급
되지 않는데서, 도망치십시오!"

수년 전 나는 한국교회의 유명한 목회자 한 사람의 설교문을
읽으면서 마음이 아팠고, 분노가 일어나는 것을 느꼈다. 특히 다
음과 같은 문구 때문이었다.

"북한 공산주의자들의 지배를 받느니 차라리 아프리카 흑
인들의 지배를 받겠습니다."

그의 설교내용 가운데 대부분은 반공에 관한 것이었다. "한국
전쟁을 경험하면서 반공이 그에게 체질화되었음을 이해하더라도
설교내용 대부분을 반공으로 채워서는 안 되지 않나?" 하는 생각
이 들었다. 그뿐만 아니라 "차라리 아프리카 흑인들의 지배를 받
겠습니다"라는 표현에서 그가 인종과 문화를 차별하고 있다는 사
실을 알 수 있었다.

그 외에도 그리스도인으로서 누리는 복과 위로는 전하지만, 그
리스도인으로서 감당해야 하는 십자가는 전하지 않는 메시지를
우리는 분별해야 한다. 그러한 설교를 들으면서 평안함을 느낀다

면 혹은 그러한 설교를 갈망한다면 우리의 영혼에 경고등이 켜지고 있다는 것으로 받아들여야 하지 않을까. 뉴욕 타임스퀘어 교회에서 카터 콜른 목사가 외친 메시지와 안동 일직면 작은 마을에서 권정생이 글을 통해 전한 메시지에 공통점이 발견되는 이유가 무엇일까. 그것은 두 사람 모두 복음의 본질을 추구하였기 때문이라고 본다.

마음 깊은 곳에서 잠잠히 찬송가 한 곡이 흘러나온다. 복음의 본질을 추구하며 천국을 침노하는 그리스도인들이라면 이 찬송가에 깊이 공감하리라 생각해 본다.

옳은 길 따르라 의의 길을 세계 만민의 참된 길
이 길 따라서 살기를 온 세계에 전하세 만백성이 나갈 길
어둔 밤 지나고 동튼다. 환한 빛 보아라. 저 빛
주 예수의 나라 이 땅에 곧 오겠네. 오겠네.

놀라운 이 소식 알리어라. 세계 만민을 구하려
내 주 예수를 보내신 참사랑의 하나님 만백성이 따를 길.
어둔 밤 지나고 동튼다. 환한 빛 보아라 저 빛
주 예수의 나라 이 땅에 곧 오겠네. 오겠네.

마라나타 주 예수여…

주인공 장발장의 주변에는 많은 사람들이 등장하지만 아
무도 쉽게 살아가는 인생이란 없다.

권정생은 널리 알려진 프랑스 소설 『레미제라블』을 다음과 같
이 소개하고 있다.

주인공 장발장의 주변에는 많은 사람들이 등장하지만 아무
도 쉽게 살아가는 인생이란 없다. '비참한 사람들'이란 말
그대로 『레미제라블』은 모두가 그렇게 비참한 삶을 살고 있
다. 경찰, 신부, 수녀, 퇴역장교, 대학교수, 거지, 깡패, 창
녀, 도둑, 고아, 사기꾼 등 온갖 사람들이 지금부터 1백50
년 전 프랑스 파리의 구석구석에서 서로 사랑하며 미워하며
속이고 속으며 거대한 드라마를 만들고 있다.[139]

소설 『레미제라블』은 프랑스 혁명이 끝난, 지금으로부터 약
175년 전[140] 프랑스 파리에서 살던 비참한 사람들의 삶 이야기이
다. 그런데 이러한 권정생의 말은 비단 오래전 프랑스 파리에서

일어난 일에 국한되지 않는다. 오늘날도 가지각색의 사람들이 서로 사랑하며 미워하며 속이고 속으며 살아가기 때문이다. 이처럼 서글픈 인간사는 세대를 이어 예수께서 재림하실 때까지 반복된다. 초대교회 성도들에게 가장 큰 소망은 예수께서 재림하시는 것이었다. 로마 제국 치하에서 예수님을 그리스도로 믿는다는 이유 하나만으로 위험한 정치범반역자로 간주되어 사자의 먹이도 던져지고 화형으로 죽이는 등 온갖 고통을 받은 그리스도인들은 "너희 가운데 하늘로 올려지신 예수는 하늘로 가심을 본 그대로 오시리라"사도행전 1장 11절 하신 약속을 기대하며 재림하실 예수님을 기다렸다.

나병환자의 아버지이며 사랑의 원자탄으로 널리 알려진 손양원 목사는 다시 오실 예수 그리스도를 소망하며 이렇게 기도하였다.

낮에나, 밤에나 눈물 머금고
내 주님 오시기만 기다립니다.
가실 때 다시 오마. 하신 예수님.
오 주님 언제나 오시렵니까?
먼 하늘에 이상한 구름만 떠도
행여나 내 주님 오시는가 해.
머리 들고 멀리, 멀리 바라보는 맘.
오 주여! 언제나 오시렵니까?[141]

손양원 목사는 일제 강점기에 신사참배를 거부함으로써 탄압받았고[142] 해방 후 한국전쟁 전에는 치열한 좌익과 우익의 충돌 속에서 사랑하는 두 아들이 좌익 학생 안재선에 의해 목숨을 빼앗겼다. 그리고 한국전쟁이 일어났을 때, 피신을 거절하고 나환자들을 돌보던 중 1950년 9월 20일에 공산당원에 의해 체포되어 28일 밤 총살되었다.[143] 손양원 목사는 이처럼 고난으로 이어진 삶을 사는 가운데 예수님의 재림을 사모하며 기다렸다.

앞에 언급한 소설 『레미제라블』에서 작가인 빅토르 위고가 하고 싶었던 이야기는 과연 무엇이었을까? 그것을 한 두 마디로 표현하기는 어렵지만, 그가 인간의 슬픈 이야기, 비참한 이야기를 이 작품에 담았음은 사실이다. 소설 『레미제라블』에 등장한 많은 이들이 "마라나타! 주 예수여 오시옵소서"라며 나에게 탄식하는 소리가 들리는 듯한 이유는 내가 그리스도인이기 때문일까? 불현듯 우리가 성탄절을 기다리며 부르는 찬송가인 "곧 오소서 임마누엘"이 생각난다.

곧 오소서. 임마누엘 오 구하소서. 이스라엘
그 포로 생활 고달파 메시아 기다립니다.
기뻐하라. 이스라엘 곧 오시리라. 임마누엘

곧 오소서. 소망의 주 만백성 한 맘 이루어
시기와 분쟁 없애고 참 평화 채워주소서.

기뻐하라. 이스라엘 곧 오시리라. 임마누엘

또 한 곡이 생각난다.

눈을 들어 하늘 보라.
어지러운 세상 중에 곳곳마다 상한 영의 탄식 소리 들려온다.
빛을 잃은 많은 사람 길을 잃고 헤매이며 탕자처럼 기진하니
믿는 자여 어이할꼬.

눈을 들어 하늘 보라.
어두워진 세상 중에 외치는 자 많건마는 생명수는 말랐어라.
죄를 대속하신 주님 선한 일꾼 찾으시나 대답할 이 어디 있나?
믿는 자여 어이할꼬.

이 찬송가는 한국전쟁이 한창이던 1952년 창작되었다. 전쟁의 참화 속에서 성령께서 시인 석진영의 마음을 감동하셔서 이 찬송시를 쓰도록 하셨음을 느낄 수 있다. 한국전쟁을 통해 앞서 언급한 손양원 목사의 가족을 포함하여 수많은 이들이 죽음을 순교하였는데 그 수는 일제 강점기 신사참배로 인한 순교자의 수를 훨씬 능가했다.[144] 수많은 그리스도인이 일제 강점기와 한국전쟁을 경험하면서 예수 그리스도를 향한 믿음을 지키다가 순교하였다.

앞서 언급한 '주님 고대가'는 비단 손양원 한 사람의 염원이 아

닌 수많은 그리스도인의 염원이었다. 즉 그들의 간절한 소망이 "마라나타! 주 예수여 오시옵소서"로 귀결된다는 것이다. 앞서 언급한 것처럼 지금으로부터 175년 전 프랑스 파리에 살던 이들이 겪은 삶의 고통은 오늘날 우리에게도 큰 차이가 없다. 물론 우리는 당시 사람들만큼 굶주리지 않는다. 그뿐만 아니라 초대 그리스도인들처럼, 한국전쟁 당시 그리스도인들 처럼 신앙으로 인해 핍박을 당하는 일도 없다. 그렇지만 우리의 삶이 녹녹하지 않음 또한 사실이다. 우리나라의 자살률이 OECD 국가 가운데 수위에 있다는 사실에서 우리에게 삶이라는 짐이 전혀 가볍지 않음을 알 수 있다. 그로 인해 그어떤 이들은 극단적인 선택을 생각하기도 한다. 그리스도인들은 탄식하며 예수님의 재림을 염원한다. 즉 낙망하며 포기하는 심정으로 예수 그리스도의 오심을 염원하는 것이다. 그렇지만 성경에서 말씀하는 그리스도 재림에 대한 소망은 그런 측면에서의 염원을 의미하지 않는다. 아픔 속에서도 임마누엘 하나님을 믿으며 충실한 삶을 살다가 그리스도의 재림을 맞이하는 것이다. 권정생은 이런 측면에서도 우리에게 모범이 된다. 왜냐하면 건강으로 인해 누구보다 힘겨운 하루, 하루를 살았지만, 누구보다 충실한 삶을 살았기 때문이다. 앞서 언급한 석진영의 찬송시 "믿는자여 어이할꼬"라는 질문에서 권정생은 결코 그리스도의 재림을 소망하며 도피하는 삶을 살라고 말하지 않는다. 더욱 사람들 속에서 그리스도인으로 본문을 다하며 충실한 삶을 살라고 말한다.

소설『레미제라블』의 주인공인 장발장을 중심으로 여러 등장인물 가운데 쉬운 인생을 산 사람은 아무도 없었다. 하지만 장발장과 몇몇 인물은 악조건을 극복하며 자신의 삶을 충실히 살았다. 오늘을 살아가는 '나'를 비롯하여 쉬운 삶을 사는 사람은 결코 없다. 그리스도인이라 해도 마찬가지이다. 그렇지만 그리스도인에게 요청되는 것은 충실히 살아가는 삶이다. 임마누엘 하나님을 믿음으로 살아가는 가운데 예수 그리스도의 다시 오심을 소망 가운데 기대하는 것이다. 그것이 성경에서 말씀하는 종말 신앙이다. 결코 낙심하는 가운데 자포자기하는 심정으로 예수 그리스도의 재림을 기대하는 것이 아니다. 손양원 목사 또한 애양원에서 나병 환자들을 사랑으로 섬기는 가운데 예수 그리스도의 재림을 염원하였다. 초대 그리스도인들도 자신의 삶을 충실히 사는 가운데 복음을 전하고 예수 그리스도의 재림을 소망하였다. 그리스도인으로서 그러한 삶을 충실히 살 때 예수 그리스도의 재림과 세상의 종말은 우리에게 큰 소망이며 기쁨으로 다가올 것이다.

또 그가 수정같이 맑은 생명수의 강을 내게 보이니 하나님과 및 어린양의 보좌로부터 나와서 길 가운데로 흐르더라. 강 좌우에 생명나무가 있어 열두 가지 열매를 맺되 달마다 열매를 맺고 그 나무 잎사귀들은 만국을 치료하기 위해 있더라. 다시 저주가 없으며 하나님과 그 어린양의 보좌가 그 가운데 있으리니 그의 종들이 그를 섬기며 그의 얼굴을 볼 터이요 그의 이름도 그의 이마에 있으리라. 다시 밤이 없겠고 등불과 햇빛이 쓸데없으니 이는 주 하나님이 그들에게 비치심이라. 그들이 세세토록 왕노릇하리라. 요한계시록 22장 1~5절

이것들을 증언하신 이가 이르시되 내가 진실로 속히 오리라 하시거늘 아멘 주 예수여 오시옵소서. 요한계시록 22장 20절

우리의 소원, 하나님의 소원…

분홍빛 둥근 얼굴에 슬기로운 까만 눈이 안타깝도록 귀여 웠습니다.

어린 시절, 애창하던 동요가 있다. 이 노래를 부르거나 들을 때마다 가슴 뭉클함을 느꼈던 기억이 새롭다.

우리의 소원은 통일 꿈에도 소원은 통일
이 정성 다해서 통일 통일을 이루자.
이 겨레 살리는 통일 이 나라 살리는 통일
통일이여 어서 오라. 통일이여 오라.

이 노래는 1947년, 당시 중앙방송국 8·15 경축 기념 드라마를 썼던 안석주가 드라마 주제가로 작시하고 당시 서울대학교 음악대학 재학생이던 그의 아들 안병원이 작곡한 노래이다.[145] 이 노래는 그로부터 70년이 넘은 시간이 지난 지금도 널리 애창되고 있다. 이 노래가 1947년에 창작되었다는 사실은 나에게 신선한 충격으로 다가왔다. 왜냐하면 이전까지 이 노래를 한국전쟁 이후 한반도의 분단을 슬퍼하며 통일을 염원하는 마음으로 창작된 노래라고 생각해 왔기 때문이다. 하지만 알고 보니 이 노래의 가사는 본래 "우리의 소원은 독립, 꿈에도 소원은 독립"이었으나, 이듬해 어린이 음악 교과서에 수록되는 가운데 독립이 통일로 바뀐 것이었다.[146]

1947년은 한반도 해방 직후 미국과 소련이 각각 남한과 북한을 통치할 때였다. 38선으로 남한과 북한이 분단되었던 당시만 해도 오늘날처럼 영구 분단이 일어날 줄은 누구도 예상치 못했다. 한국 전쟁 이전의 분단도 그토록 마음 아파하며 "우리의 소원은 통일"을 노래하였는데, 그로부터 오랜 시간이 흐른 지금 이 노래가 우리 마음에 더욱 애절하게 다가올 수밖에 없다. 이토록 애절한 동요 "우리의 소원은 통일"을 들으며 한반도의 분단과 하나님의 뜻을 생각해 본다. 과연 한반도의 분단이 하나님의 뜻일까 아니면 통일이 하나님의 뜻일까.

2004년 3월 1일 서울교회에서 열린 "공산독재 종식 민족 복음화 3·1 목회자 금식 대성회"에서 어떤 인사는 "많은 사람들이 남북한의 분단 현실을 가슴 아파하지만, 분단은 재앙이 아니라 축복이다"라고 주장하였다.[147] 그는 남북한의 분단을 하나님의 은혜로 여기며 감사해야 한다고 하였다. 물론 이런 생각이 한국전쟁을 경험하는 가운데 북한 공산주의에 대한 두려움이 내재 된 분들의 생각일 수도 있음을 생각하면 이해할 부분이 전혀 없지는 않다. 그렇다 해도 과연 남북한의 분단을 하나님께서 내려주신 복이라고 단정할 수 있을까? 그렇게 단정할 수는 없을 것이다. 남북한으로 분단된 한반도를 생각하며 "우리의 소원"을 부르는 우리의 심정도 그토록 애절한데, 하나님의 심정은 과연 얼마나 애절하실까 생각해 보지 않을 수 없기 때문이다. 나는 한반도의 통일이 우리의 간절한 소원이기 이전에 하나님의 간절한 소원이라고 생각한다. 하지만 한국교회 안에 하나님의 소원과 부합하지 못한 부분이 있음을 고민할 수밖에 없다. 그러한 사실에 대하여 권정생은 그의 동화 「먹구렁이 기차」에 잘 언급하였다. 물론 「먹구렁이 기차」는 어린이를 위한 환상 동화이다. 하지만 권정생은 먹구렁이의 눈을 통해 하나님의 소원을 거스르는 한국교회와 그리스도인 일각의 모습을 보여주려고 한 것이다. 먼저 이 작품의 줄거리로 들어가 보자.

따뜻한 봄이 오자 겨우내 땅속 어두운 굴에서 웅크리고 살던 구렁이 가족도 차례차례 밖으로 나왔다. 엄마 먹구렁이는 각자 흩어져야 하는 가족들에게 이렇게 당부하였다.

"봄이 왔단다. 우리도 바깥세상에서 살 수 있게 됐어. 그러나 바깥은 땅속처럼 조용하지 않단다. 비가 내리고 바람이 불고 천둥이 치는 곳이야. 이처럼 한가롭게 모여 살 수 없단다. 따로따로 숨어다니면서 용감하게 살아가는 거야. 그럼, 다음 겨울까지 안녕. 안녕."[148]

그렇지만 아기 먹구렁이의 눈에 보이는 땅 위 세상은 온갖 아름다운 것으로 가득하였다. 향기로운 햇살이 가슴 속을 후련하게 해주었고, 눈이 어지러울 만큼 아름다운 햇빛이 들판에 가득하였다. 엄마 먹구렁이가 당부한 것과는 다르게 어디를 보나 환하고 넓은 세상이 펼쳐있었다. 밤이 되면 하늘에는 별들이 반짝반짝 빛났고 아침 해가 뜨면 산과 들은 새 크레파스 갑을 열어놓은 것처럼 치장되었다.[149] 땅 위에 있는 온갖 아름다운 것들을 보았지만, 아기 먹구렁이가 가장 아름답게 느낀 것은 어린이들의 재잘거리는 웃음과 맑은 미소였다. 아기 먹구렁이는 갯버들 숲속에 숨어서 눈만 빠꼼이 내놓고 자신의 꿈을 말하면서 언덕길로 올라가는 아이들을 바라보았다.[150]

"난 자라서 화가가 될 거야. 그래서 이 아름다운 경치를 멋지게 그릴 테야."
"난 시인이 되어 훌륭한 시를 지어 보일 테니 두고 봐."
"난 농부가 될 테야. 흙을 만지고 나무를 손수 가꾸는 착한 농부 말야."
"난 육군 대장이야."
"난 대통령."[151]

아이들이 떠드는 소리를 들으면서 아기 먹구렁이는 가슴이 두근거리는 것을 느꼈다. 아기 먹구렁이는 "난 이담에 자라서 무엇이 될까?"[152] 라며 혼자 중얼거렸다. 그러자 근처에 있던 민들레, 대나무, 미나리아재비가 박장대소하는 소리가 들렸다.

"호호호…. 넌 암만 큰대도 역시 구렁이 밖에 안 돼."
"맞았어. 남자애니까 아빠 구렁이가 될 거야."[153]

하지만 근처에 있는 팽나무 할아버지는 따뜻한 음성으로 아기 먹구렁이를 다독였다. 아기 먹구렁이와 팽나무 할아버지의 대화를 들어보자.

"아냐, 아냐, 네가 바라면 무엇이나 될 수 있어."
"진짜예요?"
"그럼. 이담에 무엇이 되고 싶다는 거니."
"난 말이죠."[154]

아기 먹구렁이는 팽나무 할아버지의 질문을 듣고 생각해 보았지만, 그에 대한 대답이 떠오르지 않았다. 팔도 없고 다리도 없이 볼품없는 자신이 모습이 보였기 때문이다. 아기 먹구렁이는 "역시 난 구렁이밖에 못 되나 봐."라고 하며 힘없이 고개를 떨구었다.[155] 그때 아기 먹구렁이 눈에 멀리 들판 가운데로 검은 기차가 힘차게 달리는 장면이 보였다. 그것은 굉장히 커다란 구렁이처럼 보였다. 달리는 기차를 유심히 바라보던 아기 먹구렁이의 눈동자가 차츰 빛나기 시작했다. 들판을 가로질러 달리던 기차는 이윽고 조그만 초록 지붕의 정거장에 멈추었다. 사람들을 내려놓은 기차는 더 이상 앞으로 가지 않고 왔던 길로 되돌아갔다.[156] 아기 먹구렁이는 고개를 갸우뚱거리면서 팽나무 할아버지에게 그 이유를 물어보았다. 아기 먹구렁이와 팽나무 할아버지의 대화를 들어보자.

"팽나무 할아버지, 저 기차가 왜 맨날 저쪽으로 더 가지 않고 되돌아가 버리나요?"
"글쎄, 옛날에는 저쪽 산 너머로 오고 갔드랬는데, 요사이는 기찻길이 저기서 끝이 나 버렸단다."
"왜 그렇게 되었나요?"
"사람들이 싸움을 했단다.… 그런 다음부터 서로 길을 막고 오고 가지 않는단다."
"가엾어라, 무엇 때문에 싸웠어요?"
"나도 그건 잘 모르겠구나."[157]

아기 먹구렁이의 가슴은 두근거리기 시작했다. 반짝이던 눈이 더욱 곱게 빛났다. 아기 먹구렁이는 수줍은 음성으로 팽나무 할아버지에게 "팽나무 할아버지, 아무한테도 가르쳐 주지 마세요. 나 말예요. 이담에 기차가 되겠어요." 라고 말했다. 그러자 팽나무 할아버지는 "그래, 훌륭한 기차가 되어라."라며 아기 먹구렁이를 격려해 주었다.[158] 아기 먹구렁이는 멋진 기차가 될 자신을 상상하며 열심히 운동하였다. 꾸물꾸물 기어 보기도 하고 달리기도 하였다.[159] 그러던 중 처음에는 아기 먹구렁이의 모습을 보고 웃음을 터뜨리던 버드나무 할머니와 친해지게 되고 버드나무 할머니와 이야기를 나누던 중 버드나무 할머니의 슬픈 이야기를 듣게 되었다. 아기 먹구렁이와 버드나무 할머니의 대화를 들어보자.

"그래, 그 위대한 꿈이란 대체 무슨 벼슬이냐?"
"그건 벼슬이 아녜요."
"그럼?"
"못 가르쳐 줘요. 비밀이에요."
"맞다, 그것 비싸구나. 하지만 난 소문 같은 건 퍼뜨리는 수다쟁이가 아니니까 마음 놓고 얘기해 보렴."
"싫대도요."
"귀여운 애야. 그렇담 말 안 해도 좋아. 하지만……."
"하지만…. 어쨌단 거예요?"
"천천히 들어 봐. 에헴."

"위대한 일은 다 하고 싶은 거야, 그러나 제대로 잘 안되거든, 죽자고 공부하고 운동이나 한다고 해도 다 되는 게 아냐."

"왜, 왜 안 되는 거예요?"

"이건 내 얘긴데, 좀처럼 입 밖에 내여 본 일이 없어서…. 저 어기 산 너머 이야기야. 지금은 길이 막혀 오랫동안 소식을 모르고 있는 곳이지."

"할머니, 저도 조금은 알고 있어요. 정거장 쪽 산모퉁이에다 길을 막고 사람들이 서로 오고가지를 않는다는군요."

"알고 있었군. 하지만 뭣 때문에 담을 쌓아 놓고 죄 없는 우리들까지 슬프게 하는지 알 수가 없구나."

"그럼 할머니도 저 산 너머에 그리움을 두고 계세요?"

"바른대로 말해서 그런 거야. 저 하늘 구름 너머너머 푸른 강가에 육십 평생 함께 살아 온 능수버들 할아버지의 소식을 못 들은 지가 벌써 스무 해가 넘었구나. 그동안 기력이 다해 죽었는지, 살았는지…."

"그럼, 그동안 할아버지도 한 번 찾아오지 않으셨어요?"

"할아버지가 올 수 있담 나라고 그냥 가만히 서서만 있겠냐? 나뿐만 아니란다. 지금 이곳 강변 구석구석마다 흩어진 돌멩이 하나까지도 모두가 고향을 잃고 울고 있단다."

"할머니, 그럼 내가 하려는 일과 그것들과 무슨 상관이라도 있단 거예요?"

"참, 바로 그 이야기야. 겹으로, 겹으로 담쌓기를 좋아하는 사람들을 조심하지 않으면 안 되는 거야. 아무리 위대해진 들……"

"할머니, 사람들은 팔다리랑 예쁜 얼굴이랑 멋지게 갖췄잖아요. 그런데 무엇이 부족해서 자꾸 슬픈 일을 만들어요?"

"난들 알 수 있겠냐만 그 멋지게 갖춘 게 탈이야. 서로 잘난 체하는 걸 보렴."

"할머니, 들어보세요. 내가 만약 기차가 된다면, 저기 두껍게 막힌 벽을 뚫고 달려간다면, 고향 잃은 슬픈 이들을 태워다, 산 이쪽에서 산 저쪽으로 데려다주겠어요. 그러니까 내가 기차가 되는 것은 나쁘지 않겠죠?"160

버드나무 할머니는 말없이 미소를 띠며 고개를 끄덕였다.161 아기 먹구렁이는 "사람들이 아무리 잘났어도 저 하늘 꼭대기까지 담을 못 쌓겠지. 저 기차엔 누가 탔을까? 산 너머 저쪽엔 가야 할 사람만큼 산 저쪽에서 이쪽으로 와야 할 사람들도 많을 거야."라고 이따금 조용히 생각하곤 하였다.162 시간이 지나면서 아기 먹구렁이는 부쩍 자랐다. 혼자서 수풀 속으로 다니면서 뿡뿡 기차 소리를 내기도 하며 가슴이 짜릿함을 느꼈다. 하지만 가을이 되면서 점차 풀이 죽기 시작했다. 아기 먹구렁이는 아직도 기차가 되기에는 볼품없을 만큼 작기만 한 자신의 몸을 보면서 한숨을 쉬었다.

점차 겨울이 다가오고 있었다. 다른 먹구렁이 가족은 모두 땅 밑 굴속에 모여들었지만, 아기 먹구렁이는 여전히 땅 위에 머물고 있었다.[163] 그때 들국화가 그동안 어른이 된 아기 먹구렁이를 다독이기 시작했다.

"먹구렁아, 안 춥니?"
"조금은 추워, 그렇지만 아직 땅속에 들어가긴 싫단다."
"하지만 오늘 밤이라도 땅이 얼어 버리면 어쩌니? 고집 피우지 말고 어서 돌아가거라."
"내가 참 바보였나 봐."
"내년까지 또 기다리면 되잖니?"
"아냐, 난 역시 먹구렁이밖에 못 되는 거야."
"울지 마. 넌 기차가 될 수 있어. 아주 훌륭한 기차가 꼭 될 거야."[164]

하지만 이제 어른이 된 구렁이는 차가운 가을바람과 함께 자신의 참모습을 깨닫게 되었다. 더 이상 기차가 되겠다는 꿈을 품을 수 없고 자신은 "남자니까 아빠 구렁이가 되어야 한다"는 것이었다. 먹구렁이는 눈물을 씻고 자기도 땅속 겨울 집으로 돌아가기로 결심했다. 먹구렁이는 들국화에게 인사를 한 다음 천천히 움직였다. 하지만 가족에게 돌아가려는 먹구렁이의 소박한 소망도 좌절되고 말았다. 일찍이 아기 먹구렁이 시절 가장 아름다운 존재로 느꼈던 어린이들 때문이었다.

"저것 봐! 아직 구렁이가 있구나." "때려잡자. 잡아!" 먹구렁이는 깜짝 놀랐습니다. 재빨리 몸을 움직여 달아나려고 했습니다. 그러나, 아이들이 먼저 길을 막아섰습니다. 돌멩이가 한꺼번에 빗발처럼 날아왔습니다. "엄마야!" 뾰족한 돌멩이 하나가 등을 찔렀습니다. 먹구렁이는 한 바퀴 몸뚱이를 뒤틀며 꿈틀거렸습니다. 하얀 비늘의 배가 바깥쪽으로 나와 번쩍였습니다. 돌멩이는 자꾸만 날아와 박혔습니다. 동강동강 몸뚱이가 잘려 나갔습니다. 아이들의 고함 소리가 들렸습니다. "죽여라, 죽여! 하와를 속이고 독이 든 능금을 따먹게 한 악마야!" 먹구렁이는 그 소리를 분명히 들었습니다. 목 아래에서 잘린 머리통이 아직도 피가 엉긴 채 눈은 뜨여 있었습니다. 자꾸만 하얗게 흐려지는 눈으로 둘러선 아이들을 쳐다보았습니다. 분홍빛 둥근 얼굴에 슬기로운 까만 눈이 안타깝도록 귀여웠습니다. 가지런한 다섯 손가락의 손이 포오동옹 살이 쪄 있었습니다. 대통령이 되겠다고 떠들던 아이들이었습니다. 화가가, 시인이 되겠다고 우쭐대던 사랑스런 아이들이었습니다. 먹구렁이는 "난 그런 것까진 몰라." 간신히 중얼거리고는, 차가운 하늘을 향해 조용히 눈을 감았습니다.[165]

어쩌면 권정생이 쓴 모든 작품 가운데 가장 슬픈 장면이 아닐까 한다. 아기 먹구렁이 시절 땅 위로 나왔을 때 가장 순수하고 아름답다고 느낀 것이 바로 아이들의 해맑은 미소와 웃음이었다. 시인이 되겠다며, 화가가 되겠다며, 대통령이 되겠다며, 농부가 되겠다며 자신의 꿈을 말하는 어린이들을 보며 아기 먹구렁이도 장차 사람들을 태우고 더 이상 갈 수 없는 산 너머로 달리겠다는 '통일 기차'가 되는 꿈을 가지게 된 터였다. 하지만 그 어린이들에 의해 먹구렁이는 갈기갈기 찢기며 죽어간 것이다.

"분홍빛 둥근 얼굴에 슬기로운 까만 눈이 안타깝도록 귀여웠습니다."

고통스럽게 죽어가는 먹구렁이 눈에 비친 어린아이들의 모습이었다. 아름다운 어린이들의 모습에서 이처럼 잔인한 모습이 보이는 이유가 무엇일까? 이 작품을 쓴 권정생이 어린이들의 해맑은 미소에 가려진 잔인한 모습을 이토록 무서울 만큼 세세히 묘사한 이유가 무엇일까? 어쩌면 한국교회의 안타까운 신앙, 특히 통일문제에 대한 안타까운 신앙을 말하고 싶었던 게 아닐까.

내가 어렸을 때 사회 분위기는 한 마디로 공산주의와 북한에 대한 분노와 두려움으로 가득찬 것이었다. 학교는 물론 마을 곳곳에 반공 포스터와 반공 표어가 붙어 있었다. TV 반공 드라마에서는 공산주의자들의 잔인성을 묘사하면서 공산주의와 북한에 대한 두려움을 더욱 불어넣었다. 공산주의에 대한 두려움에 가장 익숙한 곳은 교회였다. 일제 강점기부터 한국교회가 공산주의자들과 충돌이 있었고, 해방 후 북한에서 본질상 공산정권에 협조할 수 없는 그리스도인들이 억압을 받았을 뿐만 아니라, 한국전쟁 당시에는 적지 않은 한국교회 지도자들이 납북되고 죽임당한 것을 포함해서 말하기조차 힘든 고통을 당한 한국교회 입장에서 북한 공산정권에 대한 두려움이 내재화된 것을 충분히 이해할 수 있다.

하지만 그로 인해 강경한 반공주의가 신앙의 핵심 가운데 하나로 자리매김한 것은 깊이 고민해야 하지 않을까. 권정생이 이 작품에서 어린이들이 "죽여라, 죽여! 하와를 속이고 독이 든 능금을 따먹게 한 악마야!"라고 하며 먹구렁이를 잔인하게 살해한 장면을 통해 강경한 반공주의가 내재화된 신앙을 말하려는 것은 아니었을까. 다시 말해 한반도 통일에 가장 큰 걸림돌이 바로 한국교회로부터 발견되고 있다고 생각하며 그에 대한 반성을 권정생이 촉구한다는 것이다. 그것은 장차 "통일 기차가 되고 싶었던 먹구렁이가 성경을 문자대로 믿는 생태계에서의 구렁이가 사탄이라고 생각하는 신앙을 지닌 어린이들의 손에 죽임당한 것"에서 유추해 볼 수 있다.

물론 한국전쟁과 제2차 대전이라는 배경의 차이에서 볼 때 서독과 동독의 교회가 독일 통일에 매우 긍정적인 역할을 한 것을 한국교회에 그대로 적용하는 것은 다소 어렵다. 그렇지만 독일교회가 분단이 결코 하나님의 뜻이 아님을 알고 분단 극복에 앞장선 것을 오늘날 한국교회가 성찰하며 받아들일 부분이 있다.[166] 통일이 성경에서 말하는 하나님의 뜻인가 아니면 분단이 성경에서 말하는 하나님의 뜻인가를 깊이 고민한다면, 북한에 대하여 공산주의에 대하여 한국교회에 내재된 두려움을 극복할 방안을 발견할 수 있지 않을까 생각한다. 나는 권정생이 이 작품에서 "통일이 하나님의 뜻"임을 말했다고 본다. 계속해서 이 작품의 줄거리를 살펴보도록 하자.

밤이 깊었습니다. 푸른 달빛이 언덕 비탈을 파도쳐 흐르고 있었습니다. 들국화는 촉촉이 젖은 가슴으로 떨고 있었습니다. 토막이 나서 흩어진 먹구렁이의 시체가 달빛 파도 위로 두둥실 떠올랐습니다. "애야, 일어나거라." 눈을 감고 죽어있는 먹구렁이 귓전에 누가 부르는 음성이 들렸습니다. "애야, 애야…." 먹구렁이는 잠에서 깨어나듯 눈을 떴습니다. "이제부터 너는 기차가 되는 거야." 달빛 파도를 타고 온 그 목소리는 겨울집 엄마 목소리처럼 정다웠습니다. 먹구렁이는 갑자기 입안이 화끈화끈 더워졌습니다. 머리통이 점점 커지고 있었습니다. "부웅…." 우렁찬 목소리가 저절로 새어 나왔습니다. 먹구렁이는 뒤를 돌아보았습니다. 토막이 난 채 흩어졌던 몸뚱이가 하나씩 살아 움직여 커다랗게 훌륭한 객차로 변했습니다. 창문뿐만 아니라, 지붕에서 바퀴까지 길게 이어졌습니다. 창문뿐만 아니라, 지붕에서 바퀴까지 전부 투명한 유리 빛 기차였습니다. 기관차는

환하게 정거장 저쪽 산모퉁이를 향해 있었습니다.[167]

먹구렁이의 간절한 꿈이 좌절되었을 때, 초월적인 힘이 개입된다. 성경에는 하나님을 향한 인간의 소망이 좌절될 때 하나님께서 개입하신 언급이 적지 않다. 그것이 하나님의 뜻이기 때문에 친히 개입하시는 것이다. 비록 먹구렁이가 어린이들, 성경에 대한 잘못된 지식을 가진 어린이들에 의해 죽임을 당했지만, 먹구렁이가 통일 기차가 되어 산 너머로 달리는 것이 하나님께서 먹구렁이에게 주신 비전이요 선한 뜻이었음을 여기서 알 수 있다. 먹구렁이 기차는 들국화를 객차의 맨 앞자리에 꺾어 실었다. 그리고 이렇게 말하였다.

"우리 둘이서, 저 멀리 세상을 한 바퀴 돌자꾸나. 내년 봄에
다시 돌아와 다른 애들도 함께 태우고 가자. 나는 온 세상을
찾아다니며, 막힌 곳을 틔워 놓겠어."[168]

천천히 움직이기 시작한 먹구렁이 기차의 속도가 점점 빨라지고 노란 들국화 꽃송이가 고개를 내어놓고 바깥 어두운 들판을 조용히 지켜보는 것으로 이 작품은 종결된다.[169] 이 작품의 종결부에서 발견되는 두 가지가 있다. 먼저 통일이 볼품없는 존재들에 의해 이루어진다는 것이다. 즉 하나님께서 볼품없는 존재를 사용하셔서 통일을 이루신다는 것이다. 그리고 한반도의 통일뿐만 아니

라, 전 세계 갈등과 아픔의 치유가 하나님의 뜻이라는 것이다. 물론 그것을 이루는 일에도 볼품없는 존재를 사용하신다. 먹구렁이가 그렇고 들국화가 그렇다.

인간이 볼 때 볼품없는 존재가 하나님이 보실 때 존귀한 존재이고 하나님께서 그런 존재를 귀하게 사용하신다는 것은 권정생 문학 전반에서 발견되는 문학정신이다. 그뿐만 아니라 성경에서 말씀하는 하나님의 뜻이기도 하다. 선지자 이사야는 예수 그리스도의 모습을 이렇게 묘사하였다.

> "그는 주 앞에서 자라나기를 연한 순 같고 마른 땅에서 나온 줄기 같아서 고운 모양도 없고 풍채도 없은즉 우리의 보기에 흠모할만한 아름다운 것이 없도다."이사야 53장 2절

예수께서 오신 모습도 인간이 보기에 볼품이 없는 것이었다. 그는 베들레헴에 있는 마구간에 태어나심으로 연약한 아기의 모습으로 오셨다. 그 아기가 장차 인류를 구원하고 사탄의 나라를 무너뜨리는 구속사역을 할 것이라고 생각한 이들은 거의 없었다. 하나님의 큰일, 하나님의 비전을 성취할 존재가 볼품없이 연약한 존재라는 것은 이렇듯 성경에서 말씀하는 것임을 알 수 있다.

권정생의 동화 「먹구렁이 기차」를 통해 한반도의 통일이 비단 "우리의 소원"에 국한되는 것이 아님을 생각해 보게 된다. 그것은 우리의 소원이기에 앞서 "하나님의 소원"이기 때문이다. 북한과

공산주의에 대한 두려움을 극복함으로써 성경에서 말씀하는 신앙으로 회복되어야 하는 이유가 여기에 있다. 한국교회 일각에서 극복하지 못하고 있는 강경한 반공주의에 의한 증오와 배타가 한반도 통일에 걸림돌이 되고 있음을 부인할 수 없다. 어떠한 걸림돌이 있어도 한반도의 통일은 이루어질 것이다. 그것은 우리가 생각조차 하지 못한 하나님의 방법으로 이루어질 것이다. "우리의 소원"을 작곡한 안병원은 이런 말을 남겼다.

"그 노래가 이제는 지나간 노래가 되었으면 좋겠어요."

하나님의 때에 한반도의 통일은 하나님의 방법으로 이루어질 것이다. 평화적인 방법으로, 마치 마구간에 오신 아기 예수가 구원의 역사를 이루신 것처럼 인간이 보기에 연약해 보이는 존재들이 하나님의 도구로 쓰임 받음으로써 말이다. 그리스도인인 우리가 해야 할 일은 무엇보다도 통일에 열린 마음을 가지고 기도하는 것이다. 강경한 반공주의를 내려놓음으로써 통일로 나아가는 걸림돌의 역할을 내려놓는 것이다. 그것이 하나님의 소원을 거스르지 않은 소중한 발걸음이 아닐까.

종소리에 실린 기도…

종소리가 울리고 나면 언덕 위 예배당의 창문마다 불빛이
환히 비칩니다. 마을에서 찾아오는 예배당 사람들이 아름
다운 찬송가를 부르며 하나님께 예배를 드리는 거예요.

일직교회 종지기 시절, 권정생은 새벽종을 칠 때마다 아무리 추
운 겨울에도 맨손으로 줄을 잡아당겨서 종을 쳤다고 한다. 장갑을
끼지 않은 맨손으로 세밀하게 줄을 잡아당기면 더욱 종소리가 청
아하게 울린다고 느꼈기 때문이다. 그의 동화 「새벽 종소리」는 그
렇듯 청아하게 울리던 종소리와 사람들의 욕심 없는 기도를 잘 묘
사한 작품이다.

이 동화의 줄거리는 새벽 4시, 마을에서 조금 떨어진 외딴 언덕
위에 있는 조그만 예배당의 종지기 아저씨가 마을 사람들에게 새
벽 기도 시간을 알리기 위해 종을 치는 것으로 시작된다. 첫 번째
종소리, 두 번째 종소리 그리고 세 번째 종소리, 네 번째, 다섯 번
째 종소리, 이들종소리들에게는 각자 맡은 소임이 있다. 첫 번째 종
소리가 맡은 소임은 예배당 언덕 아래 오두막에 사는 할머니와 할
아버지를 깨우는 것이다. 온종일 고된 일을 하고 곤히 잠든 할머

니는 "때앵!"하는 종소리가 들릴 때마다 깜짝 놀라며 잠에서 깨어나지만, 감사한 마음으로 일어나서 잠자리를 정리한다. 귀가 어두워서 종소리를 듣지 못하는 할아버지를 깨워서 함께 새벽 기도를 하기 위해 서둘러 예배당에 가야 하기 때문이다.[170]

두 번째 종소리의 소임은 냇가 둔덕에 있는 방앗간 아저씨를 깨우는 것이지만, 방앗간 아저씨는 잠에서 깨었다가 오만상을 찡그리며 떴던 눈을 다시 감아 버리곤 한다. 그때마다 두 번째 종소리는 "일껏 깨워 놓으니, 아저씬 새벽 기도를 안 하시는군요. 게으름뱅이 아저씨."라고 하며 서운한 마음을 표현할 뿐이다. 세 번째 종소리가 대추나무집 아줌마를 깨우면 언덕 위 예배당 김 집사님인 대추나무집 아주머니는 일어나서 옷매무시를 단정히 하고는, 성경책을 손에 들고 새벽길을 더듬어 예배당으로 발걸음을 재촉한다. 네 번째 종소리에 잠이 깬 담배 가게 아저씨는 예배당하고 조금도 인연이 없기에 다만 불을 밝히고는 그날 할 일을 준비한다.[171]

다섯 번째 종소리부터는 찾아가는 곳이 일정하지 않다. 어떤 날은 장로님 댁을 찾아가기도 하고 주일학교에 다니는 병찬이를 찾아가서 깨우기도 한다. 그런데 종소리들이 아무리 힘껏 달려가도 도중에 지쳐서 주저앉고 마는 곳이 있다. 그곳은 금마 할머니가 사는 집이다. 금마 할머니가 사는 집은 구부러진 산모퉁이를 돌아 깊숙이 들어간 골짜기에 있기 때문이다. 교회에서 멀리 떨어져 있고 귀까지 어두우신 금마 할머니는 예수님을 잘 믿는 분이기 때문에 "항상 종소리를 잘 듣지 못한다고 울상"이셨다. 그래서 예배당에서는 금마 할머니에게 자명종 시계를 선물하였다.[172]

새벽마다 언덕 위 예배당 종지기 아저씨에 의해 울려 퍼지는 종소리는 새벽바람을 타고 집집마다 찾아간다. 울려 퍼지는 종소리에 산돼지도 눈을 뜨고, 까치 아빠도 눈을 뜨는 등 산짐승들도 종소리를 들으며 하루를 시작한다. 가끔 종지기 아저씨가 깊이 잠들어서 일어나지 못하면 부엉이가 아저씨가 잠을 자는 방 지붕 위로 날아와서 "부우엉, 부우엉…"하고 울어주었다. 부엉이의 울음소리를 듣고 잠이 깬 종지기 아저씨는 "부엉이야, 정말 고마워."라고 감사 인사를 하곤 하였다. 이렇듯 새벽 종소리를 들으면서 하늘나라 별들과 마을 사람들 그리고 산짐승들까지 한 식구가 될 수 있었다. 종소리가 울리고 나면 언덕 위 예배당의 창문마다 불빛이 환하게 비치고 마을에서 찾아오는 예배당 사람들이 하나님께 예배를 드린다.[173]

이렇듯 간단한 권정생의 동화 한 편이 나에게 깊은 울림으로 다가온다. 그 이유가 무엇일까? 권정생이 말한 욕심 없는 기도를 드리는 사람들을 보는 것 같기 때문이다. 권정생의 이야기를 들어보자.

전깃불도 없고 석유램프 불을 켜놓고 차가운 마룻바닥에 꿇어앉아 조용히 기도했던 기억은 성스럽까지 했다. 교인들은 모두 가난하고 슬픈 사연들을 지니고 있어 가식 없는 대화를 나눌 수 있었고, 그중에 6·25 때 남편을 잃고 외딸 하나 데리고 살던 김아무개 집사님의 찬송가 소리는 가슴이 미어지도록 애절했다. 새벽기도 시간이면 제일 늦게까지 남아서 부르던 〈고요한 바다로〉 찬송가는 그분의 전속곡이었다. 마지막 4절의 "이 세상 고락간 주 뜻을 본받고 내 몸이 의지 없을 때 큰 믿음 줍소서." 하면서 흐느끼던 모습은 보는 사람들을 숙연하게 했다. 가난한 사람의 행복은 이렇게 욕심 없는 기도를 할 수 있기 때문이다. 새벽기도가 끝나 모두가 돌아가고 아침 햇살이 창문으로 들어와 비출때, 교회 안을 살펴보면 군데군데 마룻바닥에 눈물 자국이 얼룩져 있고 그 눈물은 모두가 얼어 있었다.[174]

신학생 시절, 교수님 한 분의 설교가 잊히지 않는다. 그것은 "우리가 드리는 예배가 혹시 불편한 마음을 덜기 위해 드리는 예배가 아닐까요?"라는 것이었다. 즉 "우리가 하나님께 예배를 드릴 때 신령과 진정으로 드리지 않고 예배를 드리지 않으면 무엇인가 찜찜하고 불편하기에 마지못해 예배를 드리는 것이 아니냐?"는 질문이었다. 교수님 설교에서 하나님 앞에 예배를 드리는 우리의 자세를 비춰보는 근거 말씀은 다음과 같았다.

만군의 여호와가 이르노라. 너희가 눈먼 희생제물을 바치는 것이 어찌 악하지 아니하며 저는 것, 병든 것을 드리는 것이 어찌 악하지 아니하냐. 이제 그것을 너희 총독에게 드려보라. 그가 너를 기뻐하겠으며 너를 받아주겠느냐말라기 1장 8절

언제나 자원하는 마음으로 기쁨과 감격의 예배를 드린다고 말할 수 있는 사람이 얼마나 될까? 그리스도인이라면 "신령과 진정으로 드리는 예배"에 대한 고민이 끊이지 않으리라 생각한다. 이에 대하여 권정생은 중요한 한 가지를 말해주고 있다.

"가난한 사람의 행복은 이렇게 욕심 없는 기도를 할 수 있기 때문이다."

어린 시절, 매 주일 다가오는 예배 시간을 설레는 마음으로 기다렸던 기억이 난다. 비록 예배 시간을 지루하게 느낄 때도 있었지만 말이다. 예배가 무엇인지 제대로 알지 못했지만, 예배 시간에 찬송하는 것이 즐거웠고 설교 시간에 듣는 다윗과 골리앗 이야기가 참으로 흥미로웠다. 예배가 끝나고 집으로 돌아갈 때마다 아쉬워하며 다음 주일 예배 시간을 사모하는 마음이 들었던 것도 어린 시절 아름다운 추억으로 남아 있다. 학창 시절에는 주일마다 새벽예배에 참석하곤 했는데, 아직 캄캄한 새벽에 교회로 발걸음은 마치 천국으로 가는 듯한 설렘과 감격으로 가볍기만 하였다. 새벽에 하나님 앞에 기도한다는 자체가 하나님께서 주시는 복으

로 느껴졌다.

어른이 된 지금 예배 시간이 부담으로 느껴질 때가 있음을 발견한다. 새벽 예배는 더욱 그렇다. 그 이유가 무엇일까? 무엇보다도 지금 예배에 참여함으로써 느끼는 감격이 어린 시절 그리고 학창 시절보다 못하기 때문이 아닐까 한다. 그 이유가 무엇일까? 지금은 어린 시절과는 달리 예배에 대한 신학 지식도 어느 정도 있고 주일 예배를 인도하는 목회자의 설교에 집중함으로써 말씀의 은혜도 더 많이 받는데 말이다. 어쩌면 권정생이 말한 것처럼 나의 학창 시절 경험한 예배가 "가난한 사람이 드리는 욕심 없는 기도, 욕심 없는 예배"였기 때문이 아닐까 생각해 본다. 사실 나의 어린 시절을 보낸 1970년대 말과 1980년대 초는 권정생이 말한 1960년대만큼 가난한 시절이 아니었다. 더욱이 소도시에 있는 교회에 다녔기 때문에 교인 대부분의 삶이 궁핍하지도 않았다. 물론, 부유하지도 않았지만 말이다.

시간이 지남에 따라 나 자신도 변하고 나 자신을 둘러싼 환경도 변했다. 소박했던 과거를 생각하며 그 시절 추억에 머물 수도 없다. 그러므로 어린 시절 경험한 예배를 회상하며 아쉬워할 수만도 없다. 불현듯 신학생 시절 들었던 책 제목이 떠오른다.

"변하는 세계와 영원한 하나님 말씀"

세상도 변하고 나 자신도 변하지만 변하지 않은 하나님, 하나님 말씀 즉 복음의 본질에 집중할 때 어린 시절 소박하고 따뜻한 예배를 회복할 수 있으리라 생각해 본다. 비록 성장한 어른이라 하여도 하나님 앞에서는 언제나 어린아이이기 때문이다.

앞서 권정생이 언급한 "6·25 때 남편을 잃고 딸 하나를 키우는 김 아무개 집사님"은 자신의 슬픈 심정을 아버지 되신 하나님께 아뢰며 구슬픈 눈물을 흘렸을 것이다. 자애로운 아버지 앞에 슬픈 속마음을 털어놓는 딸의 심정으로 말이다. 자애로운 아버지 되시는 하나님 앞에 어린아이가 되어 대화하듯 하나님 앞에 말씀드리는 것이 아름다운 기도가 아닐까 한다. 사회적으로 영향력 있는 이들이 하나님 앞에 어린아이가 되어 기도하는 모습을 상상해 보자. 자신이 속한 공동체에서는 막중한 직임을 맡은 이들이 하나님 앞에 기도할 때는 어린아이가 되어 자신의 고민을 털어놓거나, 아빠에게 칭찬받고 싶은 일들을 자랑하듯 말씀드리는 것이다.

아빠! 저 왔어요. 오늘 거래하는 회사 책임자와 중요한 만남이 있었는데, 만남이 잘 끝나서 거래가 잘 이루어지게 되었어요. 아빠! 저 잘했죠? 아빠가 말씀하신 것처럼 정당하지 않은 방법 사용하지 않고 믿음으로 하려고 노력했는데, 정말 최선의 결과가 나오게 되어서 기뻐요. 아빠도 기쁘시죠? 제가 회사를 경영할 때마다 지혜와 선한 마음을 주셔서 아빠가 기뻐하시는 회사, 직원들이 행복해하는 회사 되게 해 주세요.

이렇게 기도한다 해도 결코 어색하지 않다고 본다. 우리가 하나님 앞에 어린아이처럼 기도할 수 있는 이유가 있기 때문이다. "영접하는 자 곧 그 이름을 믿는 자에게는 하나님의 자녀가 되는 권세를 주셨다.요한복음 1장 12上절"고 말씀하셨기 때문이다. 하나님의 자녀가 된 사람은 언제든지 하나님을 자애로운 아버지로 대할 수 있다. 만약 아버지 되신 하나님 앞에 기도할 때 엄격한 절차를 지키려고 한다면 얼마나 어색한 기도가 될 것인가? 고 대천덕 신부께서 기도에 대하여 다음과 같이 설명하신 일이 있다.

> 만약! 태백 시내에서 만난 제 딸이 저에게 이렇게 부탁을 한다면 어떻겠습니까?"아버지시여! 아버지께서는 돈이 많으신 분이시옵니다. 저에게 청바지가 필요한 줄도 아시나이다. 저에게 청바지 하나를 사주시옵소서."그럴 필요 없습니다. 그냥 이렇게 부탁하면 됩니다. "아빠! 저 청바지 필요해요. 하나 사주세요."175

앞서 언급한 것처럼 세상은 변하지만, 하나님은 변하지 않으신다. 하나님의 말씀인 복음도 변하지 않는다. 자애로운 하나님 앞에 나아가서 우리도 욕심을 내려놓은 기도를 할 수 있다. 욕심 없는 기도란 어떤 것일까? 권정생이 말한 교회의 성도들이 눈물로 기도한 것이 무엇일까? 아마도 분수에 맞지 않는 부를 요청하는 기도는 아니었을 것이다. 그날 하루를 살아가는 힘을 달라는 기도였을 것이다. 하나님 앞에 믿음으로 살아가는 힘을 달라는 기도였을 것이다. 우리 또한 마찬가지이다. 주어진 환경에서 믿음으로 살아가는 힘을 달라는 기도를 하나님께 드릴 때 욕심 없는 기도가 아닐까. 권정생의 다음과 같은 말은 하나님 앞에 욕심 없는 기도를 드릴 수 있는 하나의 모범이 아닐까 생각한다.

우리는 가장 쉽게 모든 물질은 하느님이 주신 축복이라고 말한다. 옳은 말이다. 살아 있는 모든 목숨에게 필요한 물질이 없으면 이 세상에서 그 무엇도 살아갈 수 없기 때문이다. 참으로 하느님께 감사 할 일이다. 하지만 사람들이 현재 누리고 있는 풍요나 교회 헌금의 수량을 가지고 모들쳐서 하느님의 축복이라고 말해서는 절대 안 된다. 모든 물질은 이 세상 모든 생명들이 각자의 몫이 골고루 나뉘어졌을 때 진정한 축복이 되는 것이다.[176] 내가 금메달을 따면 못 따는 사람이 있고, 내가 수석을 하면 꼴찌한 사람이 있고, 내가 당첨되면 떨어진 사람이 있고, 내가 잘되기 위해서는 누군가가 못 되는 것을 생각하면 어찌 기뻐할 수 있겠는가. 그런 감사를 하느님은 절대 기뻐하지도 바라지도 않으신다. 왜 나만이 앞서야 되는지 좀 생각해보기 바란다.[177]

독수리 같이 날개를 치며…

"하지만, 난 배가 고프더라도 먼 곳까지 훨훨 날아다니며
살고 싶어요."

마르틴 루터를 비롯한 종교개혁자들은 당시 제도권 교회의 잘
못된 관행과 전통에 얽매여 진정한 신앙의 자유를 누리지 못하
는 사람들에게 자유를 주려고 하였다. 예수님께서 "진리를 알지니
진리가 너희를 자유롭게 하리라."[178]라고 하신 것처럼 말이다. 이
렇듯 진리 안에서 자유를 누리는 것은 "예수님의 말씀에 거함"[179]
으로써 가능하다. 이를 위해 종교개혁자들은 "오직 성경으로Sola
Scriptura"라는 정신으로 교회의 방향을 돌려놓으려고 하였다. 그
리고 상당 부분 성과를 거두었다. 중세 시대 사람들이 진리 안에
서 자유를 누리지 못했던 이유가 무엇일까? 가장 큰 이유는 교회
가 부와 권력을 누렸기 때문이었다고 본다. 왕과 귀족 그리고 고
위 성직자 등 기득권의 권력을 합리화하기 위한 성경해석을 하였
고 하나님의 말씀인 성경을 지나치게 사변적으로 해석함으로써 성
경의 진리에 다가서는 데 어려움이 있도록 하였을 뿐만 아니라,
성경과 맞지 않는 여러 가지 전통을 세움으로써 신앙이 무거운 짐

이 되도록 하였기 때문이다. 종교개혁자들은 하나님의 말씀인 성경을 대중에게 돌려줌으로써 복음의 자유를 누리도록 해주었다.

그런데 오늘날 우리가 과연 복음 안에서 자유를 누리고 있는지 질문을 던져보고 싶다. "이게 맞는 걸까?"라고 하는 고민이 떠나지 않기 때문이다. "복음 안에서 자유를 누리기보다는 여러 가지 비성경적인 요소로 인해 매여있거나 혹은 잘못된 복음 이해로 인해 자유가 아닌 방종을 누리고 있지 않나?"라는 고민이 내게서 떠나지 않기 때문이다. 권정생의 단편 동화 "새들은 날 수 있었습니다."를 읽으면서 "복음 안에서 자유를 누리지 못하는 이유가 무엇일까?"라는 생각을 해보게 된 이유가 여기에 있다. 이 작품에는 하늘을 나는 자유를 포기한 가운데 나름의 편한 삶을 누리려고 하는 어른 새들과 그러한 삶에 의문을 갖는 어린 새들의 이야기가 나온다. 먼저 이 작품의 줄거리를 살펴보도록 하자. 권정생은 이 작품에 언급된 새들의 나라에 대하여 다음과 같이 소개함으로써 줄거리를 시작한다.

> 이곳 새들의 나라는 언제부터인지 날개를 사용해서는 안 되게 되어 있었습니다. 날아다니는 것은 물론 날개를 마음껏 쳐보는 것도 금지되어 있었습니다. 새들은 모두 죽지를 축 늘어뜨리고 두 발로 걸어 다녀야만 했습니다. 조그만 굴뚝새로부터 커다란 독수리까지 한결같이 어정어정 걸어 다녔습니다.[180]

이러한 상황에서 어른 새들은 서로를 감시하기도 하고 심지어 "기어 다니는 것이 편하다."는 생각을 내면화하기도 하였다. 먼저 서로를 감시하는 까마귀와 새매의 이야기를 들어보자.

까마귀가 혼자서 막 날개를 두어 번 치고 났을 때, 저쪽 밀밭 고랑에서 '탁! 탁!' 날개 치는 소리가 났습니다. 깜짝 놀란 까마귀가 돌아다보니, 그쪽에서도 놀라 마주 돌아보는 것이었습니다. 푸르게 자란 밀이 수풀처럼 가리어져 잘 보이지는 않았지만, 언뜻 보아도 건넛마을에 살고 있는 새매 녀석이었습니다. "아이구 깜짝이야! 너 지금 뭘 했었니?" 까마귀가 시치미를 뚝 떼고 물었습니다. "어깨가 아파서 한 번 두들겼어." 새매도 능청스럽게 그런 대답을 했습니다. "그래, 나도 엉덩이가 아파서 두어 번 툭툭 친 거야." 까마귀가 말했습니다. "거짓말, 난 다 봤다구." 새매는 다 알고 있으면서도 모르는 척했습니다. 다만 날카로운 눈알만 흘겨줬을 뿐입니다. 까마귀는 집으로 돌아오면서 줄곧 가슴이 두근거렸습니다. 날개를 움직였다는 것만도 나쁜 짓인데, 날려는 시늉까지 했으니 잡히면 큰일이기 때문입니다.[181]

이렇듯 새들의 본성을 누르고 살아가게 되었기에 불만이 없을 수 없었다. 그렇기 때문에 현실에 순응함으로써 나름의 만족을 찾는 수밖에 없었다.

"걸어 다녀도 잘만 살면 되는 거야.", "기어 다녀도 배만 띵
띵 부르면 되는 거야." 할아버지 할머니 새들은 오히려 기어
다니는 것이 편하다는 생각을 가지게끔 되어 버렸습니다.
아저씨 아주머니 새들은 가끔씩 날지 못하는 것이 불편해서
투덜거렸지만 이내 잊어버리고 열심히 기어 다녔습니다.[182]

황새 할머니와 손자 황새들의 대화에서는 어쩔 수 없이 현실에
수긍하는 기성세대와 이에 저항할 길을 모색하는 새로운 세대의
모습이 보인다.

"처음엔 기어 다니기만 하는 게 무척 힘들었지. 줄곧 아래
만 내려다보고 걷다가도 훌쩍 날아올랐지. 그럴 땐 잡혀가
서 거꾸로 매달리는 벌을 받고 나면 정신이 번쩍 차려지는
거야."
"할머닌 이제 날아 보고 싶지 않으세요?"
"글쎄, 무어라고 대답해야 좋을지 모르겠구나. 우리는 말
만으로도 '날아 보고 싶다'라든가 '날 수 있다'라는 말을 함
부로 못하게 되어 있거든."
"그럼 '날아 보고 싶다'라고 말해야 할 땐 어떻게 해요?"
"글쎄, 그걸 어떻게 하는지 할미로서도 통 모르니까 답답하

단다.", "벌써 시장해지는구나. 가서 뭘 좀 먹어야지."[183]

논두렁에 있는 미꾸라지와 우렁이를 배부르게 먹은 황새 가족
은 대화를 이어나갔다.

"아, 배부르다! 할머니, 이렇게 우리 먹이를 많이 기르니까
먼 곳까지 날아가지 않아도 되는군요."
"그래, 얼마나 편한 세상이니."
"하지만, 난 배가 좀 고프더라도 먼 곳까지 훨훨 날아다니
며 살고 싶어요."
"꾹꾹 참아라. 참고 기다리면 차츰 걸어 다니는 것이 익숙
해져서 조금도 날고 싶은 생각이 없어질 거야."[184]

할머니 황새와 손자 황새들이 이렇게 이야기를 나눌 때 강변 모
래밭에서는 아기 제비와 엄마 제비가 이야기를 나누고 있었다.

"엄마, 엄마 건넛집 할아버지 말씀이, 옛날엔 우리 제비집
은 높은 추녀 끝에 지었다고 하던 걸요."
"할아버지가 노망기가 있어서 쓸데없는 말씀을 지껄이신
단다. 우리 제비집은 본래부터 땅에다가 요렇게 짓고 살았
어."
"엄마가 거짓말쟁이야. 할아버지는 조금도 노망 안 드셨어.

본래는 제비들은 집을 높은 데 짓고 공중 높이 씽씽 날아다
니면서 살았다고 하셨어."[185]

이렇듯 대부분 어른 새들이 두려워하며 혹은 그저 배불리 먹고
사는 생활에 만족하면서 본성을 상실하고 있을 때, 유일하게 어린
새들에게 새들의 본성을 깨우쳐 주는 어른 새가 있었다. 그는 "푸
른 창공을 높이 날았다가, 잡혀가서 죽도록 얻어맞은 후에 날개를
잘린 할아버지 제비"였다. 할아버지 제비와 아기 제비들의 대화를
들어보자.

"잘 들어라. 지금 새들은 모두 넋을 빼앗겨 죽은 고깃덩어
리만 살고 있단다. 정말이지, 저어기 산꼭대기엔 무서운 허
수아비가 많은 부하 허수아비를 거느리고 지켜보고 있지."
"왜 지켜보는 거여요?"
"겁쟁이여서 그렇지. 허수아비는 원래 무섭게 으스대지만
겁쟁이란다. 그래서 새들이 저보다 높이 올라갈까 봐서 지
키는 거야. 칼과 몽둥이를 가지고…."
"할아버진 그래서 공중 높이 날아올랐다가 잡혀가셔서 날
개를 잘리셨군요.", "할아버지, 정말은 우리도 날고 싶어
요. 높이 올라가고 싶고, 먼 곳도 가고 싶어요."
"날고 싶으면 나는 거다. 다만 날려거든 모든 새들이 한꺼
번에 날면 되는 거다. 허수아비는 겁쟁이여서 모두가 한꺼

번에 날아 오르면 제풀에 날뛰다가 죽어 버릴 거야."

"아아, 맞았어요. 모두 함께 날면 허수아비는 꼼짝 못해
요."186

이렇듯 용감한 할아버지 제비의 말은 아이들을 통해 새들의 나
라에 퍼져나갔다. 그러나 이 소식을 들은 새들의 반응은 제각각이
었다.

어느새 할아버지 제비가 가르쳐준 한꺼번에 나는 좋은 생각
이 새들의 나라에 퍼져나갔습니다. 소리개도 고개를 끄덕
였습니다. 독수리도 고개를 끄덕였습니다. 까마귀도 새매
도 황새도 고개를 끄덕끄덕했습니다. 그러나 고개를 절래
절래 젓는 새도 있었습니다. 그건 안 된다고 했습니다. 부
엉이도 그러고, 소쩍새도 그러고, 메추라기도 그랬습니다.
된다는 쪽과 안된다는 쪽이 반반씩 되어 새들은 괜히 세월
만 보내었습니다.187

어른들은 생각이 복잡하다. 편견으로부터 자유롭지 못하다. 살
아온 세월 동안 성공과 실패를 반복하는 가운데 부정적인 생각이
굳어졌기 때문이다. 어른들은 위험을 감수하는 모험을 피하려고
한다. 이렇듯 어른들은 자신의 생각에서 벗어나지 못하면서 "위험
을 피하고 배불리 먹는 삶"에 만족하며 스스로를 지혜롭다고 생각

하지만, 그것은 용기를 상실한 겁쟁이의 모습, 지혜롭지 못한 자들의 모습일 뿐이다. 이때 용기를 낸 것은 어린 새들이었다. 권정생은 이렇게 말한다.

"어리다는 것은 아직 정직하고 용감하다는 말일 것입니다.
어린 새들은 어른들보다 훨씬 지혜로웠습니다."[188]

어린 새들이 어른 새들보다 훨씬 지혜롭다고 한 이유는 정직하고 용감할 뿐만 아니라, 어른들처럼 반목하지 않고 서로의 마음이 통하기 때문이었다.[189] 드디어 어린 새들이 용기를 냈다.

어느 날, 아침 해가 솟아오르는 시원한 때였습니다. 하늘을 가득 메우듯이 새들이 한꺼번에 날아오른 것입니다. 까마귀, 까치, 새매, 딱따구리, 황새, 두루미, 메추라기, 독수리…. 어쨌든 그 많은 새들이 푸른 창공 높이 일제히 날아올랐던 것입니다. 처음엔 어린 새들이, 다음엔 청년 새들이, 그다음으로 많은 어른들과 늙으신 할아버지, 할머니 새들까지 두 날개를 훨훨 펼치며 날아오른 것입니다. 너무도 쉬웠습니다.[190]

그러자 기적 같은 일이 일어났다.

산꼭대기의 허수아비는 진짜 허수아비밖에 되지 못했습니다. 하늘 높이 까마득히 날아오른 새 떼를 바라보고는, 그만 부들부들 떨면서 제풀에 기절을 하고 만 것입니다. 영원히 기절을 해 버리고 일어나지 못했습니다. 새들은 마음껏 날았습니다. 새들은 정말 한꺼번에, 모두 한꺼번에 날아다니게 된 것입니다.[191]

일찍이 애굽 땅에서 노예로 살아가며 고통당하는 이스라엘 백성의 울부짖음을 들으시고 하나님께서는 모세를 세우셔서 그들을 압제의 땅 애굽으로부터 탈출시키셨다. 그것은 파라오로 상징하는 제국의 절대 권력이 하나님의 권능 앞에서 패배할 수밖에 없음을 여실히 드러낸 사건이었다. 하나님의 백성이 결코 인간의 노예로 살 수 없음을 하나님께서 보여주신 것이다. 설령 배불리 먹고 산다 해도 말이다. 그런데 애굽으로 가는 중간, 중간 보여준 히브리 백성들의 행태는 참으로 민망하기 짝이 없었다. 마실 물이 없다고 모세를 원망할 때 하나님께서 마실 물을 주셨고 고기가 먹고 싶다고 울상 지을 때 하나님께서 메추라기를 보내셔서 입에 물리도록 고기를 먹게 해주셨다. 그런데도 그들은 한결같이 이렇게 말하였다. "차라리 애굽에서 노예로 살 때가 좋았다." 그리고는 기어코 "애굽으로 돌아가자."라고 결심하였다. 그렇지만 하나님께서는 그들을 다시 애굽으로 돌려보내지 않으셨다. 하나님의 뜻은 그들이 노예가 아닌 하나님의 백성으로서 자유를 누리며 살도록 하는 것이기 때문이었다. 그렇지만 히브리인들이 치러야 할 대가는 가볍지 않았다. 출애굽 1세대가 모두 광야에서 죽고 약속의 땅 가나안은 다음 세대가 들어간 것이다.

출애굽 1세대가 어떤 사람들인가? 애굽에서 살면서 경험한 습속들이 뼈에 새겨진 사람들이었다. 그 가운데 근본적인 것은 "노예로 살더라도 배부르면 그만이다."라는 노예근성이었다. 하나님은 인간을 하나님의 형상을 지닌 자유인으로 만드셨다. 그렇기 때문에 하나님의 형상을 지닌, 하나님의 백성이 다른 누군가에게 예속된 노예로 산다는 것을 하나님은 결코 용납하실 수 없었다. 더욱이 하나님으로부터 선민으로 선택받은 이스라엘 백성이 애굽이라는 제국의 절대 권력에 예속되어 노예로 살아가는 것은 더욱 용납할 수 없었다. 하나님께서 이스라엘 백성을 40년 동안 광야에서 연단 하셔서라도 기필코 가나안으로 들어가게 하신 이유가 여기에 있다.

이 작품에서 권정생은 자유를 포기하더라도 배불리 먹고 사는 것에 만족하려는 기성세대와 새들의 본성인 날아다니는 자유를 획득하려는 다음 세대의 모습을 대조하여 보여주었다. 하늘을 날아다니는 것은 하나님께서 새들에게 부여하신 자유의 본능이다. 배불리 먹는 데 만족하고 날아다니는 자유를 포기하는 것은 하나님의 섭리를 거스르는 것일 수밖에 없다. 결국 본성대로의 회복은 어른 새들이 아닌 어린 새들에 의해 일어난다. 어린 새들이 용기를 내어 하늘로 날아오르기 시작했고 이어서 어른 새들도 하늘로 날아오른 것이다. 어린 새들이 용기를 내어 날아오를 수 있었던 이유에 대하여 권정생은 이렇게 말하였다.

"어리다는 것은 아직 정직하고 용감하다는 말일 것입니다. 어린 새들은 어른들보다 훨씬 지혜로웠습니다."

이렇게 어린 새들이 지혜롭고 용감한 행동을 할 수 있었던 것은 용기와 지혜를 잃지 않은 어른이 있기 때문이었다. 제비의 본성을 잃지 않기 위해 하늘을 날았다가 잡혀가서 날개를 잃었지만, 새로서의 본성을 잃지 않았던 할아버지 제비가 있기 때문이었다. 할아버지 제비는 하늘을 날아다니는 꿈을 포기할 수밖에 없었지만, 어린 새들이 "날아다니는 존재로서의 정체성을 포기하지 않도록" 깨우쳐 준 것이다.

이 단락의 서두에서 나는 "이게 맞는 걸까?"라는 생각이 떠나지 않는다고 고백하였다. 종교개혁자들이 지향한 것처럼 "'오직 성경으로'에 부합하는 신앙생활, 그리스도인다운 삶을 살고 있는가?"라는 질문에서 벗어나지 못하고 있다는 것이다. 이 질문에 대한 답을 얻기 위해 짧지 않은 시간 동안 신학을 공부했지만, 여전히 그와 같은 질문에서 벗어나지는 못하고 다만 문제의식을 더욱 느낄 뿐이다. 어쩌면 오늘날 한국교회에도 "날개를 잃었지만, 새로서의 본성을 잃지 않으려는 할아버지 제비"같은 이들이 많지 않을지도 모른다는 슬픈 생각이 든다. "오직 성경으로"를 지향하는 신앙이 아니라 해도 신앙생활에 부담이 없다면, 일상생활에 편리함을 느낀다면 그것으로 만족하고자 하려는 이들이 더 많지 않나라는 생각이 드는 것이다. 어쩌면 내가 이렇듯 문제의식을 느끼는 것도 그러한 습속에 익숙하지만 적어도 잠식되지 않으려는 작은 몸부림인지도 모른다.

교회는 핍박을 받을수록 신앙이 순수해지고 오히려 복음이 널리 전파된다. 하지만 교회가 힘을 가질수록 복음의 순수성이 훼손되고 복음 전파가 어려워진다. 어떤 이들은 1990년대 이후 한국교회의 성장이 멈추었다고 말한다. 만약 그 말이 사실이라면 그 이유가 무엇일까 생각해 보아야 한다. 어떤 이들은 한국 사회의 급진적인 세속화를 교회 성장 정체의 원인으로 말한다. 어떤 이들은 한국 사회의 인구감소가 교회 성장 정체의 원인 가운데 하나라고 주장한다. 이 외에도 교회 성장 정체를 진단하는 의견이 참으로 다양하지만, 나는 한국교회의 성장 정체의 원인이 무엇보다도 한국교회가 지닌 "너무 많은 힘" 때문이라고 생각한다. 사회에 대한 교회의 영향력이 참으로 지대해졌지만, 오히려 빛과 소금의 역할로서는 영향력이 많이 줄었다고 보는 것이다.

이는 교회 역사를 보아도 알 수 있다. 313년 로마 황제 콘스탄티누스가 밀라노 칙령을 통해 로마의 모든 종교에 대한 자유를 선포할 때까지 교회는 핍박해야 하는 대상이었다. 특히 콘스탄티누스 이전의 로마 황제였던 도미티아누스 통치하에서는 로마 제국 전역에서 그리스도인들을 무자비하게 탄압했다. 그리스도인이 신앙을 부인하지 않으면 온갖 잔인한 방법으로 죽음에 이르도록 하였다. 그런데 고통스러운 죽음을 앞에 두고서도 의연히 신앙을 고백하는 그리스도인들의 모습이 묵시적인 복음 선포가 되어 그리스도인 공동체는 오히려 성장하였다. 그런데 교회가 힘을 얻게 되자, 신앙의 순수성이 훼손되기 시작했다.

콘스탄티누스 황제는 신앙의 자유를 선포하였고 성직자의 사유재산 소유를 승인하였을 뿐만 아니라, 기독교 성직자에게는 세금을 부과시키지 않는 법령을 통과시켰다.[192] 콘스탄티누스 황제 이후 테오도시오스 1세는 테살로니카 칙령을 내림으로써 기독교를 로마의 국교로 삼았다.[193] 그는 기독교를 로마의 국교로 삼았을 뿐만 아니라, 더 나이가 다른 종교를 이단으로 억압한 황제이기도 하였다. 억압받던 이방 종교였던 기독교가 로마의 종교, 황제의 종교, 억압하는 종교가 되었다. 기독교의 성직 체계는 급속도로 수직화되었고 고위 성직자는 막강한 권력을 소유했다. 313년 밀라노 칙령 이후 천년이 넘는 오랜 세월 기독교가 유럽을 지배하는 동안 교회는 복음의 본질에서 이탈하고 말았다. 교회가 권력을 가졌기 때문이었다.

이러한 교회의 모습을 보며 "이건 아닌데"라며 탄식한 이들이 있었다. 존 위클리프John Wycliffe 1320 ~ 1384 [194], 얀 후스Jan Hus, 1372 ~ 1415 [195], 프라하의 제롬 Jeroným Pražský, 1379 ~ 1416 [196], 그리고 마르틴 루터Martin Luther 1483 ~ 1546 [197], 울리히 츠빙글리Ulrich Zwingli, 1484 ~ 1531 [198], 기욤 파렐Guillaume Farel 1489년 ~ 1565 [199], 장

칼뱅Jean Calvin 1509 ~ 1564 [200], 존 녹스John Knox, 1513 ~ 1572 [201] 등이 그들이다. 우리는 이들을 "종교개혁자"라고 부른다.

이들은 교회의 본질을 회복하기 위해 목숨을 걸었다. 이들 가운데 얀 후스는 화형火刑으로 죽임을 당하였고 존 녹스는 프랑스로 잡혀가서 캘리선의 노예가 되는 형벌을 받았다.[202] 이들은 그야말로 히브리서 11장 38절 말씀처럼 "세상이 감당할 수 없는 믿음의 사람들"이었다. 종교개혁자들이 목숨을 담보로 이루고자 한 것은 "하나님의 말씀인 성경"으로 복음을 회복하는 것 이상도 이하도 아니었다. 왜냐하면 권력을 가진 교회가 성경 외에 다른 것들을 권위로 놓고 많은 사람이 그리스도 안에서 누리는 자유를 억압해왔기 때문이다. 성경대로 믿고자 하는 신앙인들을 핍박하면서 말이다.

앞서 권정생의 작품에서 어린 새들을 선두로 수많은 새들이 하늘로 날아올랐을 때 새들을 억압하던 허수아비들이 무기력하게 쓰러진 것처럼, 종교개혁자들이 하나님의 말씀인 성경을 그리스도인들에게 돌려줌으로써 그들은 억압을 끊고 그리스도 안에서 자유를 누리게 되었다.

우리는 어떠한가? 구한말 한국교회는 개혁 성향을 내포한 소수의 공동체였다. 하지만 1920-30년대에는 한국사회의 지식을 선도하는 중심으로 자리 잡았다. 심지어 1948년 5월 제헌국회에서는 감리교 장로인 대통령 이승만의 제안으로 국회의원이며 감리교 목사였던 이윤영이 개회 기도를 하기도 하였다.[203] 해방 이후 한국교회의 지위가 얼마나 상승하였는가를 잘 말해주는 사건이다. 인구 비례에서 볼 때 기독교인이 많은 수가 아니었지만, 실질적으로 기독교가 한국 사회의 주류 세력이 되었음을 알 수 있다. 1970~80년대 TV 드라마를 보면 가난한 부부가 식사 기도를 하는 장면을 보여주는 등 한국교회를 호의적으로 묘사하는 장면이 나올 때도 있었다.204 하지만 오늘날은 드라마에서 그런 장면을 발견할 수 없다. 과거 한국교회가 지녔던 영향력을 회복하려는 한국교회 일각의 노력이 있었다. 하지만 그 방법은 사회로부터 긍정적인 반응을 끌어내는 데 실패했다.

한국교회가 한국 근현대사에 끼친 영향을 한국사 교과서에 넣음으로써 사회에 대한 영향력을 회복해야 한다고 하며 정부에서 추진하던 국정교과서에 협력하려는 한국교회 일각의 움직임이 있었다. 하지만 그러한 움직임은 사회로부터 비난을 받았다. 2000년 이후에는 한국교회의 정치적 영향력을 회복해야 한다고 하며 주로 대형교회들을 중심으로 친기독교 정부 탄생을 위한 활발한 활동을 벌였지만. 그 또한 사회로부터 부정적인 반응을 끌어냈을 뿐이다.205 오늘날 한국교회의 영향력을 회복하기 위한 한국교회 일각의 움직임에서 동화 「새들은 날 수 있었습니다」에 나타난 요소들을 볼 수 있지 않을까. 한국교회의 본질, 그리스도인의 복음의 본질을 잃도록 하는 요소 말이다.

어떻게 하면 무거운 허울을 벗어버리고 복음 안에서 자유를 누림으로써 날아오를 수 있을까? 그것은 우리가 성경에서 말씀하는 그리스도를 따름으로 가능하지 않을까. 우리가 성경에서 발견하는 그리스도는 가난한 그리스도이다. 그에게 몰려든 사람은 주로 가난한 사람이었다. 그뿐만 아니라 성경의 그리스도는 섬기는 분이다. 예수께서 제자들의 발을 씻어 주신 것은 그야말로 복음의 본질을 보여주신 상징이다. 다음과 같은 예수의 말씀은 이 세상에서 교회의 역할, 복음의 본질을 말씀하고 있다.

> 내가 너희에게 행한 것을 너희가 아느냐? 너희가 나를 선생이라 또는 주라 하니 너희 말이 옳도다. 내가 그러하다. 내가 주와 선생이 되어 너희의 발을 씻었으니 너희도 서로 발을 씻어 주는 것이 옳으니라. 내가 너희에게 행한 것같이 너희도 행하게 하려 하여 본을 보였노라. 요한복음 13:12~15

한국교회가 따르는 그리스도는 결코 부富의 그리스도가 아니다. 권력의 그리스도가 아니다. 가난의 그리스도이고 섬김의 그리스도이다. 한국교회가 본질을 회복할 수 있는 길, 사회에 대한 영향력을 회복하는 길은 그와 같이 성경에서 말씀하는 그리스도를 따르는 데 있지 않을까. 앞서 언급한 것처럼 이 작품에는 어린 새들에게 땅을 기면서 배불리 먹는 것이 새의 본 모습이 아니라 자유롭게 날아다니는 것이 새의 본 모습임을 가르쳐준 제비 할아버지가 등장한다. 한국교회에서 다음 세대를 위해 그러한 역할을 하는 어른은 어떤 사람일까? 나의 학창 시절, 어른들이 이해하는 그

리스도는 "공부 잘하게 해주는 그리스도가 아니었나"하는 생각이
든다. 학업성적을 초월하여 성경이 말씀하는 그리스도를 그대로
가르쳐준 분은 많지 않았던 것으로 기억한다.

다음 세대에게 우리는 어떤 복음을 전할 것인가? 어떤 그리스
도를 전할 것인가? 분명한 것은 성경에서 말씀하는 복음, 성경에
서 말씀하는 그리스도를 전해야 한다는 것이다. 아니 그보다 먼저
우리의 어깨를 누르는 것들, 복음인 것 같지만 복음이 아닌 것들
을 떨쳐야 하지 않을까. 성경에서 말씀하는 복음, 성경에서 말씀
하는 그리스도를 알기 위해 다시 성경을 붙잡고 씨름해야 하지 않
을까. 새들이 자신의 본질을 깨닫고 훨훨 나는 것처럼 그리스도인
도 그리스도인으로서의 본질을 깨닫고 자유를 호흡하며 훨훨 창
공을 날기 위해서 말이다.

보시오! 당신의 제자들이 안식일에 하지 못할 일을 하나이다

"갖고 가거라. 가난한 사람끼리는 서로 도와 가면서 살아
야 한다."

권정생의 동화 및 소설 가운데는 그의 불우했던 어린 시절을 배
경으로 쓴 작품들이 있다. 이 단락에서 소개하려는 「쌀도둑」도 그
런 작품 가운데 하나이다.[206] 이 작품은 먹을 것이 없어서 굶어야
하는 불쌍한 남매의 대화로 시작된다.

"웅재야, 내일부터 굶어도 되겠니?"
"왜, 누나?"
"귀리 다 먹었단다."[207]

이 작품에 등장하는 세 남매는 하루에 한 끼나 두 끼씩 귀리죽
을 먹으며 살아가는 극빈한 환경에서 살아간다. 이 작품의 배경은
해방 직후 어수선한 사회 분위기 가운데 극빈한 삶을 하루, 하루
버텨가는 사람들, 그 가운데 가장 약자라고 볼 수 있는 소년, 소
녀의 이야기이다. 이 작품의 처음 부분을 함께 읽어보자.

누나는 죽물을 한 숟갈 한 숟갈, 조심스레 떠먹는다. 한 그
릇 죽물을 거의 떠먹고 나면, 그릇 밑에 죽 건더기가 조금
남게 된다. 한 숟갈 아니면 두 숟갈이 될까 말까다. 그 건더
기를 누나는 웅재 죽그릇에 쏟아 붓는다. 순간, 웅재는 가
슴이 뛰도록 즐거워진다. 한편은 언니인 선재한테 미안하
기도 했다. 한 줌 아니면 두 줌씩, 귀리를 디딜방아에다 빻
아 죽을 쑤면 검정색 구정물 같은 물이 우러난다. 웅재네는
귀리죽을 하루 한 끼나 두 끼씩 먹고 지냈다. 죽 그릇을 놓
고 셋은 처음 물만 훌훌 떠먹고 건더기는 아껴아껴 뒀다가
마지막에서야 입에 넣고 꼭꼭 씹어 먹었다. 씹는 즐거움과
함께 귀리 알맹이의 고소한 맛을 마음껏 누리기 위해서다.
그러나 누나는 마지막 한 숟갈의 그 즐거움을 언제나 웅재
한테 넘겨주고 만다. 웅재는 누나한테 미안한 생각은 하면
서도 매번 받아먹다 보니, 이젠 버릇대로 으레 주겠거니 기
다리게 된다.[208]

이 작품에 세 남매의 부모는 등장하지 않는다. 극빈의 삶 속에
서 부모까지 부재한다는 것은 그야말로 생존조차 쉽지 않은 최악
의 상황일 수밖에 없다. 권정생은 그의 동화에 이렇듯 생존의 바
닥에서 몸부림치는 이들을 적지 않게 등장시킨다. 그들은 생존의
가장 낮은 곳에서 꿋꿋하게 자신의 삶을 살아간다. 그러한 삶에는
도움의 손길이 등장하는데, 도움의 손길을 내미는 사람 또한 가난

한 사람이다. 권정생은 가난한 사람들이 상호 부조함으로써 꿋꿋하게 살아가는 모습이 심심치않게 나온다. 이 작품에 등장하는 세 남매 또한 그렇다.

귀리를 다 먹고 난 다음 날부터 새 남매는 굶어야 했다. 속상한 누나는 윗목에 앉아 울고 있었다. 그때 둘째 선재는 막내 웅재의 손을 잡고 집에서 멀지 않는 정미소로 갔다. 정미소의 일꾼 아저씨가 보이지 않자 웅재에게는 "쌀 훔쳐 가서 누나한테 밥해 달라고 해야지."라는 생각이 들었다. 하지만 그런 생각을 하는 것조차 웅재와 선재에게는 몹시 고통스러운 것이었다. 지금까지 한 번도 남의 것을 훔쳐본 일이 없을 뿐만 아니라, 평소 누나에게서 "나쁜 사람이 되지 말고 훌륭한 사람이 되어야 한다."라는 말을 들어왔기 때문이다.[209] 그렇지만 집에서 울고 있는 누나를 생각하면서 선재와 웅재는 쌀을 훔치기로 하였다.

정미소 일꾼 아저씨가 잠시 들어왔다가 나가자 선재와 웅재는 쌀을 훔쳐서 서둘러 집으로 돌아왔다. 하지만 그것은 겨우 선재와 웅재가 각각 두 손에 움켜쥔 만큼의 많지 않은 양이었다. 선재와 웅재가 훔쳐 온 쌀을 본 누나는 아무 말 없이 돌아서서 울뿐이었다. 하지만 그 순간 얼굴이 창백해진 웅재가 현기증을 느끼며 넘어진 것을 본 누나는 선재와 웅재를 책망하지 못하고 훔쳐 온 쌀로 죽을 끓여 셋이서 나누어 먹었다.[210]

다음날 선재와 웅재는 죽이 아니라 밥을 해 먹을 만큼 쌀을 훔쳐 갈 생각을 하며 정미소 뒷문에 가서 숨어있었다. 그러나 선재와 웅재의 계획은 실패하는 듯 보였다. 아무도 없음을 확인한 후 가지고 간 자루에 쌀을 쓸어 담다가 정미소 일꾼 아저씨에게 들키고 말았기 때문이었다.

"게 누구냐?" 일꾼 아저씨의 목소리였다. 선재는 눈앞이 캄캄해졌다. 쓸어 담던 자루를 그냥 버려둔 채 일어나 문밖으로 달아났다. 이쪽으로 뚜벅뚜벅 아저씨가 다가오는 소리가 들렸다. "웅재야, 도망치자!" 선재는 웅재의 팔을 낚아채어 잡고 온 힘을 다해 뛰었다. 꼬불꼬불한 골목길을 돌아 나오는데, 누군가 뒤에서 선재의 팔을 붙잡았다. 선재는 획 돌아서서 붙잡은 사람의 얼굴을 쳐다보았다. 정미소 일꾼 아저씨였다. "아저씨, 용서해 주세요." 선재는 두 손을 모아 쥐었다. "다시는 안 그럴게요." 아저씨는 선재의 얼굴과 그 옆에 잔뜩 겁을 집어먹고 있는 웅재를 내려다보고 있었다.[211]

쌀을 넉넉히 훔쳐다가 밥을 해 먹으려고 했던 계획이 틀어지고 오히려 무서운 대가를 치러야 할지도 모르는 상황이 되자. 선재와 웅재는 두려움에 떨었다. 하지만 그때 반전이 일어났다. 선재와 웅재를 바라보는 정미소 일꾼 아저씨의 손에는 쌀 한 자루가 들려 있었다.

"갖고 가거라. 가난한 사람끼리는 서로 도와가면서 살아야

 한단다."

"……."

"가지고 가서 밥을 지어 먹어라. 알았니?"[212]

이 대목에서 권정생의 작품에 공통으로 나오는 상호부조 사상
이 발현된다. 가난한 사람이 부자의 도움으로 사는 것이 아닌 가
난한 사람끼리 서로 도와가며 사는 것이다. "가난한 사람끼리는
서로 도와가면서 살아야 한단다." 이 말은 권정생의 방대한 작품
을 함축한 한마디로 보기에 충분하다.

그로부터 며칠간 정미소 일꾼 아저씨는 선재에게 쌀을 건네주었
다. 선재와 웅재 대신 정비소 일꾼 아저씨가 쌀 도둑이 된 것이었
다. 하지만 얼마 지나지 않아 정미소 일꾼 아저씨를 만날 수 없었
다. 그 마을에 큰 소동이 일어났기 때문이었다. 어느 날 장터와 학
교 운동장에 많은 젊은이가 만세를 부르고, 지서에서 나온 경찰들
과 피투성이가 되도록 싸운 일이 일어났다. 그리고 그날 저녁, 많
은 젊은이가 지서에 잡혀갔다. 그로부터 며칠 후 선재는 체포된 젊
은이 가운데 정미소 일꾼 아저씨가 포함되었다는 소식을 들었다.
선재는 정미소 일꾼 아저씨가 걱정되었지만, 그로부터 정미소 일
꾼 아저씨 소식은 어디서도 들을 수 없었다. 선재와 웅재가 정미소
일꾼 아저씨를 만난 지 30년이 지나 어른이 된 후에도 말이다.[213]

이 작품은 그리스도인들에게 편하게만 다가오지 않는다. 해방

후 좌우의 사상적 충돌에서 이른바 좌익에 속했던 이들의 행적 하나를 말해주는 작품이기 때문이다. 더욱이 여순반란사건 때 사랑의 원자탄으로 잘 알려진 손양원 목사의 두 아들이 좌익 학생들에 의해 순교했다는 사실을 그리스도인 대부분이 알고 있기 때문에 이 작품은 더욱 불편하게 다가온다. 손양원 목사의 두 아들을 살해한 학생들, 굶주리는 세 남매를 위해 기꺼이 쌀도둑이 된 정미소 일꾼 아저씨, 이들 가운데 진짜 좌익의 모습은 어떤 것일까. 이런 질문을 가져 본다. 과연 해방 직후 가난한 사람들이 공산주의라는 사상이 좋아서 당시 남한의 정치체제를 비판한 것일까?[214] 그렇지 않다고 본다. 이들에게 중요한 것은 "사상이 아니라 먹고 사는 문제"였을 것이다.

해방 그리고 한국전쟁이 종결된 지 70년이 되었지만, 여전히 한국 사회는 이념 문제로 인한 치열한 대립을 종결짓지 못하고 있다. 우리 사회에서 물리적 측면에서의 전쟁은 종결되었지만, 정서적, 정신적 전쟁은 종결되지 않았다. 이념 문제에서, 한국교회 공동체는 더욱 벗어나지 못하는 것으로 보인다. 이른바 좌익 진보에 대하여는 엄격하지만, 우익 보수에 대하여는 관대한 측면이 있다. 여기서 간과하지 말아야 할 것은 극단적인 좌익이 무신론을 지향하는 것처럼, 극단적인 우익도 무신론을 지향한다는 사실이다. 한국교회 일각에서는 노르웨이와 스웨덴 그리고 핀란드와 덴마크 등에서 지향하고 있는 유럽식 사회주의에 대하여도 우호적이지 않다. 그들 국가가 개신교 문화가 기반 된 국가임에도 불구하고 말이다.

성경은 진보적 가치와 보수적 가치를 함께 포함하고 있다. 전통을 보존함으로써 공동체의 와해를 막고자 하는 것이 보수적 가치라면 인권을 중시함으로써 개개인이 함께 행복한 삶을 영위하도록 하는 것은 진보적 가치이다. 바리새인들이 간음한 여자를 예수께 데려온 사건은 너무나 유명하다. 그들은 예수께 이렇게 말하였다. "선생이여 이 여자가 간음하다가 현장에서 잡혔나이다. 모세는 율법에 이러한 여자를 돌로 치라 명하였거니와 선생은 어떻게 말하겠나이까?"요한복음 8장 4-5절 이것은 가정과 공동체를 지키기 위한 보수적 지침이다. 모세오경에 충실하기 위해서는 예수께서도 "그 여인을 돌로 치라."라고 하는 것이 타당하였다. 하지만 예수님의 반응은 그들의 예상을 벗어난 것이었다. "너희 중에 죄 없는 자가 먼저 돌로 치라"요한복음 8장 7절 下, 예수님은 전통을 지키는 것도 중요하지만, 그보다 인간을 살리는 것을 더 중요하게 생각하셨다. 예수님으로부터 예상하지 못한 대답을 들은 사람들은 양심의 가책을 느끼면서 서둘러 그 자리를 떠났다. 그들이 말하는 성적인 순결이 사실 남성보다 여성에게 훨씬 엄격하게 적용된 것이었기 때문이다. 예수께서는 율법 자체보다 그 율법이 사람을 살리는 데 적용되느냐 하는 것에 관심을 가지셨다. 해방 직후 좌우의 대립을 이념의 충돌이라는 측면이 아닌 먹고 사는 문제에서 본다면 오늘날 우리 사회에서 한국교회에 발생하는 치열한 이념 충돌에 대한 새로운 이해를 가질 수 있을 지도 모른다. 이 작품을 읽으면 다음과 같은 성경 본문이 떠오른다.

그때에 예수께서 안식일에 밀밭 사이로 가실새 제자들이 시장하여 이삭을 잘라 먹으니 바리새인들이 보고 예수께 말하되 보시오. 당신의 제자들이 안식일에 하지 못할 일을 하나이다. 예수께서 이르시되 다윗이 자기와 그 함께 한 자들이 시장할 때에 한 일을 읽지 못하였느냐. 그가 하나님의 전에 들어가서 제사장 외에는 자기나 그 함께 한 자들이 먹어서는 안 되는 진설병을 먹지 아니하였느냐. 또 안식일에 제사장들이 성전 안에서 안식을 범하여도 죄가 없음을 너희가 율법에서 읽지 못하였느냐. 내가 너희에게 이르노니 성전보다 더 큰 이가 여기 있느니라. 나는 자비를 원하고 제사를 원하지 아니하노라 하신 뜻을 너희가 알았더라면 무죄한 자를 정죄하지 아니하였으리라. 인자는 안식일의 주인이니라 하시니라. 마태복음 12장 1절-8절

권정생이 이 작품을 통해 우리에게 말하려는 것이 무엇일까? 그리스도인인 권정생이 이 작품을 통해 한국교회에 말하려는 것이 무엇일까? 그 무엇도 사람보다 앞설 수 없다는 것을 말하려는 것이 아닐까. 어떤 이념도 사람을 억압하는 수단이 된다면 그것은 무가치한 것일 수밖에 없다. 사람에게 유익하기 위해 이념이 존재하는 것이지, 이념에 충실하기 위해 사람이 존재하는 것이 아니기 때문이다. 세상에 존재하는 그 어떤 정치이념도 하나님 앞에 완전한 것일 수 없다. 모두 하나님 말씀 앞에서 비판되어야 한다. 그런

데 자신이 추종하는 이념을 정당화하는 데 성경을 수단으로 삼는 경우가 적지 않다는 고민이 생긴다. "특정 이념은 선할 수밖에 없고 특정 이념은 악할 수밖에 없다."라고 하는 고정관념에서 벗어나 하나님의 말씀에 비추어봄으로써 각 이념의 좋은 점을 취해야 하지 않을까 한다.215 다만 그 이념이 사람을 억압하지 않고 사람을 살리고 인권을 소중히 여기는 수단으로 사용된다면 하나님의 말씀 앞에서 최선으로 쓰임 받은 이념이 되지 않을까.

안식일이 사람을 위해 존재하는 것처럼 정치이념 또한 사람을 위해 존재한다. 우리가 믿는 예수님이 안식일 보다 크신 분인 것처럼 어떤 정치이념보다도 크신 분임은 물론이다. 이 작품을 통해 권정생은 오늘을 살아가는 그리스도인들에게 그러한 메시지를 말해준 것이 아닐까. 그럼에도 불구하고 한국교회가 한국전쟁으로 인한 트라우마로 인해 모든 이념을 상대적으로 보기 어렵다면, 반공주의자이면서 동시에 민주화 운동에 헌신했던 고영근 목사의 다음과 같은 말을 깊이 새겨야 하지 않을까.

우리는 조속히 빈부격차, 부정부패 요인을 일소하여 공산주의의 요인을 소멸하고 자유·정의·평화·인권이 보장되고 공존공영共存共榮하는 평등경제정책이 실현되어 공산주의 이론이 발을 붙이지 못하게 만들어야 하겠습니다.216

좁은 문으로 들어가라…

동화를 쓰는 것이 점점 어려워집니다. 이 글을 쓰면서 몇
번이고 한숨을 쉬었습니다. 정직하게 말하는 것과 정직하
게 사는 것은 아주 용감해야 한답니다.

글을 쓰다 보면 벽에 직면했다는 생각이 들 때가 있다. 글이 풀
리지 않아 며칠째 고민하던 중 권정생의 다음과 같은 고백을 발견
하였다.

참되게 산다는 것은 쉬운 일이 아닙니다. 세상은 너무도 많
은 올가미가 있어 나 자신도 모르게 나쁜쪽으로 걸어가 버
리기 일쑤입니다. 내가 쓰고 있는 동화도 자칫 거짓말을 썼
는지도 모르고, 참과 거짓을 잘못 헤아리지 않았나 걱정입
니다. 동화를 쓰는 것이 점점 어려워집니다. 이 글을 쓰면서
몇 번이고 한숨을 쉬었습니다. 정직하게 말하는 것과 정직
하게 사는 것은 아주 용감해야 한답니다.[217]

권정생을 통해 글쓰기의 어려움이 비단 창작의 어려움에서만

비롯되는 것이 아님을 알 수 있다. 글을 쓴다는 것이 진실한 삶을 사는 것과 분리될 수 없다는 것을 권정생은 가르쳐 주고 있다. 새삼 초등학교 시절 선생님에게서 "매일 일기를 써야 한다."라고 배웠던 기억이 난다. 하지만 당시 나는 일기를 쓰는 것을 참으로 곤혹스럽게만 느꼈다. 그래서 자원하는 마음으로 일기를 쓴 일이 거의 없다. 하지만 지금은 그때 일기를 열심히 쓰지 않는 것이 후회스럽다. 일기를 쓰는 시간은 바로 "가장 진실한 나 자신과 만나는 시간"이기 때문이다. 어린 시절부터 일기를 씀으로써 진실한 나 자신을 만나는 시간을 자주 가졌다면, 지금쯤 진솔하게 나 자신을 풀어가는 글을 쓰는 어려움이 지금보다 적으리라 생각하기 때문이다. 내가 그런 생각을 할 수밖에 없는 이유는 이 글의 목적이 권정생의 삶과 그의 문학작품을 통해 나 자신의 삶을 풀어가는 데 있기 때문인지도 모른다.

아마도 권정생은 문학작품 한 편, 한 편을 쓸 때마다 일기를 쓰는 마음이었으리라 생각된다. 가장 진실한 자신의 모습을 그의 글 한 편, 한 편에 녹여서 작품을 완성했으리라 생각된다. 더욱이 어린이들을 위한 글을 쓰는 아동문학가로서 권정생이 가장 진실한 모습이 되기 위해 얼마나 몸부림쳤을까? 권정생에게 아동문학이란 가장 진실한 모습으로 회복되기 위한 몸부림이었을 것이다. 그의 이야기를 들어보자.

동화라는 것은 쉽게 말해서 어린이들이 즐겨 읽기도 하고 듣기도 하는 이야기를 말합니다. 그런데 어떤 이야기나 거짓말을 써서는 안 되겠지요. 거짓말을 만들어 진짜인 것처럼 들려주면 어린이든 어른이든 저절로 거짓말을 배우게 되는 것입니다…. 아무리 재미있는 이야기일지라도 거기 거짓이 들어있으면 아무 소용이 없는 것입니다. 오히려 읽지 않고 듣지 않는 것만 못합니다.[218]

권정생이 동화 작품을 쓰면서 무엇보다 고민한 것이 이야기의 각 작품에 내포된 진실성임을 알 수 있다. 사실 권정생의 작품은 어린이들에게 무거운 내용이 적지 않다. 이런 측면에서 권정생의 작품이 "세상에 맞서는 힘이지만, 어린이들에게 잘 들리지 않는 작품"이라고 보는 평가가 발견되기도 한다.[219] 그런데도 권정생이 인기 있는 아동문학가인 이유가 무엇일까? 권정생의 작품이라면 안심하고 부모님이 책을 사줄 수 있게 된 이유가 무엇일까? 그의 작품에 담보된 진실성 때문일 것이다. 사실 권정생이 어린이들에게 제시하는 삶은 쉬운 삶이 아니다. 권정생은 다음과 같이 어린이들에게 당부하고 있다.

세상을 살아가는 데는 먹을 것, 입을 것, 잠자는 것, 그리고 여러 가지 즐기는 것 등, 너무도 많습니다. 그러나 이 모든 것이 고루 갖추어져 있어도 참되게 살지 못하면 모두가 소용없는 것이 되어 버립니다. 시험 점수를 백 점 받기 위해 공부는 안 하고 남의 것을 훔쳐보고 베낀다면 그건 진짜 백 점이 아닙니다. 그러니까 백 점을 받아도 마음속에 걱정이 생기고 편치 않은 것입니다. 차라리 모르면 모르는 대로 정직한 점수를 받는 쪽이 훨씬 마음이 편합니다. 나쁜 방법으로 얻은 좋은 시험 점수보다 정직하게 받은 좋지 못한 점수가 오히려 훌륭한 것입니다. 세상에는 좀 더 잘 살기 위해 이렇게 나쁜 방법으로 부자가 되려는 사람이 있고, 가난하더라도 정직하게 살려는 사람이 있습니다. 어느 쪽이 참된 삶이라 할 수 있을까요?[220]

표면적으로 보면 권정생이 어린이들에게 단순한 도덕적인 교훈을 주려는 것처럼 보인다. 하지만 이 글에서 권정생은 단순한 도덕적 교훈이 아닌, 삶의 철학을 제시하고 있다. 그것은 "손해 보는 삶"이다. 권정생이 지향하는 삶이 "거짓에 대항하는 진실한 삶"이기 때문이다. 이처럼 "거짓에 대항하는 진실한 삶"을 살기 위해서는 "손해 보는 삶"을 살 수밖에 없기 때문이다. 권정생에 대한 이대근의 평가에서 볼 수 있듯이 "탐욕과 죽음의 공포로 가득한 이 세상의 전복을 꿈꾸었던 전사"인 권정생[221]에게 "손해 보는 삶" 만큼 효과 있는 무기는 없기 때문이다.

권정생이 어린이들에게 제시하는 삶은 현대인의 삶과 어울리지 않는 것으로 보인다. 현대인은 "욕망의 체계인 자본주의의 한 가운데"[222]서 살아남기 위해 처절한 싸움을 하며 생존하기 때문이다.

정직한 삶, 손해 보는 삶은 냉혹한 경쟁 사회에서 어울리지 않는 것처럼 보인다. 그런데도 권정생은 자신이 그러한 삶을 살았을 뿐만 아니라, 어린이들 또한 그러한 삶을 살아가라고 당부한다. 사실 권정생의 작품에는 분노가 내재되어 있다. 이대근의 말을 들어 보자.

신채호·장준하·함석헌을 좋아하는 그는 히틀러를 죽이기 위해 암살단을 조직한 디트리히 본회퍼Dietrich Bonhoeffer 목사를 닮고 싶어 했다. 물론 그는 안중근처럼 권총도 없고, 화염병을 던지지도 않고, 테러를 하지도 않았다. 그러나 그는 그 이상의 것들을 했다. 저 깊은 곳에서 울렁거리는 분노를 삭이고 녹여, 그 진액을 짜내 시와 동화, 산문을 쓴 것이다.223

이처럼 권정생이 품고 있는 분노, 그의 작품에 흐르는 분노를 일컬어 이른바 "의로운 분노"라고 할 수 있을 것이다. 이렇듯 의로운 분노를 품고 사는 사람은 사회에서 환영받기 어렵다. 그럼에도 불구하고 권정생은 자신의 작품을 읽는 어린이가 이렇듯 의로운 분노를 잃지 않고 살기를 원했다. 비단 어린이뿐만 아니라 그의 작품을 읽는 모든 독자에게 권정생은 자신처럼 의로운 분노를 품고 살아가라고 요청한다. 요한복음 2장에는 우리가 생각하는 예수님과 어울리지 않는 모습이 기록되어 있다. 그것은 예수께서 분노하신 모습이다.

> 유대인의 유월절이 가까운지라 예수께서 예루살렘으로 올
> 라가셨더니. 성전 안에서 소와 양과 비둘기 파는 사람들과
> 돈 바꾸는 사람들이 앉아 있는 것을 보시고, 노끈으로 채찍
> 을 만드사 양이나 소를 다 성전에서 내쫓으시고, 돈 바꾸는
> 사람들의 돈을 쏟으시며 상을 엎으시고, 비둘기 파는 사람
> 들에게 이르시되, 이것을 여기서 가져가라. 내 아버지의 집
> 으로 장사하는 집을 만들지 말라. 하시니 제자들이 성경 말
> 씀에 주의 전을 사모하는 열심이 나를 삼키리라 한 것을 기
> 억하더라. 요한복음 2장 13-17절

그리스도인에게는 온유함이 미덕이다. 그렇지만 온유함이 연
약함을 의미하지는 않는다. 일상에서는 다소 손해 보는 듯한 삶을
삶으로써 평화를 만드는 사람이지만 불의에 대하여는 분노하는
것이 성경에서 말씀하는 온유이기 때문이다. 여기서 잠시 나의 경
험을 언급하고 싶다.

나는 짧지 않은 기간을 들여 힘들게 학위과정을 마쳤다. 그 가
운데 결코 의롭다고 볼 수 없는 학자들의 모습도 목격하였다. 결
국 학교를 두 번 옮긴 끝에 세 번째 학교에서 학위를 취득할 수 있
었다. 내가 경험한 불의함이 어떤 것들이었는지는 구체적인 언급
은 하지 않겠지만, 그로 인해 정신적인 공황 상태를 경험하기도

하고 잠을 제대로 잘 수 없었다. 그런데 나에게 더욱 아픔이 된 것은 지인들이 들려준 권면이었다. "그 사람들 다 용서하세요. 예수님은 일흔 번씩 일곱 번 잘못한 사람도 용서하라고 하였잖아요. 용서하지 않으면 그들과 똑같은 사람 되시는 겁니다." 그들의 권면이 더욱 아픔이 되어서 나는 성경에서 말씀하는 용서에 대해 깊이 고민하게 되었다. 성경에서 말씀하는 용서를 깊이 생각해 본 후 내린 결론은 다음과 같다.

> 용서는 우선 가해자의 사과가 선행되어야 한다. 가해자가 피해자에게 사과조차 하지 않았을 뿐만아니라, 자신으로 인해 피해자가 어떤 아픔을 겪었는가에 대한 자각이 없는 상황에서 제 3자가 피해자에게 용서를 요구하는 것은 또 다른 폭력이 될 수 있다. 예수께서 말씀하신 달란트 비유에서 볼 때 용서는 강자가 약자에게 베푸는 시혜의 성격이 강하다. 그런데 우리 사회 혹은 교회 공동체는 약자가 강자를 용서할 것을 말하고 피해자가 가해자로부터 어떠한 사과와 보상도 받지 못한 상황에서조차 용서를 요구하고 있는 것은 아닐까?

여기서 내가 말하고 싶은 것은 신앙 공동체에서조차 "강자가 약자에게 행하는 분노가 당연한 것, 의로운 것으로 여겨지는 경우"가 없지 않다는 것이다. 의로운 분노는 온유한 성품을 가진 사람이 표출할 수 있는 것이라고 본다. 온유함이 갖추어지지 않은 리더가 표출하는 분노는 공동체를 일으키거나 살리는 것이 아니라 공동체 혹은 다른 사람을 낙망하도록 하는 폭력에 불과하다.

권정생이 그의 이웃들로부터 "예수가 따로 없었다"[224]라고 인정받은 이유가 무엇일까? 우선 얼마든지 풍족할 수 있는 상황에서조차 자발적인 가난을 선택함으로써 자신의 것을 나누었기 때문일 것이다. 하지만 더욱 근본적인 이유는 진실한 삶을 살기 위해 평생 몸부림쳤다는 데 있다고 본다. 그것은 권정생이 예수님을 만난 체험에서 비롯되었다. 사도 바울은 "내가 그리스도를 본받는 자가 된 것 같이 너희는 나를 본받는 자가 되라고린도전서 11장 1절."라고 말하였다. 그 또한 예수님을 만난 체험에서 비롯된 것이었다. 권정생은 그의 작품을 읽는 어린이들에게 이렇게 말하고 있는지도 모른다.

> "어린이 여러분! 저는 진실한 삶을 살기 위해 몸부림치고 있습니다. 어린이 여러분도 저처럼 진실한 삶을 살기 위해 노력하는 사람이 되어 주세요.", "제 작품을 읽는 독자분들께 부탁드립니다. 제가 만난 예수님은 이 땅에 사실 때 진실한 삶을 사신 분입니다. 저는 예수님을 본받기 위해 몸부림치고 있습니다. 여러분도 저처럼 몸부림쳐 주세요. 그래야 우리가 사는 세상, 하나님께서 만드시고 '심히 좋았더라'라고 하신 세상이 아름다운 세상, 살만한 세상이 될 것입니다."

앞서 언급한 것처럼 권정생의 작품들은 부모들이 자신들의 자녀에게 읽히기 위해 의심 없이 구입하는 베스트셀러 아동문학이다. 사실 권정생이 그의 작품에서 말하는 삶이 치열한 경쟁 사회에서 사는 현대인에게 손해 보는 삶, 한 마디로 좁은 문으로 들어가는 삶임에도 불구하고 말이다. 그 이유는 권정생의 글에 생명력이 있기 때문이다. 하나님께서 우리에게 들려주시는 복음의 메시지가 있기 때문이다. 예수께서 우리에게 "좁은 문으로 들어가기를 힘쓰라.누가복음 13장 24절"라고 하신 이유는 그것이 구원의 길이기 때문이다. 이런 측면에서 볼 때 권정생은 우리에게 "불편한 삶이지만, 어리석어 보이는 삶이지만 생명의 삶, 구원의 삶을 추구하라."라고 간청하고 있음을 알 수 있다. 그것이 권정생의 글과 삶에서 우리에게 보여주는 복음의 메시지임은 물론이다. 하나님께서는 예레미야 선지자를 통해 이렇게 말씀하셨다.

"보라 내가 너희 앞에 생명의 길과 사망의 길을 두었노라.예레미야 21장 8절"

오늘날 우리는 권정생을 통해 하나님의 말씀을 생각해 보아야 하지 않을까?

세상에는 좀 더 잘 살기 위해 이렇게 나쁜 방법으로 부자가 되려는 사람이 있고, 가난하더라도 정직하게 살려는 사람

이 있습니다. 어느 쪽이 참된 삶이라 할 수 있을까요?… 정
직하게 말하는 것과 정직하게 사는 것은 아주 용감해야 한
답니다.[225]

하나님이 다스리시는 나라…

"하얀 꽃잎은 하얀 마음."
"하얀 마음은 착한 마음."
"착한 마음은 강한 마음."

본래 이스라엘은 왕이 없는 나라, 하나님께서 직접 다스리시는 신정국가였다. 하나님께서 필요할 때마다 친히 사사판관 226를 세우셔서 백성들을 다스리고 인접 강대국의 침략을 막도록 하셨지만, 그들은 일시적으로 하나님의 영에 감동하여 그 역할을 맡을 뿐이었다. 기드온이 사사 역할을 맡아 미디안 족속으로부터 백성들을 구하고 즉시 자신의 생업인 포도 재배하는 일로 돌아간 것은 대표적인 예이다. 그런데 머지않아 이스라엘 백성들은 이웃 강대국들처럼 자신들도 강력한 왕정 체제를 세우려고 하였다.

"우리에게 왕을 세워주시오!"

하나님께서는 사무엘을 통해 여러 번 왕정 체제의 위험성을 가르쳐 주셨지만, 완고한 마음을 거두지 않는 이스라엘 백성들을 보고 한탄하시며 그들이 원하는 대로 허락하셨다.

> "그들은 너 사무엘를 버리는 것이 아니라 나를 버리는 것이
> 다."

그 결과 어떻게 되었는가? 북이스라엘 오므리왕, 아합왕 치세 때는 경제적인 이유로 노예로 전락하는 사람들이 생길 만큼 비인 간적인 나라로 전락하고 말았다. 오므리왕, 아합왕 때 북이스라엘 이 경제적으로 부유하였지만 말이다. 솔로몬이 죽고 그의 아들 르 호보암 때에 북이스라엘과 남 유다로 나라가 분열된 이후로 남과 북의 각각 왕들은 외세에 의존하여 정권을 유지했다. 북이스라엘 왕들은 앗수르, 바벨론 등에 의존하여 정권을 유지했고 남 유다는 애굽을 의지하여 정권을 유지했다. 하나님의 직접적인 다스림을 거부한 결과가 그러하였다.

만약, 하나님께서 직접 다스리시는 신정국가 체제를 유지했다 면, 이스라엘은 주위 왕정국가들처럼 거대한 제국은 세우지 못했 다 해도 경제적으로 고루 잘 사는 평등 공동체를 이루며 살았을 것이다. 굳이 오늘날 국가로 비유한다면 유럽의 작은 나라 스위 스 혹은 룩셈부르크와 유사한 체제라고 할 수 있을까? 하지만 이 스라엘 사람들은 경제, 군사적인 강대국을 이루고자 하였고 그로 인해 고대 중동의 국제 역학 속에서 강대국들을 의지하며 생존할 수밖에 없었다. 그리고 결국에는 그들 국가에 의해 철저히 짓밟혔

다.

권정생의 동화 가운데는 해방 직후 한반도의 아픔을 그린 작품이 발견된다. 단편 동화인 「토끼 나라」가 그런 작품이다. 잠시 우리나라의 분단 이야기를 언급하고 권정생의 동화 「토끼 나라」이야기를 하려고 한다.

한국 현대사를 공부하다 보면 마음이 아픈 이야기가 발견된다. 해방 직후 분단을 막기 위해 몸부림쳤던 기독교인이며 정치 지도자였던 이들의 행적에서 그러한 이야기가 발견된다. 평양을 일컬어 동양의 예루살렘이라고 지칭한 사실에서 알 수 있듯이, 북한에는 조선의 간디라고 존경받는 장로 조만식 등을 비롯하여 많은 교회 지도자들이 있었고 기독교 세력이 막강하였다. 조만식은 이북오도인민정치위원회를 이끌면서 교회 지도자들은 물론 심지어 사회주의자인 현준혁과도 협력하여, 외세에 의존하지 않는 국가를 세우려고 하였다. 하지만 소련군과 함께 귀국하여 그들의 지원을 받는 김일성 세력에게 밀려나자 공산주의자인 최용건, 김책과 함께 1945년 말, 조선민주당을 창당하여 김일성 세력에게 맞서려고 하였다.[227]

해방 직후 북한에서 교회 지도자들의 활동은 이뿐만이 아니었다. 지방 인민위원회를 주도하고 있던 목사 한경직, 장로 이유필 등은 기독교사회민주당을 창당하여 정치활동을 하였다. 그리고 목사 김화식, 목사 신석우, 목사 송정근 등이 기독교자유당을 결성하는 등 김일성 세력 득세 이전, 이들 교회지도자들이 해방정국을 주도하였다.[228] 약 30만 명의 신도와 약 2천여 개의 교회를 지닌 거대한 조직일 뿐만 아니라, 민족의식이 강하기까지 한 기독교 세력은 친소 정권을 세우려고 하는 김일성 세력에 커다란 부담일 수밖에 없었다. 결국 김일성 세력은 1946년 목사 강양욱, 홍기주, 김응순, 김익두 등을 내세워 조선기독교도연맹을 결성하여 지원함으로써 그를 반대하는 이북오도연합회를 중심으로 한 기독교세력을 탄압하였다. 김일성 세력에게 반대하는 기독교들은 주둔군인 소련의 지원을 등에 업은 김일성 세력의 탄압에 강렬하게 저항하였으나, 거세어져만 가는 김일성 세력의 탄압과 감시를 견딜 수 없었다. 그로 인해 그들 가운데 일부는 한반도에 기독교를 전해준 미국이 주둔하고 있을 뿐만 아니라, 이승만, 김규식, 김구, 여운형 등 기독교 지도자들이 정국을 주도하는 남한으로 탈출하였다.[229]

남한 또한 전국에 분포한 교회에 기대고 있는 조선건국준비위원회이하 건준가 해방 직전에 결성되어 인민위원회, 자치회 등을 흡수하며 전국적인 조직으로 건국을 준비하면서 해방정국을 주도하였다. 건준의 지도자로 활동한 여운형은 평양신학교에서 공부한 후 승동교회에서 전도사로 시무하다가 민족독립운동에 뛰어든 기독교인 정치 지도자였다. 그밖에 1919년 독립선언서에 서명한 목사 김창준을 비롯하여 목사 이규갑, 이만규, 기독교 지성인 이동화, 가나안농군학교 장로 김용기 등 수많은 기독교인 지도자가 건준 중앙 지도부에 참가하였다. 건준의 지방조직 또한 목사나 장로 등 지도자들이 위원장을 맡았다.[230]

그러나 남한에 있는 교회 모두가 건준을 전폭적으로 지지한 것은 아니었다. 남한에 진주한 미국이 이념적으로 좌우합작을 주장하는 건준을 지원할 리도 없었고, 이승만이 반공을 천명함으로써 미국의 지원을 받게 되자 건준은 점차 설 자리를 잃게 되었다. 1948년 1월, 미국장로교회에서 열린 회의에서 이승만은 그의 "정부와 기독교는 남쪽을 공산화하고 기독교를 말살하려는 소련이 훈련 시킨 붉은 군대를 막아야 하는 중차대한 과업을 수행해야 한다."라고 주장하였다. 그뿐만 아니라 "미국 기독교가 한국에서 이룬 지적, 정신적 개화를 파괴하려는 공산집단에 함께 맞선 그의 정부와 한국 기독교인들을 지원해 달라."고 호소하였다. 이승만의 연설은 미국 정부로부터 큰 반향을 일으켰다.[231] 북한에서 김일성이 친소 정부를 세우려고 한 것처럼 남한에서 이승만은 친미 정권을 세우려고 하였다. 하지만 당시 남한의 여운형, 북한의 조만식 등 기독교계 지도자들은 친 강대국 정권이 아닌 기독교 민족주의에 입각한 자주 정부를 세우려고 하였다. 그들의 좌우합작 시도는 그러한 측면에서 이해할 수 있다. 이러한 역사적 배경을 통해 이해할 수 있는 권정생의 작품이 그의 단편 동화 「토끼 나라」이다. 먼저 이 작품의 줄거리를 살펴보도록 하자.

토끼 나라는 아름답고 평화로운 나라이다. 아빠 토끼는 들로 나가 밭을 갈고 엄마 토끼는 집 안에서 베를 짠다. 토끼 나라에 사는 돌이 토끼와 순이 토끼는 배꽃 나무 밑에서 소꿉놀이하며 이렇게 노래를 부르곤 한다.

"하얀 꽃잎의 하얀 마음."

"하얀 마음은 착한 마음."

동산 위에 뜬 아침 해님은 토끼 나라 임금님이 사는 대궐을 제일 먼저 비춰주었는데, 토끼 나라 임금님은 이따금 대궐 뒤의 산봉우리 위에 올라가, 토끼 나라 백성들을 굽어보며 그들의 행복을 조용히 두 손 모아 빌었다.[232] 그런데 이렇게 아름답고 평화로운 토끼 나라를 호시탐탐 노리는 이들이 있었다. 그들은 강 건너편 좁은 땅에 사는 너구리들이었다. 너구리들은 호시탐탐 토끼 나라를 빼앗을 기회를 노리다가 결국 야비한 방법으로 토끼 나라 임금과 백성들을 속인 뒤 토끼 나라 임금을 죽이고 토끼 나라를 빼앗았다.[233]

너구리 나라 임금은 토끼 나라를 다스리며 토끼 나라의 정신적 유산을 없애기로 마음먹었다. 그것은 마을마다 심겨있는, 맛 좋은 열매를 거두도록 해주는 배나무를 모두 베어버리는 것이었다. 천년 묵은 아름드리 배나무들이 모조리 베어진 마을들은 쓸쓸한 벌판이 되고 말았다. 하얀 배꽃 마을은 꽃바람도, 향기도 흔적 없이 사라져 버리고 하얀 토끼 옷은 햇볕에 그을어 검은색이 되었다. 태어난 지 얼마 되지 않는 아기 토끼들도 너구리처럼 행실을 해야 했다. 어려서부터 너구리와 같은 행실을 배운 어린 토끼들은 너구리 병정들이 줄지어 갈 때마다 손뼉을 치며 좋아했다. 어린 토끼들을 바라보는 어른 토끼들도 빙글거리며 미소를 지었다. 더 이상 토끼들은 배꽃 마을을 기억하지 못하는 것 같았다.[234] 다만 이마 한가운데 사마귀가 돋은 할아버지 토끼만이, 아기 토끼들에게 옛 날의 배꽃 마을 이야기를 들려주며 주머니에 숨겨 두었던 까만 배 나무 씨를 나누어 줄 뿐이었다.[235]

"얘들아, 나를 봐라. 옛날엔 모두가 얼굴이 그렇게 흉측하 지 않았어. 싸움이나 거짓말을 하지 않았어. 가난한 이웃집 을 돕고 정답게 살았단다.", "언제라도 잊지 말고 잘 간직하 고 있다가 때가 오거든 심어라."[236]

이렇듯 너구리들이 토끼 나라 백성들을 억압하는 것을 보고 토 끼 나라 백성들을 도와주러 온 먼 나라 군사들이 있었다. 그들은 서쪽 나라 사자 군사들이었다. 그러자 북쪽 나라 곰 군사들도 토 끼 나라 백성들을 돕겠다며 달려왔다.[237] 결국 서쪽 나라 사자 군 사들과 북쪽 나라 곰 군사들의 도움으로 너구리들을 몰아낼 수 있 었다. 하지만 사자 군사들과 곰 군사들은 자신들의 나라로 돌아가 지 않고 토끼 나라를 반씩 나누어 가졌다. 결국 토끼 나라는 사자 군사들을 따르는 남쪽 나라와 곰 군사들을 따르는 북쪽 나라로 분 단되었다. 순이 토끼와 돌이 토끼도 각각 엄마와 아빠의 손에 이 끌려 남쪽 나라와 북쪽 나라로 헤어졌다.[238]

토끼 나라 한가운데는 가시울타리로 막혔다. 한쪽 나라는 곰 군사를 가장 닮은 토끼가 임금으로 뽑히고 또 다른 나라는 사자 군사를 가장 닮은 토끼가 임금으로 뽑혔다. 전에 너구리처럼 행실을 하던 토끼들은 각기 곰 군사와 사자 군사를 흉내 내야만 했다. 결국 토끼 나라는 마음도, 생각도, 곰 군사와 사자 군사를 닮은 두 나라로 분단되고 말았다. 가시울타리를 막은 양쪽은 무서운 병정들이 지키기 때문에 토끼들은 서로 왕래조차 하지 못한 채 살아야 했다.[239]

아기 토끼들은 태어나면서, 곰 모습이 되기도 하고 사자 모습이 되기도 하였다. 가시울타리로 막힌 두 나라에 사는 아기 토끼들은 전쟁놀이를 하면서 각각 "사자 토끼 나라를 쳐부숴야 한다고, 곰 토끼 나라를 쳐부숴야 한다"고 목청껏 외쳤다. 아기 토끼들 모두 전쟁만을 생각하고 전쟁이 가장 중요한 것이라고 믿었다.[240]

어느덧 할아버지 토끼가 된 돌이 토끼는 어린 시절 머리에 사마귀가 있던 할아버지 토끼가 준 배나무 씨를 심기 위해 집을 나섰다. 그즈음, 할머니 토끼가 된 순이 토끼도 같은 마음을 품고 길을 떠났다.[241] 한참 동안 길을 걷던 순이 토끼는 맨발로 뛰어노는 아기 토끼들을 발견하고 그들의 머리를 쓰다듬으면서 이야기를 나누었다.

"너희들, 뭐 하고 놀았니?"

"전쟁놀이요."

"무슨 전쟁놀이니?"

"사자 토끼 나라를 때려 부수는 거예요. 사자 토끼 나라는 우리들의 원수죠?"

"거짓말이야 모두 거짓말이야."

"우린 그렇게 배웠어요. 선생님도 아버지도 모두 그러셨어
요."

"거짓말이야. 거짓말……."

"그럼 원수가 아니에요?"

"그렇단다. 그렇단다!"[242]

순이 토끼는 목이 메어 더 이상 대화를 나눌 수 없었다. 순이
토끼와 이야기를 나눈 아기 토끼들도 이상하게 마음 속이 뜨거워
지는 것을 느꼈다. 아기 토끼들과 헤어진 순이 토끼는 배나무 씨
를 심으며 나라 안을 샅샅이 다녔다. 배나무 씨를 심은 다음 흙을
꼭꼭 다녀 놓고는, 여윈 손가락을 가시로 찔러 피를 떨어뜨렸다.
순이 토끼가 걸어간 발자국마다 방울방울 빨간 피가 심겨졌다. 마
침내 순이 토끼는 가시울타리로 분단된 토끼 나라 한가운데에 도
착했다. 가시울타리 앞에는 곰처럼 생긴 무서운 병정들이 창을 들
고 서 있었지만, 순이 토끼가 부드러운 미소를 보여주자 곰처럼
무섭게 생긴 토끼 병정들의 얼굴도 온화하게 바뀌었다. 그리고 순
이 토끼가 지나갈 수 있도록 길을 비켜주었다. 가시울타리 안은
이름 모를 잡나무들이 빽빽하게 들어서 있었고, 낮인데도 밤처럼
어두웠다. 온몸의 힘이 소진되고 있음을 느낀 순이 토끼는 마지막
으로 하나 남은 배나무 씨를 그곳에 심고는 마지막 피 한 방울을

떨어뜨렸다. 그리고는 마치 잠이 드는 것처럼 숨을 거두었다.[243]

순이 토끼가 배나무 씨를 심으며 가시울타리로 분단된 장소에 다가오는 동안 돌이 토끼도 남쪽 사자 토끼 나라 곳곳에 배나무 씨를 심으며 앞으로 다가왔다. 얼마나 걸어왔을까? 돌이 토끼는 잠시 쉬기 위해 발걸음을 멈춘 곳에서 배꽃향기가 풍겨 나오는 숲이 보였다.

> 할아버지 토끼는 지친 다리를 한 발 두 발 간신히 옮겨 놓았습니다. 갑자기 숲속에서 배꽃 향기가 풍겨 나왔습니다. 할아버지 토끼는 사방을 두리번거렸습니다. 그건 잊혀졌던 옛날, 배꽃 마을의 그리운 향기였습니다. 달빛이 숲사이로 비춰들었습니다. 그때, 두어 간쯤 앞에, 하얀 배꽃 무더기처럼 할머니 토끼의 시체가 누워있는 것을 보았습니다. 할아버지 토끼는 놀라 그 앞으로 걸음을 빨리 옮겼습니다.[244]

돌이 토끼는 순이 토끼를 발견하고는 자신도 하나 남은 배나무 씨를 순이 토끼 곁에 심은 후 모든 힘을 소진함으로써 순이 토끼 옆에 누워 숨을 거두었다.

> "순아!" 할아버지 토끼는, 아직도 빙그레 웃음을 띤 채 죽어 있는 순이 토끼를 금방 알아보았습니다. "너도, 너도, 네 몸을 송두리째 방방곡곡 심어놓고 왔구나." 할아버지 토끼는

목이 메어졌습니다. 한참 후, 눈물을 씻고 나서, 가지고 다
니던 주머니를 열었습니다. 할아버지 토끼의 주머니에도
한 톨의 배나무 씨가 남아 있었습니다. 그 마지막 한 톨의
배나무 씨를 소중히 쓰다듬어 보고는, 바로 순이 토끼가 누
워있는 옆에다 땅을 파고 심었습니다. 빨갛게 뜨거운 피를
떨어뜨린 다음, 할아버지 토끼는 그 위에 쓰러져 말없이 죽
었습니다. 서늘한 밤바람이 순이 토끼와 돌이 토끼가 누워
있는 얼굴을 쓸며 지나갔습니다. 숲속에서 부엉이가 울었
습니다.[245]

　겨울이 오고 눈이 내리고 또 봄이 오자 토끼 나라 곳곳에 탐스
러운 배나무 싹이 돋아나고 쑥쑥 자랐다. 아기 토끼들은 마을 어
귀에 자라는 배나무를 보고는 언젠가 만났던 할머니 토끼를 생각
하며 어린 배나무에 물을 주고 거름을 주었다.[246] 몇 해가 지났다.
튼튼하고 커다랗게 성장한 배나무에는 봄이 되자 그윽한 꽃이 만
발하였다. 토끼 나라 이곳저곳에서 아기 토끼들은 하얀 꽃잎을 따
서 입에 물고, 손과 손을 마주 잡고 들판을 달렸다. 하얀 배꽃잎
이 아기 토끼들 머리 위에 눈송이처럼 날아 앉았다. 토끼 나라 이
곳저곳에서 몰려든 아기 토끼들은 임금 토끼가 사는 대궐로 몰려
갔다. 멀리서 즐겁게, 기운차게, 맨발로 뛰어오는 아기 토끼들을
보며 임금 토끼는 자신도 모르게 눈시울이 뜨거워졌다. 임금 토끼
는 머리에 쓰고 있는 관을 가만히 벗고는 아기 토끼들이 뛰어노는

대궐 뜰로 나갔다. 그리고 뜨거운 눈물을 흘리며 아기 토끼들에게 이렇게 말했다.[247]

"얘들아, 나도 함께 손잡고 가자."

임금 토끼가 관을 벗은 채 아기 토끼들과 손을 잡고 달려가자, 대궐을 지키던 신하 토끼들도 입고 있던 옷을 벗어 던졌다. 그러자 병정 토끼들도 들고 있던 창을 내려놓고 임금 토끼, 신하 토끼들과 함께 아기 토끼들을 따라 달려갔다. 꽃잎은 눈발처럼 온 나라에 나부꼈다. 마침내 그들이 도착한 곳은 가시울타리로 막힌 토끼 나라 한 가운데였다. 토끼들은 가시울타리를 헤치고 들어가서 그립던 얼굴들을 마주 보고, 얼싸안고는 빙글빙글 돌았다.[248]

"할머니이!"
"아버지이!"

토끼 나라에는 다시금 평화가 회복되었다. 사자 토끼 나라 임금도 아니고 곰 토끼 나라 임금도 아닌 진정한 토끼 나라 임금이 뽑혔다. 성대한 잔치가 벌어지고 배꽃잎이 날리는 대궐 뜰에서 토끼들은 앞으로 자신들의 나라를 행복한 나라로 만들 것을 굳게 다짐했다. 그리고는 각자 일터로 돌아갔다. 아빠 토끼는 밭으로 나갔고 엄마 토끼는 집 안에서 베를 짰다. 그 옛날 순이 토끼와 돌이 토끼가 그랬던 것처럼, 아기 토끼들은 배꽃 나무 아래에 모여 소꿉놀이를 했다. 순이 토끼와 돌이 토끼가 불렀던 노래를 아기 토끼들이 부를 때, 배꽃 나무에서 떨어진 꽃 이파리들이 마을을 지나, 산 넘고 강 건너 멀리멀리 날아갔다.[249]

"하얀 꽃잎은 하얀 마음."
"하얀 마음은 착한 마음."
"착한 마음은 강한 마음."

그리스도인 중에 간혹 한반도의 분단을 축복이라고 말하는 사람도 있다.[250] 그리고 분단을 하나님의 섭리라고 말하는 경우도 적지 않다. 과연 그럴까? 한반도의 분단이 축복이며, 하나님의 섭리일까? 이에 대한 설명 대신 분단의 아픔을 노래한 북한의 계관시인 오영재의 시 한 편을 소개하도록 하겠다.

늙지 마시라
늙지 마시라, 어머니여
세월아, 가지 말라
통일되어
우리 만나는 그날까지도
이날까지 늙으신 것만도
이 가슴이 아픈데

세월아, 섰거라
통일되어
우리 만나는 그날까지라도

너 기어이 가야만 한다면
어머니 앞으로 흐르는 세월을
나에게 다오
내 어머니 몫까지
한 해에 두 살씩 먹으리

검은 머리 한 오리 없이
내 백발이 된다 해도
어린 날의 그때처럼
어머니 품에 얼굴을 묻을 수 있다면

그다음엔
그다음엔 내 죽어도 유한이 없어
통일 향해 가는 길에
가시밭에 피 흘려도
내 걸음 멈추지 않으리니

어머니여

더 늙지 마시라

세월아 가지 말라

통일되어

내 어머니를 만나는 그날까지라도

오마니! 늙지 마시라, 어머니여…[251]

이 시는 오영재가 2008년 남북 이산가족 상봉을 앞두고 남한에 어머님이 살아계신다는 소식을 듣고 쓴 시 "늙지 마시라. 어머니여"이다. 하지만 상봉을 앞두고 시인의 어머님이 돌아가셨다는 소식을 듣고 어머니 영정 앞에서 한없이 눈물을 흘렸다. 모자 상봉을 애타게 그렸던 오영재 시인과 시인의 어머니를 생각해 볼 때 결코 분단이 축복일 수 없으며, 하나님이 섭리일 수도 없음을 알 수 있다.

1945년 8월 15일 해방 직후 남북한 권력자들은 각각 강대국을 의지하여 그들이 원하는 정부를 세우려고 하였다. 그렇지만 조만식을 비롯한 북한 그리스도인 대부분과 여운형을 비롯한 남한 그리스도인 일각에서는 강대국을 의지하지 않은 민족 자신의 정부를 세우기 위해 몸부림쳤다. 그렇다면 이 가운데 무엇이 성경에서 말씀하는 바에 더욱 가까울까? 분명한 것은 강대국을 의지하여 친강대국 국가친미, 친소 국가를 세우는 것은 하나님의 뜻이 아니라는 사실이다. 북이스라엘과 남 유다의 선지자들은 왕들이 강대국을 의지하여 자신의 권력을 유지하려고 할 때 그것이 하나님 보시기에 악한 것이라고 경고하였다. 그리스도인 권정생은 평생 통일을 염원하며 살았다. 하나님께서 기뻐하시는 바는 분단이 아니라 통일임이 분명하다. 권정생은 이렇게 말한다.

어떻게 하면 통일이 되니?
가시울타리 이쪽저쪽 총 멘 사람이 총을 놓으면 되지.[252]

한국전쟁 이후 한국교회는 세계적으로 찾아보기 힘든 강경한 반공주의 공동체가 되었다. 한국교회 일각에서 오히려 통일을 두려워하는 것도 이런 측면에서 이해할 수 있다. 1979년 프랑크푸르트 한인교회 연합으로 열린 시국 강연회에서 김재준이 한 말은 한국교회에 시사해 주는 바가 크다.

기독교는 자본주의의 앞잡이 '마몬'의 사동使動일 수도 없고 공산주의의 반동으로 박멸의 대상일 수도 없다. 기독교는 어느 한 편에 충성을 서약할 성질의 것이 아니다. 기독교는 도덕적인 '선'과 '악'의 대립선까지 넘는다. '평화통일'이 어떻게 가능한가. '단일민족'이기 때문에 가능하다고 했다. 단일민족이기 때문에 사상과 이념과 체제를 초월할 수 있다는 장담은 믿기 어렵다. 이념이 다르면 이념의 사람들끼리만 뭉친다. … 거기통일에는 민족애, 국가애, 인간에 다시 말해서 '사랑'으로 대하는 '인간주의'가 앞서야 한다. 이런 각도에서 통일을 위한 기독교의 사명이 크다. 기독교적 '출구'

없는 '통일'은 남과 북을 막론하고 독재의 악순환에서 벗어
날 수 없을 것이다. 기독교는 통일 한국의 혼이다.[253]

일찍이 김재준이 말한 것처럼 한반도 통일에는 한국교회의 사
명이 지대하다. 한반도 통일에 한국교회가 지대한 역할을 할 것을
기대한다. 평화로운 통일이야말로 하나님께서 기뻐하시는 것이기
때문이다. 권정생의 동화 「토끼 나라」의 마지막 장면이 한반도에
서 펼쳐진 그때 하나님께서 환한 미소를 짓지 않으실까?

하얀 토끼들이 밝은 햇빛 아래에서, 하나같이 먼 앞날을 행
복한 나라로 만들 것을 다짐하는 것이었습니다.

꽃 이파리가 팔랑팔랑 떨어져 내렸습니다.

"하얀 꽃잎은 하얀 마음."
"하얀 마음은 착한 마음."
"착한 마음은 강한 마음."

꽃바람이 마을을 지나, 산을 넘고 강을 건너 날아갔습니
다.[254]

나오는 말

불현듯 초등학교 시절 지역에서 자못 유명했던 중학생 시인의 시 한 소절이 떠오릅니다.

"누가 접었는지 종이비행기 하나가 날아 다닌다.⋯ 창문에 호호 입김을 불어 글씨를 써본다. 통일이라고⋯"

1970년대 말 충주에서 꽤 유명한 중학생 시인의 시였지만, 저는 왜 좋은 시인지 알지 못했습니다. 시를 잘 알지 못하는 지금도 여전히 왜 좋은 시인지 모릅니다. 다만 당시 어린 시인의 시심詩心에도 통일 두 글자가 자리 잡고 있었다고 생각해 볼 뿐입니다. 어린 시절, "통일이 되면 북한 동무들과 손잡고 재미있게 놀 수 있겠다."라는 생각을 참 많이 했던 기억이 납니다.

사실 어린 시절 초등학교 시절 교과서 삽화에서 보는 북한 동무들의 모습은 처참하기 이를 데 없었습니다. 부모님은 아오지탄광으로 끌려가고 누더기를 입고 죽조차 제대로 먹지 못해 피골이 맞닿아 있는 모습이 당시 교과서에 소개한 북한 동무들 모습이었습니다. 그런 모습을 보고 주일학교에 다니는 어린이들 가운데 평화통일이 이루어지게 해 달라고 하나님 앞에 기도하지 않은 어린이는 없었으리라 생각합니다. 어른이 되어 가면서 다양한 매체를 통해 접한 북한의 실정이 내가 어린 시절 교과서에서 접한 생지옥과는 그래도 차이가 있다는 것을 알게 되어 다소 마음을 놓을 수 있었습니다. 그렇다 해도 그들이 어려운 생활을 하고 있을 뿐만 아니라, 신앙의 자유를 상당히 제약받고 있음은 부인할 수 없습니다.

지인 가운데 여러 차례 탈출에 실패했음에도 불구하고 결국 탈북에 성공하여 남한에 정착한 분이 있습니다. 그분과 잠시 다음과 같은 대화를 나눈 일이 있습니다. 그분은 북한 최악의 식량난이 발생했던 이른바 "고난의 행군" 시기에 탈북한 분입니다.

"만약 제가 여러 차례 탈북에 실패했다면, 포기하고 말았을 것입니다. 어떤 용기로 여러 차례 실패하셨는데도 포기하지 않고 탈북하실 생각을 하셨습니까?"
"굶어 보십시오."

북한에서 비교적 상류층으로 살다가 탈북하신 분과도 잠시 대화를 나누었습니다.

"그곳에서 먹고 사는 일에 별다른 어려움이 없으셨을 텐데 왜 군이 위험을 무릅쓰고 탈북을 하셨습니까?"

"자유가 없는 곳에서 한 번 살아보십시오."

"먹는 것과 자유" 그것은 사람답게 살기 위한 가장 최소한의 필요가 아닐까요? 그분들에 따르면 그렇듯 생존에 최소한의 필요에 결핍을 느꼈기에 위험을 무릅쓰고 탈북하여 남한에 정착하였다는 것입니다. 먹을 것과 자유가 결핍된 곳이라면 사람이 생존하기에 참으로 어려운 곳일 수밖에 없습니다.

목숨을 걸고 탈북한 분들의 안위와 남한 정착을 위해 가장 적극적으로 돕고 있는 이들이 한국 그리스도인들이라고 생각합니다. 그런데도 한국교회가 통일에 긍정적인 자세를 견지하고 있다고 보기는 어렵다고 생각합니다. 그 이유는 일제 강점기 한반도는 물론 간도에서도 경험했던 공산주의자들과의 충돌, 특히 한국전쟁 전후 경험한 공산주의에 대한 트라우마 때문일 것입니다. 그렇다고 해도 한국교회 일각의 "분단은 재앙이 아니라 오히려 축복이다."라는 주장에는 동의할 수 없습니다. 남북한 서로의 불신을 거두고 신뢰 속에서 통일을 이루어야 하는 것은 우리의 몫입니다. 왜냐하면 "평화로운 통일을 이루는 것"이 성경에서 말씀하시는 것이기 때문입니다. 통일은 하나님께서 기뻐하시는 일이라고 믿어 의심치 않습니다. 그렇기 때문에 통일이 아닌 분단을 다행으로 여기는 것, 분단의 고착화를 꿈꾸는 것은 하나님의 뜻을 거스르는 것이라고 단호하게 말하고 싶습니다.

권정생 선생님은 비참하기 짝이 없는 자신의 실존적 상황에 대하여 답을 얻기 위해 글을 쓰기 시작했지만, 글을 쓰는 가운데 자신을 둘러싼 이웃들, 이웃들을 넘어 세계 곳곳의 안타까운 삶을 살아가는 이들로 시각이 확장되었습니다. 무엇이 그들을 힘겹게 하는가? 권정생 선생님이 발견한 것은 "평화의 결핍"이었습니다. 세계 곳곳에서 끊이지 않는 "다툼과 전쟁", 그로 인해 사람들, 특히 어린이들이 힘겨운 환경에서 벗어나지 못하고 있음을 생각하며 권정생 선생님은 깊이 고민하였습니다. 결국 그로 인해 "평화"가 권정생 선생님의 문학 기반을 형성한 주제가 된 것입니다. 그러므로 그의 문학 사상을 "평화 사상"이라고 정의하기에 충분합니다. 그의 평화 사상이 성경에서 비롯된 것임은 물론입니다.

물론 영원한 평화는 예수께서 재림하심으로써 하나님께서 온 우주를 회복시키신 후 가능할 것입니다. 그렇지만 그리스도인으로서 우리 또한 하나님의 "평화 회복" 즉 "샬롬 회복"에 최선을 다해야 합니다. 세계 곳곳에서 벌어지는 다툼과 전쟁에 관심을 가지고 이를 해결하려는 노력을 멈추지 않아야 합니다. 그런데 여전히 해결하지 못하고 있는 한반도의 긴장 상황을 보며 우리는 탄식하지 않을 수 없습니다. 앞서 언급한 것처럼 탈북인들에게 한국교회가 깊은 관심을 두고 돕고 있다는 사실은 참으로 고무적인 현상입니다. 여기서 한 걸음 더 나아가기 위해 무엇을 해야 할까요? 어떤 이들은 1991년 베를린 장벽이 무너지고 독일이 통일되었을 때 동서독 교회가 주도적인 역할을 하였다는 사실을 생각하고 남북한 교회 또한 이를 본받아야 한다고 말합니다. 물론 그렇게 할 수 있다면 참 좋겠지만, 국제 역학 관계에서 남북한과 동서독 상황에 차이가 있기에 한국교회가 통일에서 독일교회의 역할을 무리 없이 본받기가 쉽지만은 않습니다.

이런 상황에서 그리스도인들이 해야 할 일을 찾기보다는 하지 말아야 할 일을 찾음으로써 마음가짐을 새롭게 하는 것부터 해야 하지 않을까 합니다. 그것은 무엇보다도 한국교회 일각에서 주장하는 "분단은 축복이다."라고 하는 인식을 버리는 것입니다. 그뿐만 아니라 특정 강대국의 이념에 맞는 정부를 세움으로써 분단을 견고히 하려는 마음을 버리는 것입니다'. 그것은 성경에서 지지하지 않는 것이기 때문입니다. 성경에서 말씀하는 것은, "분단이 아니라 통일"입니다. "특정 강대국의 이념에 맞는 나라를 세우는 것이 아니라 하나님 말씀을 기반으로 한 나라를 세우는 것"입니다. 성경은 결코 냉전에 따른 긴장을 지지하지 않습니다. 성경은 평화를 말씀합니다. 회복을 말씀합니다. 성경에서 말씀하는 회복은 "분단의 영구화가 아니라 분단 종식과 통일"입니다. 권정생 선생님의 문학에서 우리는 그러한 하나님의 말씀을 발견하게 됩니다. 권정생 선생님이 가장 좋아한 성경 말씀일 뿐만 아니라 저 또한 가장 좋아하는 성경 말씀을 다시 한번 소개함으로써 이 글을 맺고 싶습니다. 그 말씀은 평화를 염원하는 선지자 이사야의 고백이며 영원히 살아 있는 하나님의 말씀이기 때문이기 때문입니다.

그 때에 이리가 어린 양과 함께 살며 표범이 어린 염소와 함께 누우며 송아지와 어린 사자와 살진 짐승이 함께 있어 어린아이에게 끌리며, 암소와 곰이 함께 먹으며 그것들의 새끼가 함께 엎드리며 사자가 소처럼 풀을 먹을 것이며, 젖 먹는 아이가 독사의 구멍에서 장난하며 젖 뗀 어린아이가 독사의 굴에 손을 넣을 것이라. 내 거룩한 산 모든 곳에서 해 됨도 없고 상함도 없을 것이니 이는 물이 바다를 덮음같이 여호와를 아는 지식이 세상에 충만할 것임이니라. 이사야 11장 6절~9절

미 / 주

미주

1. 권정생, 「나의 동화 이야기」, 이철지 엮, 『권정생의 글 모음: 오물덩이처럼 딩굴면서』(서울: 종로서적, 1986), 155.

2. 권정생, 「나의 동화 이야기」, 155-156.

3. 권정생, 「나의 동화 이야기」, 154.

4. 권정생, 「오물덩이처럼 딩굴면서」, 이철지 엮, 『권정생의 글 모음: 오물덩이처럼 딩굴면서』(서울: 종로서적, 1986), 208.

5. 권정생, 「영원히 부끄러울 전쟁」『우리들의 하느님』(서울: 녹색평론사, 2008), 151.

6. 첫째 형과 셋째 형을 의미한다. 권정생의 둘째 형 목생(木生)은 권정생의 어머니가 자녀들을 데리고 도일할 당시 비자가 나오지 않아 국내에 살던 중 도로 공사에 동원되었다가 다이너마이트 사고로 목숨을 잃었다. 원종찬, 「권정생과의 인터뷰: 저것도 거름이 돼가지고 꽃을 피우는데」, 원종찬 엮, 『권정생의 삶과 문학』(서울: 창비, 2013), 50-51.

7. 권정생의 두 형이 일본에 남을 수밖에 없었던 이유는 그들이 총련과 관련 있었기 때문이다. 사실 그들이 이념에 관심을 가진 것은 아니었다. 다만 권정생의 큰형이 노동자들을 대상으로 함바집을 운영했는데, 그들 가운데는 좌익 사람들이 많았다. 그로 인해 자연스럽게 그들과 친분을 갖게 됨으로써 총련계와 가까워진 것이다. 원종찬, 「권정생과의 인터뷰: 저것도 거름이 돼가지고 꽃을 피우는데」, 51. 그러나 권정생의 두 형이 총련 활동을 했다는 기록은 없다.

8. 권정생, 「나의 동화 이야기」, 154.

9. 권정생의 큰 누나 또한 일본에 있을 때 집에 찾아왔던 청년과 약혼을 했지만, 그가 총련과 관련을 갖음으로 인해 귀국할 수 없게 됨으로써 다른 이에게 시집갈 수밖에 없었다. 원종찬, 「권정생과의 인터뷰: 저것도 거름이 돼가지고 꽃을 피우는데」, 51.

10. 「권정생 약력」, 원종찬 엮, 『권정생의 삶과 문학』, 377.

11. 권정생, 「영원히 부끄러울 전쟁」, 152. 권정생의 단편 소설 「쌀도둑」에 관한 자세한 언급은 이 책의 "보시오! 당신의 제자들이 안식일에 하지 못할 일을 하나이다…." 단락에 언급하였다.

12. 권정생, 「열여섯 살의 겨울」『권정생 산문집: 빌뱅이 언덕』(서울: 창비, 2016), 63.

13. 이오덕, 「대추나무를 붙들고 운 동화 작가」 이철지 엮, 『권정생의 글 모음: 오물덩이처럼 딩굴면서』, 297-298.

14. 「조선일보」 1973년 1월 17일 자 5면. https://newslibrary.chosun.com/view/article_view.html?id=1592319730107m1052&set_date=19730107&page_no=5 2021년 9월 6일 오후 9시 8분 접속.

15. 이기영, 『작은 사람 권정생』, 84. 당시 권정생에게는 오기 훈과 최명자라는 객지 친구를 만났는데, 이에 대하여는 다른 단락에서 언급하려고 한다.

16. 이기영, 『작은 사람 권정생』, 84-86.

17. 「권정생 약력」, 381.

18. 권정생, 「열여섯 살의 겨울」, 74.

19. 이계상, 「진리에 가장 가까운 정신: 권정생의 문학세계」 원종찬 엮, 『권정생의 삶과 문학』, 129.

20. 이계삼, 「진리에 가장 가까운 정신」, 146.

21. 이충렬, 『아동문학가 권정생이 걸어간 길: 아름다운 사람 권정생』(서울: 산처럼, 2018), 43.

22. 이충렬, 『아동문학가 권정생이 걸어간 길: 아름다운 사람 권정생』, 45-46.

23. 이충렬, 『아동문학가 권정생이 걸어간 길: 아름다운 사람 권정생』, 70-71.

24. 이충렬, 『아동문학가 권정생이 걸어간 길: 아름다운 사람 권정생』, 70.

25. 권정생, 「나의 동화 이야기」, 156.

26. 권정생, 「유랑걸식 끝에 교회 문간방으로」, 20.

27. 이계삼, 「진리에 가장 가까운 정신」, 131.

28. 이기영, 『작은 사람 권정생』(서울: 단비, 2018), 126.

29. 권정생, 「'사람'으로 사는 삶」〈어린이문학〉 1999.2 이기영, 『작은 사람 권정생』, 126에서 재인용.

30. 권정생, 「다시 김목사님께 2」『권정생 산문집: 빌뱅이 언덕』(서울: 창비, 2016), 311-312.

31. 이계삼, 「진리에 가장 가까운 정신」, 129.

32. 권정생, 「십자가 대신 똥짐을」, 『우리들의 하느님』, 34-35. 이 인용문은 나의 소논문 "권정생의 문학작품에 나타난 생활 세계 속 생태 의식" 184에도 언급되어 있다. 홍인표, "권정생의 문학작품에 나타난 생활 세계 속 생태 의식," 『비블로스성경인문학시리즈 2: 생태 위기와 기독교』(서울: 한국학술정보,

2021), 184.

33. 권정생, 『몽실 언니』 (서울: 창비, 2003), 108.

34. 이호익의 남북한과 동서독에 대하여 다음과 같은 비교는 서독에 의한 동독 흡수 통일이 남한에 의한 북한 흡수 통일의 모델이 되기 어려움을 잘 말하고 있다. "동·서독은 전쟁을 겪은 것이 아니기에 상대에 대한 피해의식과 적대감이 거의 없었다고 보아야 한다. 그러나 한국교회는 6·25 전쟁 전후로 북한 공산당이 기독교에 가한 적대 의식의 체험들로 인해 '체험적 반공주의' 일변도로 경직하여 버렸다." 이호익, "남남갈등과 통합적 통일 신학의 모색," 『조직신학논총』 0 (2015): 172.

35. 정성한, 『한국기독교통일운동사』 (서울: 그리심, 2003), 384.

36. 이를 말하는 좋은 논문은 구약학자 임태수의 논문이다. 그의 논문은 다윗왕과 그의 왕국에 대하여 긍정적인 이미지가 강한 보편적 신앙과 다른 측면을 언급하였다. 관심 있는 독자들은 이 논문을 읽어볼 것을 권한다. 임태수, "이스라엘의 통일신학," 『신학사상』 71 (1990): 877-898.

37. 언급한 성경 본문은 역사신학자 정성한의 책에서 인용한 것이다. 정성한이 표준새번역 성경 본문을 언급한 것처럼 이 단락에도 표준새번역으로 언급하였다. 정성한, 『한국 기독교 통일 운동사』 (서울: 그리심, 2006), 23.

38. 당시 북한팀 감독이 고의로 남한팀에 승리를 넘겨주도록 하였을까? 필자는 그렇게 생각하지 않는다. 북한 정부 수뇌부의 결정이 아니었다면 불가능하였을 것이라고 본다. 2002년 부산 아시안 게임에서 한국 대표팀이 경기에 임할 때마다 열광적으로 응원하던 북한 응원단을 나는 잊을 수 없다. 이념을 넘어 남한과 북한은 한 핏줄이라는 사실을 밝혀준 아름다운 드라마가 아니었을까.

39. 타종교인들과의 공존에 대하여 구약학자 임태수는 다음과 같이 주장하였다. 나 또한 이에 동의한다. "심장 없는 인간이 살 수 없듯이 '예수만으로 구원받는다'는 신앙을 포기한 기독교는 기독교로 존립할 수 없다. 이 신앙을 포기하고 종교 간의 대화에 나오라고 하는 말은 곧 교회를 해체하라는 말과도 같다…… 기독교인들이 타종교에 대하여 취할 수 있는 가장 바람직한 자세는 포용주의적인 자세(inclusivism)라고 생각한다. '오직 야훼만!', '오직 예수만!'을 견지하면서도 다른 종교에 배타적이지 않으면서 적대적이지 않고 존중하는 자세를 가지며, 사회와 국가 인류를 위해 함께 연대하고 협력하는 자세가 기독교인으로서 가져야 할 바람직한 태도라고 생각한다." 임태수, "구약성서의 관점에서 본 종교다원주의와 토착화(Ⅰ)," 『기독교사상』 41-9 (1997): 119, 124-25. 포용주의적 자세에 대하여 독자들의 오해가 없기를 바란다. 임태수는 이 글에서 "구약의 바알 등의 신들이 오늘날 자취 조차 없는

것은 그 신들이 거짓 신이었음을 증명하는 것이다."(124)라고 하면서 기독교가 타 종교와 혼합되어서는 안 됨을 강조한다. 임태수는 한국교회가 예수 그리스도의 십자가와 부활 이라는 정체성을 포기하지 않으면서 타 종교인들과 평화롭게 공존해야 함을 주장한 것이다. 이에 대하여는 임태수의 글을 읽어볼 것을 권한다.

40. 권정생, "열여섯 살의 겨울," 『권정생 산문집: 빌뱅이 언덕』, 49.

41. 권정생, "작가의 말," 『몽실 언니』 (서울: 창비, 2003), 254-255.

42. 이충렬, 『아름다운 사람 권정생』, 29.

43. 이충렬, 『아름다운 사람 권정생』, 190.

44. 이충렬, 『아름다운 사람 권정생』, 194.

45. 이오덕, 『이오덕 일기 2』 (서울: 양철북, 2013), 189.

46. 이충렬, 『아름다운 사람 권정생』, 194-195. 이 작품은 1997년에 분도출판사에서 출간되었다. 권정생의 작품 『초가집이 있던 마을』은 『몽실 언니』, 『점득이네』와 함께 권정생의 3대 한국전쟁 소설로 일컬음 받고 있다.

47. 권정생, 「현주에게(1980년 7월 23일 편지)」 이철지 엮, 『권정생의 글 모음: 오물덩이처럼 딩굴면서』, 253. 당시 권정생이 이오덕에게 보낸 편지에서도 그의 절망감이 표현되고 있다. 하지만 이 편지에는 전체주의를 배격하는 권정생의 사상 또한 잘 표현되어 있기에 일부를 언급한다. 전체주의 배격은 그의 문학사상 가운데 중요한 부분이기도 할 뿐만 아니라, 내가 볼 때 성경에서 말씀하는 중요한 가치이기 때문이다. "···종로서적에서의 단행본 출판을 포기하기로 했습니다. 저는 절대 용공분자가 아닙니다. 공산주의, 사회주의를 구체적으로 모르면서 반공도 용공도 할 수 있다는 건 어불성설입니다. 우리는 어느 것도 강요당해서는 아니 됩니다···. 하느님 나라는 절대 하나 되는 나라가 아닙니다. 하느님 나라는 일만 송이의 꽃이 각각 그 빛깔과 모양이 다른 꽃들이 만발하여 조화를 이루는 나라입니다. 꽃의 크기가 다르고 모양이 다르고 빛깔이 달라도 그 가치만은 우열이 없는 나라입니다···. 선생님, 정말 하루하루가 덧없이 흘러갑니다. 이 고독을 극복할 수 있는 방법을 찾다보니 시간만 흘러가 버리고 그냥 제 자리에 서 있습니다. 자기완성은 처음부터 조건이 구비된 시발점에서만 가능한지요? 완성이란 애초에 불가능한 것이고 인간은 영원히 미완성인지 모릅니다. 저 자신이, 그리고 저 이웃의 여러분들이 그리고 있는 그림은 모두가 추상화에 불과한 것인지요?···." 이오덕·권정생, 『선생님, 요즘은 어떠하십니까: 이오덕과 권정생의 아름다운 편지(1980년 7월 24일 편지)』 (서울: 양철북, 2017), 207-208.

48. 이충렬, 『아름다운 사람 권정생』, 206.

49. 권정생, 『몽실언니』, (서울: 창비, 2003), 107-108.

50. 이충렬, 『아름다운 사람 권정생』, 210-211.

51. 이오덕·권정생, 『선생님, 요즘은 어떠십니까: 이오덕과 권정생의 아름다운 편지』, 298.

52. 이충렬, 『아름다운 사람 권정생』, 224-225.

53. 장영자 전도사와 권정생은 본래 결혼까지 생각했는데 건강 문제로 내일을 기약할 수 없는 처지에 있는 권정생의 단념으로 각자의 길을 가게 되었다. 이충렬, 『아름다운 사람 권정생』, 187. 장영자 전도사는 정부보조를 신청하지 않고 자신이 시무하던 안동 서부교회와 기독교인들의 후원으로 '우리집'을 꾸려갔기 때문에 재정이 넉넉하지 않았다. 권정생은 당시 10만 원에 상당하는 세탁기를 구입하고 나머지 돈으로 '우리집' 운영에 쓰도록 20만 원을 지원한 것이다. 이충렬, 『아름다운 사람 권정생』, 247.

54. 이충렬, 『아름다운 사람 권정생』, 230.

55. 이충렬, 『아름다운 사람 권정생』, 231.

56. 이충렬, 『아름다운 사람 권정생』, 233.

57. 권정생, 「현주에게」, 『권정생의 글 모음: 오물덩이처럼 딩굴면서』, 241-242.

58. 이에 대하여는 나의 개인적인 경험을 언급해도 괜찮을 것 같다. 나는 서울 모대학교 기독교학과에서 박사학위를 취득하기 위해 모든 조건을 갖춘 후 학위 청구 논문을 제출하였다. 4학기에 걸친 수업을 모두 마치고 어학 시험과 종합시험을 모두 통과한 후 학위 청구 논문 제출을 위해 학술지에 논문 두 편을 게재하였다. 그뿐만 아니라 지도 교수님으로부터는 "잘 쓴 논문"이라는 인정을 받았고 사학을 전공한 학자로부터 "무난하게 통과할 수 있는 논문이라는 평가"를 받기도 하였다. 하지만 논문 1차 발표 때 전혀 예상할 수 없는 상황이 일어났다. 당시 논문 평가 주임 교수로부터 "논문 주제부터 받아들일 수 없다"라는 평가와 함께 모든 폭언을 들은 것이다. 그리고 나를 보호해 주어야 할 지도교수님은 어떤 말씀도 하지 않으셨고 다음 학기에 은퇴함으로써 그곳에서의 학위 취득은 좌절되고 말았다. 이후 나는 고심 끝에 나의 전공에 대한 상당한 권위를 가지고 있는 학자를 찾아 모 신학대학교로 편입하였고 그곳에서 학위를 취득하였다. 그리고 모대학교에서 학위 청구를 거절당한 논문은 이후 몇 분의 학자들의 격려 속에서 『자유인 김재준』 (동연, 2020)이라는 단행본으로 출간되었다. 사실 나는 지금도 모대학교에서 겪은 아픔을 온전히 이해하지 못한다. 그렇지만 받아들이는 것은 하나님께서 더 좋은 학자들 만나게 하심으로써 학위 취득을 포기하지 않도록 하셨다는 것이다. 그뿐만 아니라 그 사건을 포함한 내가 경험한 아픔들을 이해하기 위해

글을 쓰기 시작했는데, 그 글이『강아지 똥으로 그린 하나님 나라』(세움북스, 2021)로 출간되어 적지 않은 독자로부터 호응을 받게 되었다. 우리는 사는 동안 고난을 겪는다. 그리고 그런 고난을 모두 이해할 수도 없다. 그렇지만 우리가 선을 행하기 위해 최선을 다하는 가운데 경험하는 고난에는 반드시 하나님의 은혜가 있음을 믿을 수 있다. 누군가 우리의 삶을 전지적 시점에서 본다면 그것을 느끼지 않을까. 우리가 선을 행하되 낙심하지 않을 수 있는 이유가 여기에 있다.

59. 이계삼,「진리에 가장 가까운 정신: 권정생의 문학세계」, 129.

60. 권정생,「오물덩이처럼 딩굴면서」, 223.

61. 이기경,『작은 사람 권정생』, 119.

62.「권정생 연보」원종찬 엮,『권정생의 삶과 문학』, 381.

63. 이기영,『작은사람 권정생』, 125-126.

64. 이 작품의 심사평 일부를 언급함으로써 독자들의 이해에 도움을 드리고자 한다. "「깜둥바가지 아줌마」를 당선작으로 올리자는 말까지 나올 만큼 양자택일에 곤란을 느꼈다. 서운한 대로 권씨는 다음 기회를 기대해주셔야겠다." 이충렬, 『아름다운 사람 권정생』, 38에서 재인용.

65.「권정생 연보」, 382.

66. 권정생,「깜둥바가지 아줌마」『권정생 창작동화집: 깜둥 바가지 아줌마』(서울: 우리교육, 2009), 33~45를 요약 언급하였다. 종결부에서 깜둥바가지 아줌마가 "별을 쳐다보며 귀여운 사기 접시가 간 곳을 찾아 어두운 강물 위를 흘러가고 있었습니다."라고 언급한 이유는 이 동화의 43에 나오는 어린 사기 접시가 상위에서 미끄럼을 타는 등 장난을 치다가 상에서 떨어져 산산조각이 났기 때문이다. 깜둥바가지는 반짝이는 별빛을 사기 접시가 산산조각 난 후 작은 조각들에서 빛이 나던 것(빛을 반사하여)을 생각하며 사기접시가 간 곳(죽음 이후의 세계)를 찾아 간다고 생각하였다.

67. 마음에 품고 있는 회포.

68. 권정생,「오물덩이처럼 딩굴면서」, 223.

69. 이계상,「권정생의 문학세계: 진리에 가장 가까운 정신」, 131

70. 권정생,「오물덩이처럼 딩굴면서」, 224.

71. 이계삼,「진리에 가장 가까운 정신」, 130.

72. 이계삼,「진리에 가장 가까운 정신」, 131.

73. 이충렬,『아름다운 사람 권정생』, 243-244.

74. 권정생,『밥데기 죽데기』(서울: 바오로딸, 2002), 167.

75. 이러한 상황화는 유교경전을 신성시했던 한국인들이 복음을 받아들인 후 성경을 신성시 여김으로써 성경을 읽고 암송하기에 힘쓰는 것으로 상황화 된 것과 같은 맥락에서 이해할 수 있다. (나의 학위 논문 언급)

76. 권정생, 「우리들의 하느님」, 『권정생 산문집: 우리들의 하느님』, 23.

77. 2004년 3월 1일 서울교회에서 열린 '공산독재 종식- 민족복음화 3.1절 목회자 금식 대성회'에서 김상철 장로가 행한 특강 가운데 일부이다. 뉴스엔조이 2004. 3. 2. http://www.newsnjoy.or.kr/news/articleView.html?idxno=7167 2014년 10월 8월 오후 4시 9분 접속. 이 본문이 인용된 날짜와 시간이 2014년 10월 8일 오후 4시 9분으로 되어 있는 이유는 필자가 2014년 11월 15일 "복음주의 역사신학회" 제31회 정기학술대회에서 발표 논문 "1907년 대부흥운동과 한국교회의 비정치적 특성 관계"에 이 본문을 언급하였기 때문이다. 그러나 당시의 논문은 학술대회에서 발표를 하였지만, 학술지에 투고하지는 않았기 때문에 이 본문을 인용한 날짜와 시간을 논문을 쓸 때의 시간으로 언급하였음을 밝힌다.

78. 권정생, 「평화를 만드는 사람들」 『권정생 산문집: 우리들의 하느님』 (서울: 녹색평론사, 2008), 67.

79. 김재준, 「생활의 복음」 『광야에 외치는 소리』 (서울: 삼민사, 1983), 11.

80. 이 글은 이충렬의 책에서 발췌하였다. 이충렬, 『아름다운 사람 권정생』, 302.

81. 이 단락의 맨 위에 언급한 글이다. 이오덕, 「서평: 권정생 씨의 '우리들의 하느님'」 『문화일보』 1997년 2월 5일. http://www.munhwa.com/news/view.html?no= 1997020536000101 2021년 9월 29일 오후 3시 14분 접속.

82. 권정생, 「김목사님께」 이철지 엮, 『권정생의 글 모음 오물덩이처럼 뒹굴면서』, 164.

83. 이계삼, 「이 땅 '마지막 한 사람'이었던 분」 『권정생 산문집: 우리들의 하느님』, 309.

84. 권정생, 「다시 김목사님께 1」 『월간 목회』 1982. 권정생, 『권정생 산문집: 빌뱅이 언덕』 (서울: 창비, 2016), 303-304.

85. 이오덕, 「대추나무를 붙들고 운 동화 작가」 이철지 엮, 『권정생의 글 모음: 오물 덩이처럼 뒹굴면서』, 299.

86. 홍인표, "권정생의 문학작품에 나타난 생활세계 속 생태의식," 박성철 엮, 『비블로스성경인문학시리즈 2: 생태위기와 기독교』 (서울: 한국학술정보, 2021), 200.

87. 권정생, 「세상은 죽기 아니면 살기인가」 『권정생 산문집: 우리들의 하느님』, 130-131.

88. 권정생,「우리들의 하느님」, 24-25.

89. 권정생,「김목사님께」, 162-163.

90. 이계삼,「진리에 가장 가까운 정신」, 133.

91. 이대근,「권정생, 그의 반역은 끝났는가」『권정생의 삶과 문학』, 358-359.

92. 김창욱,「현실주의 동시의 세 가지 양상」『권정생의 삶과 문학』, 194.

93. 조은숙,「권정생, 새로 시작되는 질문」『권정생의 삶과 문학』, 270.

94. 권정생,「강아지똥」이철지 엮,『권정생의 글 모음: 오물덩이를 딩굴면서』, 19

95. 권정생,「강아지똥」, 24-25.

96. 이충렬,『아름다운 사람 권정생』, 156.

97. 권정생,「오물덩이처럼 딩굴면서」, 223.

98. 권정생,「오물덩이처럼 딩굴면서」, 224.

99. Wesley, 1738년 5월 24일: Wesley, Works(new), 18:249-250. Mark A. Nole, 『복음주의 발흥』한성진 역 (서울: CLC, 2012), 120에서 재인용.

100. 당시 북아메리카의 조지아의 북쪽으로는 영국 식민지와 난폭한 스페인 탐험가들, 남쪽으로는 인디언들 사이에 완충지대로 건설되었기에 원래 가석방자들이 많이 살던 곳이었다. Douglas. A. Sweeny,『복음주의 미국 역사』, 조현진 역 (서울: CLC, 2015), 55.

101. Douglas. A. Sweeny,『복음주의 미국 역사』, 56.

102. Elizabech Jay, ed., The Journal of John Wesley: A Section(Oxford: Oxford University Press, 1987), 15. Douglas. A. Sweeny,『복음주의 미국 역사』, 56에서 재인용.

103. 권정생,『몽실 언니』(서울: 창비사, 2012), 67.

104. 이계삼,「진리에 가장 가까운 정신」, 128.

105. 권정생,「열여섯 살의 겨울」,『권정생 산문집: 빌뱅이 언덕』, 49.

106. 조현,『한국의 기독교 영성가들: 울림』(서울: 한겨레출판사, 2014), 27~28.

107. 조현,『한국의 기독교 영성가들: 울림』, 27.

108. 이계삼,「진리에 가장 가까운 정신」, 128-129.

109. 권정생,「현주에게 (1979. 11. 29)」, 이철지 엮,『권정생의 글: 오물덩이처럼 딩굴면서』, 249.

110. 이현주,「권정생, 그의 문학과 삶」, 이철지 엮,『권정생의 글: 오물덩이처럼 딩굴면서』, 304.

111. "어린이 행진곡", 한국민족문화대백과사전 http://encykorea.aks.ac.kr/ Contents/Item/E0035944 2021년 11월 2일 오후 3시 24분 접속.

112. 권정생, 「자유로운 꼴찌」, 『권정생 산문집: 빌뱅이 언덕』, 120.

113. "프로테스탄트." [학습용어사전 세계사] https://100.daum.net/encyclopedia/
view/24XXXXX87949. 2022년 4월 20일 오후 12시 21분 접속.

114.

115. Douglas A. Sweeney, 『복음주의 미국 역사』 조현진 역 (서울: CLC, 2015),
160.

116. 한경직, 「기독교와 공산주의」, 『한경직 목사 설교전집』 2 (서울:
한경직목사기념사업회, 2009), 90-91.

117. 홍인표, "김재준의 공산주의 이해," 「한국교회사학회지」 34 (2013): 337-343.

118. 권정생, 「우리들의 하느님」, 『권정생 산문집: 우리들의 하느님』 (서울:
녹색평론사, 2008), 25.

119. 김재준, 「범용기」 1, 『김재준전집』 13 (오산: 장공 김재준 목사 기념사업회,
1992), 119.

120. 김재준이 말한 계율적 전통주의 신학을 생각할 때 나는 권정생이 이현주
목사에게 보낸 편지의 한 대목이 떠오른다. "우리 교회 장로님 두 분이
계시는데 지난해 은퇴하셔서 지금 쉬고 계시지만, 그분들의 일생은 참으로
어처구니가 없단다. 그들에게 걸쳐진 하나의 외나무다리가 그들의 일생을
꼼짝 못하게 구속해 버린 것이다. 그들은 앞뒤를 볼 수 없고, 옆도 위도
쳐다보지 못하고 한 가닥 위태로운 외나무다리를 줄곧 내려다보면서
살아왔다. 상상만 해 봐도 그들의 삶이 어떠한지 짐작할 수 있겠나. 잘못하여
헛발을 디디면 천 길 물속에 빠지기 때문에 앞, 뒤 옆의 이웃에 대해선 냉정할
수밖에 없었고, 자나 깨나 숨도 제대로 쉴 수 없는 두려움 속에 떨면서 지냈다.
그들의 목적은 그 위태로운 외나무다리만 건너면 행복의 천국에 이른다고
억지 믿음을 고수해 온 것뿐이다. 도대체 살았다는 안도의 한숨도 마음껏
쉬어보지 못한 강요된 천국행이 이처럼 평생을 무익하게 흘려보내고 만
것이다. 그들이 염원했던 외나무다리 건너편에 가면, 과연 모든 구속이 말끔히
사라질까? 그들은 천국에서도 역시 어떤 감시자를 의식하면서 무서워 떨 것이
분명할 것이다. 땅에서 놓임을 받은 자만이, 하늘에서도 놓임을 받는 것이다."
권정생, 「현주에게(1982. 11. 30)」, 이철지 엮, 『권정생의 글 모음』, 257.

121. 홍인표, 『자유인 김재준』 (서울: 동연, 2020), 243-244.

122. 김재준, 「내가 영향받은 신학자와 그 저서」, 『김재준 전집』 8.

123. 권정생, 「현주에게 (1978. 11. 24)」, 『권정생의 글: 오물덩이처럼 딩굴면서』,
237.

124. 안상학, 「권정생은 무엇 때문에 글을 썼을까」, 권정생, 『권정생 동시집:

산비둘기」(서울: 창비, 2020), 61-62.

125. 안상학,「권정생은 무엇 때문에 글을 썼을까」, 62.

126. 그렇지만 좋은 동화를 쓰기 위해 열심히 연습하고 있다. 지금까지는 좋은 동화를 많이 읽었고 현재는 습작을 하고 있다.

127. 유시민,『유시민의 글쓰기 특강』(서울: 생각의 길, 2015)에서 인용한 내용입니다. 기억의 부족함으로 정확히 몇 쪽에서 인용하였는지 표기하지 못함에 대하여 독자분들의 양해를 구합니다. 유시민 작가는 그의 글쓰기 특강에서 언급한 이야기를 자주합니다.

128. 이기영,『작은 사람 권정생』(서울: 단비, 2018), 119.

129. 권정생,「오물덩이를 딩굴면서」, 223.

130. 권정생,『몽실 언니』, (서울: 창비, 2003), 255.

131. 권정생,「열여섯 살의 겨울」,『권정생 산문집: 빌뱅이 언덕』, 49.

132. 권정생,「열여섯 살의 겨울」, 51.

133. 권정생,『도토리 예배당 종지기 아저씨』(서울: 분도출판사, 2007), 114-115.

134. 이 글의 출처는 다음과 같다. https://daysweet.tistory.com/entry/% EA%B8%B0%EB%8F%84%EB%AC%B8-%EC%84%B1- %ED%94%84%EB%9E%80%EC%B9%98%EC%8A%A4% EC%BD%94-%ED%8F%89%ED%99%94%EB%A5%BC- %EA%B5%AC%ED%95%98%EB%8A%94-%EA%B8%B0%EB%8F%84 2021년 12월 13일 오후 11시 17분 접속.

135. 권정생,「세상은 죽기 아니면 살기인가?」,『우리들의 하느님』, 127.

136. 이 설교 제목은 "Run for your soul"이다. 이 설교의 동영상은 유투브에 많이 있는데, 대표적으로 https://www.youtube.com/watch?v=9gEKr1cRT1A를 참조하라. 발췌 번역문은 https://blog.daum.net/rfcdrfcd/15978554을 참조하였다. 설교 전체는 다음 동영상을 참조하라. https:// www.youtube.com/watch?v=1YDvuBAczXY 2021년 12월 19일 오후 10시 40분 접속.

137. 권정생,「세상은 죽기 아니면 살기인가?」, 130.

138. 이계삼,「진리에 가장 가까운 정신: 권정생의 문학세계」, 원종찬 엮,『권정생의 삶과 문학』, 128-129.

139. 권정생,「'비참한 사람들'의 삶」,『권정생 산문집: 우리들의 하느님』, 198,

140. 권정생이 이 책을 출간한 해는 1996년이기 때문에 지금 내가 이 글을 쓰고 있는 2021년 12월 27일에 맞추어 약 25년을 더했다.

141. 작곡가는 알려지지 않고 손양원 목사께서 작사한 복음성가이다. 모두 6절에 이르지만, 이 단락에는 1절과 3절만 언급하였다.

142. 손양원 목사는 신사참배를 반대한다는 이유로 1940년 9월 25일 체포되어 광주형무소, 청주형무소에서 수감 되었다가 1945년 8월 17일 출옥하였다. https://koreanchristianity.tistory.com/97 2021년 12월 27일 오후 10시 44분 검색.

143. https://koreanchristianity.tistory.com/97 2021년 12월 27일 오후 10시 44분 검색.

144. 민경배, 『한국기독교회사』 (서울: 연세대학교 출판문화사, 2013), 564.

145. 동아일보 1982년 7월 21일 https://newslibrary.naver.com/viewer/index.nav er?articleId=1982072100209210003&editNo=2&printCount=1&publishDa te=1982-07-21&officeId=00020&pageNo=10&printNo=18706&publishTy pe=00020 2021년 12일 29일 오후 11시 39분 접속,

146. "안석주" https://ko.wikipedia.org/wiki/%EC%95%88%EC%84% 9D%EC%A3%BC 2021년 12월 30일 오전 0시 4분 접속.

147. 뉴스엔조이 2004. 3.2. http://www.newsnjoy.or.kr/news/ articleView.html?idxno=7167 2014년 10월 8월 오후 4시 9분 접속.

148. 권정생, 「먹구렁이 기차」, 『권정생 동화집: 먹구렁이 기차』 (서울: 우리교육, 2000), 140.

149. 권정생, 「먹구렁이 기차」, 141-145.

150. 권정생, 「먹구렁이 기차」, 147.

151. 권정생, 「먹구렁이 기차」, 147-148.

152. 권정생, 「먹구렁이 기차」, 149.

153. 권정생, 「먹구렁이 기차」, 149.

154. 권정생, 「먹구렁이 기차」, 150-151.

155. 권정생, 「먹구렁이 기차」, 151.

156. 권정생, 「먹구렁이 기차」, 151-152.

157. 권정생, 「먹구렁이 기차」, 152-153.

158. 권정생, 「먹구렁이 기차」, 153.

159. 권정생, 「먹구렁이 기차」, 154.

160. 권정생, 「먹구렁이 기차」, 157-162.

161. 권정생, 「먹구렁이 기차」, 162.

162. 권정생, 「먹구렁이 기차」, 164.

163. 권정생,「먹구렁이 기차」, 165-166.

164. 권정생,「먹구렁이 기차」, 167-168.

165. 권정생,「먹구렁이 기차」, 171-173.

166. 이에 대하여 참조할만한 글은 박명철의 글이다. 박명철, "독일 통일에 비추어본 우리의 통일,"「기독교사상」41-6 (1997): 40-53.

167. 권정생,「먹구렁이 기차」, 173-174.

168. 권정생,「먹구렁이 기차」, 175.

169. 권정생,「먹구렁이 기차」, 175.

170. 권정생,「새벽 종소리」,『권정생 창작동화: 짱구네 고추밭 소동』, 8-10.

171. 권정생,「새벽 종소리」, 11-12.

172. 권정생,「새벽 종소리」, 12-13.

173. 권정생,「새벽 종소리」, 14-15.

174. 권정생,「우리들의 하느님」,『권정생 산문집: 우리들의 하느님』, 23.

175. 고 대천덕 신부는 성공회 성직자로서 강원도 태백시에 위치한 수도공동체인 예수원을 설립하여 일생 수도공동체 생활을 이끌었다. 언급한 설교 본문은 내가 오래전 들은 설교이기 때문에 출처를 언급하기가 쉽지 않음을 밝혀둔다.

176. 권정생,「십자가 대신 똥짐을」,『권정생 산문집: 우리들의 하느님』, 34.

177. 권정생,「인간의 삶과 부활의 힘」,『권정생 산문집: 우리들의 하느님』, 51.

178. 요한복음 8장 33절.

179. 요한복음 8장 32절.

180. 권정생,「새들은 날 수 있었습니다.」,『권정생 창작동화: 짱구네 고추밭 소동』 (서울: 웅진출판, 2000), 26.

181. 권정생,「새들은 날 수 있었습니다.」, 24-26.

182. 권정생,「새들은 날 수 있었습니다.」, 26-27.

183. 권정생,「새들은 날 수 있었습니다.」, 28.

184. 권정생,「새들은 날 수 있었습니다.」, 29.

185. 권정생,「새들은 날 수 있었습니다.」, 30.

186. 권정생,「새들은 날 수 있었습니다.」, 30-31.

187. 권정생,「새들은 날 수 있었습니다.」, 31-32.

188. 권정생,「새들은 날 수 있었습니다.」, 32.

189. 권정생,「새들은 날 수 있었습니다.」, 32.

190. 권정생,「새들은 날 수 있었습니다.」, 32.

191. 권정생,「새들은 날 수 있었습니다.」, 32-33.

192. https://ko.wikipedia.org/wiki/%EC%BD%98%EC%8A%A4%ED%83%84%ED%8B%B0%EB%88%84%EC%8A%A4_1%EC%84%B8 2022년 오후 11시 44분 접속.

193. https://ko.wikipedia.org/wiki/%EA%B8%B0%EB%8F%85%EA%B5%90%EC%9D%98_%EC%97%AD%EC%82%AC 2022년 오후 11시 48분 접속.

194. 위클리프의 가장 큰 업적은 라틴어로 쓰여져 있던 성경을 영어로 번역한 것이다. 14세기에는 교황의 명령에 따라 성경 번역이 서방교회 법률로 엄격히 금지되어 있어 소수의 사제들만의 전유물이었다. 위클리프가 내건 유명한 구호 가운데 하나인 '국민의, 국민에 의한, 국민을 위한 정부'는 사람들이 성경에 다가갈 수 있도록 만든 것이 근본적으로 민주주의를 이룩하는 결과를 가져왔음을 확인해 준다. 위클리프는 성경이 '국민의, 국민에 의한, 국민을 위한 정부'를 만들어낼 것이라고 주장했는데 이후 링컨에 의해 차용되었다. 그는 교황 그레고리우스 11세로부터 이단이라는 비난을 받았으나, 계속해서 교황의 권력과 교황 중심의 서방교회 교리에 공격을 가하였다. 그가 죽은 후 31년이 지난 1415년, 독일의 보덴호수에서 개최된 콘스탄츠 공의회에서 그는 이단으로 판결하고 그의 저작을 불태우고 그의 무덤을 파헤칠 것을 결정하였다. 그의 죄는 라틴어 불가타 성경을 영어로 번역한 것이었다. 교황 마르티누스 5세는 위클리프가 죽은 지 44년이 지난 1428년 그에 대한 형을 집행하도록 명령했다. https://ko.wikipedia.org/wiki/%EC%A1%B4_%EC%9C%84%ED%81%B4%EB%A6%AC%ED%94%84 2022년 2월 3일 오후 10시 59분 검색.

195. 얀 후스는 존 위클리프의 영향으로 성서를 믿음의 유일한 권위로 강조하는 복음주의적 성향을 보였으며, 서방교회 교황 지지자들과 지도자들의 부패를 비판하다가 1411년 대립교황 요한 23세에 의해 파문당했다. 콘스탄츠 공의회의 결정에 따라 1415년 화형에 처해졌다. 하지만 그가 화형당한 이후 그의 사상을 이어받은 사람들이 보헤미안 공동체라는 공동체를 만들고, 그의 주장은 마르틴 루터 등 알프스 이북의 종교개혁가들에게도 영향을 끼쳤다. https://ko.wikipedia.org/wiki/%EC%96%80_%ED%9B%84%EC%8A%A4 2022년 2월 3일 오후 11시 3분 접속.

196. 제롬은 얀 후스의 영향을 많이 받았으며, 후스를 따른다고 해서 이름 붙여진 후스파였다. 서방교회의 콘스탄츠 공의회에서 이단으로 몰려 화형당했다. 그는 철학자, 신학자, 종교개혁가로서 자신의 삶을 헌신하였고, 잘못된 교회의 부패와 교리를 개혁하려고 했다. 그러나 그는 지속적으로 감옥에 들어가고 나오는 삶을 살았다. 1412년 고향에서 교황의 면죄부 판매에 대한

저항에 참여했고 1415년 봄에는 얀 후스를 돕기 위한 종교재판에서 그를 위해 증언하였다. 그러다가 그 역시 투옥되었고 종교재판에 돌려보냈다. 오랜 감옥생활과 긴 심문으로 한때 후스의 주장을 포기하기도 하였지만, 다시 후스가 진리의 증인임을 선언하였고 결국 1416년 5월 30일 콘스탄츠에서 화형을 당했다.

https://ko.wikipedia.org/wiki/%EC%A0%9C%EB%A1%9C%EB%8B%98 _%ED%94%84%EB%9D%BC%EC%8A%88%EC%8A%A4%ED%82%A4 2022년 2월 3일 오후 11시 7분 접속.

197. 본래 아우구스티노회 수사였던 루터는 로마 가톨릭교회의 면죄부 판매가 회개가 없는 용서, 거짓 평안(예레미야 예언자의 가르침을 인용함)이라고 비판했으며, 믿음을 통해 의롭다함을 얻는(der Rechtfertigung durch den Glauben) 이신칭의를 주장했다. 마르틴 루터는 로마 가톨릭교회에 부패와 잘못된 교황의 권위에 항거하여, 로마 가톨릭교회의 교리를 논박하고, 성서가 지닌 기독교 신앙에서의 최고의 권위와 그리스도에 대한 오직 믿음과 하나님의 전적인 은혜를 통한 구원을 강조했다. 루터의 주장은 "오직 성경, 오직 믿음, 오직 은혜, 오직 그리스도, 오직 하나님께 영광을"(sola Scriptura, sola fide, sola Gratia, solus Christus, soli Deo sloria)이라는 표현으로 함축할 수 있다.

https://ko.wikipedia.org/wiki/%EB%A7%88%EB%A5%B4%ED%8B%B4_% EB%A3%A8%ED%84%B0 2022년 2월 3일 오후 11시 34분 접속.

198. 스위스의 종교개혁자인 울리히 츠빙글리는 그는 루터와 함께 아울러서 종교 개혁의 양대 산맥이다. 츠빙글리가 역설한 신학의 핵심은 성경은 하나님의 영감된 말씀이며 그 권위는 어떠한 종교회의나 교부들의 주장보다도 더 높다는 것이다. 츠빙글리의 신학은 성경에 기초하는데 성경을 영감된 하나님의 말씀으로 받아들이고 고대의 범교회적 공의회나 교부들과 같은 인간의 문헌들(Sources)보다도 성경의 권위를 높게 두고 있다. 그는 또한 정경인 복음서들 안에는 차이점이 있음을 인정하면서도 영감론과 함께 인간적 요소가 있음을 인정하였다.

https://ko.wikipedia.org/wiki/%EC%9A%B8%EB%A6%AC%ED%9E%88_ %EC%B8%A0%EB%B9%99%EA%B8%80%EB%A6%AC 2022년 오후 11시 43분 접속.

199. 기욤 파렐은 프로테스탄트 종교개혁 운동의 선구자 중 한 사람이며 종교개혁 사상이 불어권 스위스 즉 로망드 스위스 지역에서 확산되는 데에 중요한 역할을 하였다. 특별히 장 칼뱅 (프랑스어: Jean Calvin)을 강하게 설득하여

주네브 (프랑스어: Genève)에서 종교개혁 활동을 하게 한 것으로 알려져 있다. https://ko.wikipedia.org/wiki/%EA%B8%B0%EC%9A%A4_%ED%8C%8C% EB%A0%90 2022년 4월 3일 오후 11시 37분 접속.

200. 장 칼뱅은 종교 개혁을 이끈 프랑스 출신의 개혁교회 신학자이자 종교개혁가 이다. 하나님의 절대주권을 강조하는 것과 구원은 전적으로 하나님에 의해 주어지는 것이라는 독력주의를 강조하였고, 개혁주의라고도 불리는 기독교 사상 중 하나인 칼뱅주의를 개창함으로써 마르틴 루터·울리히 츠빙글리가 시작한 종교 개혁을 완성 시켰다는 평가를 받는다. 현재 장 칼뱅의 신학을 따르는 교회로는 회중 교회, 개혁교회, 장로교회가 대표적이다. https://ko.wikipedia.org/wiki/%EC%9E%A5_%EC%B9%BC%EB%B1%85 2022년 2월 4일 오전 3시 12분 접속.

201. 존 녹스는 스코틀랜드의 종교 개혁가이며 신학자이며 스코틀랜드 장로교회의 창시자였다. 본디 로마 가톨릭교회의 사제였으나 제네바에서 존 칼뱅에게 배우고 돌아와서 메리 스튜어트와 투쟁하여 개혁주의를 도입하였다. 세인트 앤드류스 대학교의 존 메이저(J. Major)로부터 신학을 배웠으며, 칼뱅의 영향으로 제네바의 영국 피난민 교회의 목사로 봉사하였다. 고국에 돌아와서 개신교 사상을 정착시켜 장로교 제도를 만들었다. https://ko.wikipedia.org/wiki/%EC%A1%B4_%EB%85%B9%EC%8A%A4 2022년 2월 4일 오전 3시 18분 접속.

202. 출처는 각주 210번과 같다.

203. 기도문의 전문은 다음과 같다. "이 우주와 만물을 창조하시고 인간의 역사를 섭리하시는 하나님이시여, 이 민족을 돌아보시고 이 땅에 축복하셔서 감사에 넘치는 오늘이 있게 하심을 주님께 저희들은 성심으로 감사하나이다. 오랜 세월 동안 이 민족의 고통과 호소를 들으시고 정의의 칼을 빼서 일제의 폭력을 굽히시사 하나님은 이제 세계만방의 양심을 움직이시고 또한 우리 민족의 염원을 들으심으로 이 기쁜 역사적 환희의 날을 이 시간에 우리에게 오게 하심은 하나님의 섭리가 세계만방에 현시하신 것으로 믿나이다. 하나님이시여, 이로부터 남북이 둘로 갈리어진 이 민족의 어려운 고통과 수치를 신원하여 주시고 우리 민족, 우리 동포가 손을 같이 잡고 웃으며 노래 부르는 날이 우리 앞에 속히 오기를 기도하나이다. 하나님이시여, 원치 아니한 민생의 도탄은 길면 길수록 이 땅에 악마의 권세가 확대되나 하나님의 거룩하신 영광은 이 땅에 오지 않을 수 없을 줄 저희들은 생각하나이다. 원컨대, 우리 조선 독립과 함께 남북통일을 주시옵고 또한 민생의 복락과 아울러 세계평화를 허락하여 주시옵소서. 거룩하신 하나님의 뜻에 의지하여

저희들은 성스럽게 택함을 입어 가지고 글자 그대로 민족의 대표가 되었습니다. 그러하오나 우리들의 책임이 중차대한 것을 저희들은 느끼고 우리 자신이 진실로 무력한 것을 생각할 때 지와 인과 용과 모든 덕의 근원 되시는 하나님께 이러한 요소를 저희들이 간구하나이다. 이제 이로부터 국회가 성립되어서 우리 민족의 염원이 되는 모든 세계만방이 주시하고 기다리는 우리의 모든 문제가 원만히 해결되며 또한 이로부터 우리의 완전 자주독립이 이 땅에 오며 자손만대에 빛나고 푸르른 역사를 저희들이 정하는 이 사업을 완수하게 하여 주시옵소서. 하나님, 이 회의를 사회하시는 의장으로부터 모든 우리 의원 일동에게 건강을 주시옵고, 또한 여기서 양심의 정의와 위신을 가지고 이 업무를 완수하게 도와주시옵기를 기도하나이다. 역사의 첫걸음을 걷는 오늘의 우리의 환희와 감격에 넘치는 이 민족적 기쁨을 다 하나님에게 영광과 감사를 올리나이다. 이 모든 말씀을 주 예수 그리스도 이름 받들어 기도하나이다. 아멘."

http://www.xn─zb0bnwy6egumoslu1g.com/bbs/board.php?bo_table=referen ce&wr_id=12(이승만 기념관) 2022년 2월 4일 오전 3시 38분 접속.

204. 1980년 1월 1일부터 1981년 9월 5일까지 방영된 드라마 달동네가 대표적인 예이다. 당시 이 드라마에서 그런 장면이 등장할 수 있었던 이유는 드라마의 대본을 맡은 작가 나연숙이 기독교인이었다는 이유도 있었다. 하지만 당시 한국교회에 대한 사회의 호의적 분위기가 아니었다면 가능하지 않았을 것이라고 생각한다. 당시 시청률 60%에 육박했던 인기 드라마에서 기독교에 대하여 그렇듯 호의적으로 묘사한 것은 드라마를 시청하는 기독교인들이 자부심을 느끼도록 하였을 뿐만 아니라 사회에 복음을 전하는 일에도 긍정적으로 작용하였을 것이라고 생각한다.

205. 나의 논문 "고영근 목사의 신앙과 반공의식 고찰" 서두에는 그에 관한 내용이 간략히 언급되어 있다. 홍인표, "고영근 목사의 신앙과 반공의식 고찰,"「한국교회사학회지」 53 (2019): 37-39. 이러한 움직임은 1980년, 레이건(Ronald Wilson Reagan, 1911년 ~ 2004년)을 대통령이 당선되도록 하는 데 지대한 역할을 한 미국의 복음주의 우파로부터 영향을 받은 듯한데, 미국 사회에서도 이러한 움직임이 호의적 반응을 이끌었다고 보기는 어렵다. 정치에서 영향력을 확보했다고 해도 말이다. 1980년대 미국 복음주의 우파의 정치참여에 대하여는 다음의 글을 참조하라. 배덕만, 『복음주의 리포트』 (대전: 대장간, 2020), 32-33.

206. 예를 들어 권정생의 소년 소설인 『슬픈 나막신』은 권정생의 일본에서의 유년 시절 체험을 기반으로 창작된 작품이고 『몽실 언니』는 일본과 한국에서의

자신의 체험과 이웃들의 증언을 기반으로 창작된 작품이다.

207. 권정생, 「쌀도둑」『권정생 창작동화: 짱구네 고추밭 소동』(서울: 웅진출판사, 2000), 143.

208. 권정생, 「쌀도둑」, 143-144.

209. 권정생, 「쌀도둑」, 145-146.

210. 권정생, 「쌀도둑」, 147-149.

211. 권정생, 「쌀도둑」, 149-150.

212. 권정생, 「쌀도둑」, 150-151.

213. 권정생, 「쌀도둑」, 152.

214. 아이러니한 사실은 해방 직후 북한보다 남한이 오히려 사회주의를 추종하는 이들이 많았다는 것이다. 북한의 경우 초기에는 사회주의를 추종하는 이들보다 조만식 등 기독교 지도자들이 더 영향력이 강했지만, 소련의 후원을 힘입은 사회주의 정권이 전권을 장악할 수 있었다. 물론 당시 김일성을 중심으로 한 권력주의자들이 진정한 의미에서 사회주의자들이었다고 볼 수는 없다고 본다. 오늘날 북한에서 실시하는 사회주의가 북유럽 선진국들이 실시하는 사회주의와는 많은 차이가 있기 때문이다. 해방 직후 북한 공산주의자들을 피해 남한으로 온 강원룡 목사는 서울에서 다음과 같은 사실을 목격하고 충격을 받아 다음과 같이 언급하였다. "나를 무엇보다 놀라게 한 것은 종로 화신백화점 곁에 당당하게 나부끼는 커다란 붉은 깃발과 온 거리에 붙어 있는 대자보들이었다. 전부 공산주의자들이 만들어 붙인 대자보들이었으니, 공산주의가 싫어 서울로 내려온 나로서는 충격을 받지 않을 수 없었다. 내가 도착했을 때 서울에서는 이미 조선공산당이 재건되어 세력을 확장하고 있었고, 인민공화국이 수립되어 내각이 구성되는 등 좌익 세력이 맹위를 떨치고 있었다. 게다가 노동자·농민 조직을 비롯하여, 청년·학생·예술인·여성 조직, 심지어 의사·약사·간호원 조직에 이르기까지 조직이라는 조직은 전부 좌인 조직이었으니, '이제 남쪽도 공산당 세상이 되어 가는 구나'하고 내심 크게 놀라지 않을 수 없었다." 강원룡, 『역사의 언덕에서』 1 (서울: 한길사, 2006), 192.

215. 이런 측면에서 김재준이 라인홀드 니버(Karl Paul Reinhold Niebuhr, 1892 ~ 1971)의 시각을 차용하여 현대 사회를 "공산주의와 자유주의의 대결"이 아닌 "하나님과 범죄한 인간의 대결"로 본 것은 우리에게 이념에 대하여 새로운 관점을 갖도록 촉구하는 것이라고 본다. 홍인표, "김재준의 공산주의 이해: 한경직, 박형룡과의 비교를 중심으로," 「한국교회사학회지」 34 (2013): 362.

216. 고영근, 『기독교인의 나아갈 길』(서울: 목민선교회, 1999), 192.

217. 권정생, 「지은이의 말」, 『권정생 창작동화: 짱구네 고추밭 소동』, 175.

218. 권정생, 「지은이의 말」, 174.

219. 김현숙, 「또야는 친구들을 기다린다.」, 원종찬 엮, 『권정생의 삶과 문학』, 224-226.

220. 권정생, 「지은이의 말」, 174-175.

221. 이대근, 「권정생, 그의 반역은 끝났는가」, 원종찬 엮, 『권정생의 삶과 문학』, 359.

222. 이대근, 「권정생, 그의 반역은 끝났는가」, 359.

223. 이대근, 「권정생, 그의 반역은 끝났는가」, 359.

224. 조월래 · 정병규, 「'정생이'는 천사 같은 사람이었지」 원종찬 엮, 『권정생의 삶과 문학』, 353.

225. 권정생, 「지은이의 말」, 175.

226. 역사신학자 임원주의 다음과 같은 설명은 우리가 사사시대를 이해할 수 있도록 많은 도움을 준다. "'사사'라는 존재는 하나님의 특별한 선물이었고, 사사가 있는 그 시대는 놀라운 은혜와 구원의 시대였다. '사사'는 재판 및 형벌의 집행 권한과 군사통솔권을 가진 이스라엘의 지도자였다. 로마 공화정시대의 '집정관' 혹은 '독재관'에 유사하다. 그러나 '사사시대'의 사사는 선출되지 않았고, 민회와 공화제를 배경으로 하지 않았고, 상설 행정제도와 공무원을 두지 않는다는 점에서 달랐다. 임원주, 『룻과 보아스: 어머니의 나라』(서울: 가나다출판사, 2017), 27.

227. 박정신, 「6·25전쟁과 한국기독교」, 『한국 기독교사 인식』(서울: 혜안, 2004), 195.

228. 박정신, 「6·25전쟁과 한국기독교」, 195.

229. 박정신, 「6·25전쟁과 한국기독교」, 196-197.

230. 박정신, 「6·25전쟁과 한국기독교」, 197-198.

231. 박정신, 「6·25전쟁과 한국기독교」, 198-199.

232. 권정생, 「토끼 나라」, 『권정생 창작동화집: 깜둥 바가지 아줌마』(서울: 우리교육, 2009), 9.

233. 권정생, 「토끼 나라」, 9-10.

234. 권정생, 「토끼 나라」, 12.

235. 권정생, 「토끼 나라」, 13.

236. 권정생, 「토끼 나라」, 13.

237. 권정생, 「토끼 나라」, 13.

238. 권정생, 「토끼 나라」, 13-22.

239. 권정생, 「토끼 나라」, 22.

240. 권정생, 「토끼 나라」, 22-24.

241. 권정생, 「토끼 나라」, 25.

242. 권정생, 「토끼 나라」, 25-26.

243. 권정생, 「토끼 나라」, 25-27.

244. 권정생, 「토끼 나라」, 27-28.

245. 권정생, 「토끼 나라」, 28.

246. 권정생, 「토끼 나라」, 29-30.

247. 권정생, 「토끼 나라」, 30-31.

248. 권정생, 「토끼 나라」, 31.

249. 권정생, 「토끼 나라」, 31-32.

250. 2004년 3월 1일 서울교회에서 열린 '공산독재 종식 민족 복음화 3·1절 목회자 금식 대성회'에서 강사로 참여한 김상철 장로(19993년 2월 26일-1993년 3월 4일, 6일 동안 서울 시장 역임)의 주장이 대표적이다. "많은 사람들이 남북한의 분단 현실을 가슴 아파하지만, 분단은 재앙이 아니라 축복이다." 뉴스엔조이 2004. 3.2.http://www.newsnjoy.or.kr/news/articleView.html?idxno=7167 2014년 10월 8일 오후 4시 9분 접속.

251. "늙지 마시라 어머니여…한국전쟁, 그치지 않는 눈물" http://www.ohmy news.com/NWS_Web/View/at_pg.aspx?CNTN_CD=A0002120925&CMP T_CD=P0001 2022년 4월 19일 오후 4시 38분 접속.

252. 권정생, 「통일이 언제 되니?」, 『어머니 사시는 그 나라에는』 (서울: 지식산업사, 2015), 133.

253. 김재준, 「북미류기 제 6년」, 『김재준전집』 14권 (오산: 한신대학교출판부, 1992), 402-404.

254. 권정생, 「토끼 나라」, 32.